大地上的思念

詹文格 著

中国文史出版社

目录
CONTENTS

和亲的泥土

放眼望去，漫山嫩绿，那一层层的草木像染过的绸缎，闪烁着湿润的光泽。微风吹拂，枝叶招展，绿浪涌动。眺望山边的水塘，涟漪四散，蛙声阵阵。踩着雨水泡过的草地，步履轻柔，脚底松软，像蹬弹簧，如踩棉花。

乡村戏台

柳树梢头，一弯冷月，夜凉如水，这是留在土墙上的半幅速写。速写的另一半已经坍塌，是一方古戏台，戏台消失，曲终人散，各奔东西，戏中人永远见不到清凉的月色。

戏台是乡村的美学部分，具诗意的底色浪漫的属性。一方古旧的戏台，有象征、隐喻、夸张、讽刺、变形的多重含义。它从水稻、大豆、高粱、棉花的根部伸展，生长成乡村最雅致的修辞。对于一个颇有仪式感的戏台，人们很难简单做出定义，戏台既是情感舞台，又是时光看台，在亦真亦幻的情境里，可触摸灵魂纹理，倾听乡土回声，找到生命归途。

一方雅俗共赏的戏台，承载着乡土文明的启蒙、精神空间的延展、道德伦理的构建，它拥有强大的社会功能。对于喜怒哀乐的表达，声音是最真切的传递，这是动物的共通之处。手舞足蹈、人欢马叫、鸟语花香，这是喜悦与抒情，为此，所有的太平盛世都适宜用歌舞升平这类词语来形容。

莎士比亚说：人生就像一个大舞台，每个人都有自己所要扮演的角色，至于要表演什么角色，自己去决定。世界是一个舞台，所有的男男女女不过是一些演员，他们都有下场的时候，也都有上场的时候。一个人一生中要扮演好几个角色。

世事兜兜转转，人生起起伏伏，看人生如戏，戏如人生，感慨便在心间云烟般升腾。古戏里上演的虽是过去，其实表现的何尝不是当下？谁都不可忽略歌舞戏曲对现实的介入，对价值取向的影响。戏里戏外，从主角到配角，正与反、美与丑、成与败，万千世事，悲欣交集，反观自我，互为镜像。

以前我很不理解村庄的布局，戏台为何与祭祀的宗祠、神庙连为整体，总感觉祖先像个监护者站在身后，藏于暗处，与后人同场观戏，如芒刺扎身，很不自在，把一方娱乐的舞台变得拘谨沉重。直至现在我还认为，魔幻的戏台如一面风月宝镜，它映照着正反两面，暗示帷幕后面住着统管乡间生老病死、喜怒哀乐的巫鬼和神灵。

一个被时光淘空的村庄，幸存的都是遗迹。村子周边围满了簇新的楼房，不知为何，在村庄的中央，竟然奇迹般地遗存了一座倔强的戏台。虽然梁柱已经苍老，容颜斑驳，但仍然一身孤傲，兀自独立。

从精致考究的工艺，一丝不苟的制作中可以看出，古老的戏台是能工巧匠的用心之作。一直以来，人们把戏台视为乡村的艺术殿堂，它与普通民居存在雅俗的差异。梁枋斗拱，层层叠叠；木雕戏文，抹彩涂金，那生旦净末丑的造型，包含着万千世事，百态人生。看古典的庑殿式建筑，与洋房小楼形成强烈反差，在此消彼长的对抗中，分出胜负。古戏台成为身穿长袍马褂的遗老，被一群西装革履的绅士包围挤压。

古村有着难以替代、无法重来的过往，但那些过往只剩记忆，而空洞的记忆又如镜花水月，虚幻缥缈，永远找不到踪迹。幸亏还有人心存念想，不知是哪个创意大师，在古村日渐凋敝的时候，通过一组旧物，让古村恢复了天意般的情境。两个泥墙木柱青瓦的榨油坊，一左一右，簇拥着一方古戏台，白天榨油坊铿锵的锤声、粗犷的号子；晚上古戏台上威风的锣鼓，高亢的唱腔，组合成一部古典的乡村交响曲，在低矮的天空里回旋飘荡。

榨油坊、古戏台，这两个典型的乡土物语，神奇地组合，让一个走向衰老、无可奈何的村庄找回了端庄优雅，为此，古村的日子不再停留在低矮的物质层面，跃升到了更高的精神空间。

声音和气味是两种奇妙无比的介质。这种虚无缥缈的声色，虽然找不到具体形态，但通过听觉和嗅觉可以真切地感受到它们的绽放与存在。在困顿清冷的日子里，依靠这些美好的声音和芳香的气味，慰藉无数苍白的灵魂。

我曾反复追怀那条从半山腰上纵身一跃的溪流，它献身般的勇气跌碎了清艳的阳光。琥珀色的水面顷刻间璀璨夺目，那种撩人的动感，像一个提速的按键，以一种迸发的自然动力，推动着榨油坊里的水车。巨大的水车像钟表的齿轮，把一个村庄悠然转动，环环相扣的齿轮，记录着时光的流转，圆形的碾槽如乡土的轨迹，周而复始地运行。

穿行在岁月的水墨画里，水汪汪的榨油坊呈现了力与美的组合，岁月悠长，从不终止，让一代代人降生成长，一代代人衰老死亡。水流驱动着铁质的碾盘，圆形的铁轮碾压着炒熟的菜籽，散发出香喷喷的气息，让干涩的日子有了油光的滋润。水车吱呀，绵延的唱腔从戏台上如水漫过，在饱满的芳香中，水流飞溅，油光闪烁。

戏台是情感的枢纽，是一个造梦的地方，它的存在让乡村有了梦想和寄托。每一场戏的到来，都是一个重大的节日，那些源于历史、取自生活的经典片段，被艺术提炼，被时光打磨，在心灵的玉石上投射出耀目的光泽，让最精彩的部分沉淀留存。

戏台虽小，背景很大，在乡村，一方戏台就如五脏俱全的麻雀，包含了整个世界。一群肤色黧黑的农民，随时可以转换身份，他们顾盼生情，放下锄头就是演员，摘掉草帽就是观众。汗水打湿的背影，带着泥土的气息，走上戏台，用白灰、木炭等廉价的脂粉装扮一番，才子佳人、媒婆丑角，逐一浮出水面。琴声响起，腰肢扭动，演员们水袖一甩，一台大戏悄然启幕。

能走上戏台的演员大都识文断字，记性好，悟性高，是乡村的头面人物。田间收稻割麦的手掌，上台捏成了兰花的形状，唱腔起处，柔情似水，眉目含情，很快进入了角色。一旦进入角色，便是物我两忘，如梦中神游灵魂出窍，已忘记今夕何夕，分不清哪个是真正的自己。

　　在乡村，《铡美案》是久演不衰的经典，饰演包拯的演员是个普通农民，平时性格优柔寡断，可是只要走上戏台，他立马就脱胎换骨，变了模样，把一个六亲不认、铁面无私、廉洁公正、不附权贵、英明决断、伸张正义的包公演绎得淋漓尽致。鼓似急雨，气如烈焰，在琴声唱词的烘托下，他完全忽略了扮演陈世美的演员是一村之长。只见他须髯一抖，满脸乌黑，啪的一声，惊堂木从台面上弹跳起来，衙役一拥而上，将这个忘恩负义，抛妻弃子的家伙推向了铡刀之下。

　　除了持续上演的《铡美案》，还有大家百看不厌的《梁山伯与祝英台》《孟姜女哭长城》。孟姜女千里寻夫，哭倒长城的那一刻，全场为之一振。幕后那个配音的雷子炮，砰然炸响，山崩地裂，震耳欲聋，猝不及防的响声，使女人与孩子在尖叫之下全都捂紧了耳朵。

　　戏台是连接外界的纽带，不仅给本村展演，还提供给外地戏班使用。昆曲、越剧、赣剧、汉剧、评剧、川剧；黄梅戏、花鼓戏、采茶戏、皮影戏……各种不同风格的剧目轮番上演，前一场阳春白雪，后一场下里巴人。清闲时节，魔术、马戏也会走进村来，丰富多彩的戏曲让小村庄见到了大世界。

　　戏台让村民长了见识，他们随口就能说出一串的剧目，《霸王别姬》《苏武牧羊》《薛仁贵征东》《花木兰》《贵妃醉酒》《桑园会》《尤三姐》《白蛇传》《四郎探母》《锁麟囊》《牡丹亭》《长生殿》《玉簪记》《苏三起解》……

　　丰富多彩的戏台催生了一代又一代脚沾泥土的演员，他们在虚拟与现实中穿梭往来，在琴声鼓乐中窥看世界。戏台上周遭的光影让他们暂时忘记了自己，只有卸妆之后灵魂才会落回肉身。发现台上的帝王将相，才子佳人，只是一场春心旧梦，一切不可当真。但是脚踩泥土的农人，就如春种秋收的庄稼，随季节推动，一生听从命运的安排。劳作与演戏，让他们在雅俗之间，在虚实之间找到平衡。只有站上高高的戏台，才能暂时忘掉卑微的身份，放飞自由的天性，找到创造、思考和言说的权利。哪怕是含沙射影，指桑骂槐，戏台上的嬉笑怒骂，人家不会当真。只有在戏台上，男扮女装、女扮男装的反串，才能塑造一个崭新的自己，让人生不至于过度拘谨和乏味。

质朴的泥土与沉默不语的石头终生相伴，让世代耕作的农民有了土地与石头的秉性。他们惦念着这个给人娱乐的地方，渴望一方戏台来疏松他们内心的板结。虽然戏台是虚构的天地，但能通往理想的梦境。思绪翻飞，遐想无限，还原出生活的本真与情趣，伴随着唱词去追忆前尘往事，去怀想逝水年华。

哐嚓哐嚓哐嚓……夜色深沉，万籁俱寂，一弯冷月照在村中破旧的古戏台上，琴声鼓乐，丝竹盈耳，托起如水的戏台，多少爱恨情仇、哀婉缠绵、忠孝节义，在这里粉墨登场。看俏罗成耍的花枪，让人大开眼界，一招一式都是真功夫；再看将帅出征，多么雄壮威武；青衣女子，眼含愁云，水袖上扬，兰花指翘，一声拖长的唱腔，整个世界都有了凄风冷雨。

那个时代，村民思想单纯，感情内敛，看戏图的只是热闹，里三层外三层，前呼后拥，把戏台围得水泄不通。不管蹲着、坐着、站着，倚靠墙根，攀爬上树，跃上房顶，这都是为了赶赴一次约定，围观一场大戏。喜剧的哄堂大笑，悲剧的声泪俱下，看戏的被演戏的牵住鼻子，完全控制了情绪。走出剧场还在莫名其妙，演员如施法术，要你哭就哭，要你笑就笑，想一想不禁哑然失笑，唱戏的疯子，看戏的傻子，明知那是假的，可就是控制不住台上的蛊惑和煽情。其实那些姑娘小伙别有用心，他们混迹其间，看戏是假，谈情说爱是真，台上在缠绵牵绊，台下在眉来眼去，暗送秋波。

他们感谢戏台提供的娱乐，可是处在功用时代，戏台也遭遇了不同的命运，频繁更换的名称，就像川剧中的变脸王，随着时代的变化而变化。最早的戏台与神庙一体，具有教化启蒙的功能，凡有神庙的村庄必有戏台，戏台与庙宇相媲美。后来用作村里的会堂、食堂、教室，再后来用作电影放映厅、批斗会场、样板戏舞台。一方小小的戏台，见证了生旦净末丑，悲欢离合、百态人生。

桂珍是村里唱戏的台柱子，大胆泼辣的表演风格，让她名扬四方。可是由于入戏太深，时长日久，对于戏里假扮的夫妻，出现了幻觉，竟然与一名有妇之夫产生了爱慕之情。面对闲言碎语，她没有止步，反而发誓要假戏真做……

对爱情的大胆追求，成了风骚、淫荡、下流的举动。村人都以正人君子的面目，站在桂珍的对立面，认为她有伤风化，要求把她赶出村子，逐出戏班。

为了生计，桂珍跟着一个草台戏班走了，她居无定所，四处流浪，没有人知道她在外面经历什么。几年后，桂珍精神失常，疯癫之后的桂珍竟然又回到了村里，她披头散发，满身污秽，见到男人就躲避，见到女人就傻笑，直笑得人心中发冷，脊背发麻。

夜深人静，她爬上闲置的戏台，找来一块废铁，叮当叮当地敲打，阵阵回声，那就是开场的锣鼓。很快一个人凄凄切切地唱了起来：一霎时把七情俱已昧尽，参透了酸辛处泪湿衣襟。我只道铁富贵一生铸定，又谁知人生数顷刻分明。想当年我也曾撒娇使性，到今朝哪怕我不信前尘。这也是老天爷一番教训，他叫我收余恨、免娇嗔、且自新、改性情、休恋逝水、苦海回身、早悟兰因……

这是《锁麟囊》中青衣的唱词，她唱得情真意切，毫不紊乱。这段唱词用在因情而疯的桂珍身上，真是再贴切不过。唱腔清晰，情深谊长，这个夜晚的桂珍根本不是疯子，那些曾经唾沫飞溅、横加指责的人更像疯子。

没有人知道，在那个四野空茫、星月暗淡的夜晚，从异乡归来的桂珍，是为了赶赴一场告别演出。台上没有配角，台下没有观众，也许她这场演出根本不需要观众，她只需要一方干干净净的戏台，在这方戏台上，她只唱给自己听，唱给天地听，唱给神灵听……

无人看见那场戏的启幕和落幕，但我相信那一出悲情泣血的独角戏，一定是演到了极致，为此天地都变得默默无语。好几天之后，一个养鸭子的人到村口的池塘中打捞水草，发现了溺亡的桂珍。被水浸泡的桂珍，肿胀得十分厉害，人已变形失色，就像浮在腌菜坛中的白萝卜。

一个疯子的死去，没有人会痛惜，村里人认为这是戏里鬼魂害了她，逼着她为戏殉情。回想那个过程，究竟是谁害了她，只有桂珍自己明白。掩埋入殓时，有人从她的口袋内摸出一条月白色的手绢，上面用朱砂写着两副联语：

前面一副是："或为君子小人，或为才子佳人，出场便见；一时欢天喜地，一时惊天动地，转眼皆空。"

后面一副是："文就武成，金榜题名空富贵；男婚女嫁，洞房花烛假风流。"

看着手绢上几行清秀的字体，在场的那些人全都面面相觑。事情虽然过去很多年了，但我总感觉桂珍不是真正的疯子，她用疯癫的假象，掩盖了自己失魂落魄的真相。这样既可减轻某些人的罪孽感，又能让一个疯子死得毫不足惜。作为一个悲剧的女主角，她用一种自虐的演技让生命提前谢幕。

桂珍的死作为终结，成为一个时代的挽歌，多少楼台烟雨在无声消散。眼看着延续千年的戏台文化，突然衰落，乡村的古戏台成为相伴而生的空巢老人，毫无征兆地坍塌、死亡、消失，所有的历史记忆都湮没在泥土里，无处倾听尘世的余音。取而代之的是 KTV、夜总会、音乐茶座、会所，以及电视、电影、手机和网络直播。

斗转星移，世事变幻，那种"宁舍一年粮，也要演一场；

宁舍一餐饭，不舍一场戏"的戏痴戏迷情结已完全淡化。空空荡荡的戏台，要么摇摇欲坠，要么彻底损毁，锣鼓一响，脚板发痒，戏腔一开，万人空巷的场面已成为传说。

遥想江右大地，赣鄱水乡，深厚的文化底蕴，曾是戏曲文化的膏腴沃土。江西戏剧曾盛极一时，特别是与莎士比亚齐名的明朝戏剧大师、中国戏剧史上的泰斗汤显祖，他的"临川四梦"，成就了一个空前绝后的高峰，就连村夫野老们也记住了柳梦梅与杜丽娘的故事。

江西的地方剧种繁花似锦，在赣剧之下，有弋阳腔、盱河戏、东河戏、宁河戏、瑞河戏、南昌采茶戏、赣南采茶戏、萍乡采茶戏、万载花灯戏、抚州采茶戏、吉安采茶戏、宁都采茶戏、赣东采茶戏、九江采茶戏、景德镇采茶戏、武宁采茶戏、高安采茶戏等。

起源于赣西北修水的宁河戏，是以县内最大的河流——修河而得名。修河由山口、东津、渣津、溪口等水系汇聚而成，流经武宁、永修，与赣江汇合，注入鄱阳湖。宁河戏最初由酬神还愿的傩戏发展而成，明隆庆元年（1567）即有专业班社，唱高腔，清初又从徽班中吸收吹腔、昆腔，从汉剧中吸收西皮，从宜黄戏中吸收二凡，至清乾隆年间，宁河戏的高腔、昆腔逐渐衰落。作为近水楼台，这座幸存的古戏台，曾上演最多的应是宁河戏。

戏曲随水流萌生，纵横交错的水系，使大江南北的文化在码头交汇，互相借鉴，一时间，各地班社如雨后春笋，各剧种名伶辈出，业余剧团遍布城乡。农忙务农，农闲排练演出，各级会演热闹非凡。当时有民谣赞叹：深夜三更半，村村有戏看，鸡叫天明亮，还有锣鼓响。

在江西部分山区至今还保留着一些特殊的痕迹，那就是"罚戏碑"。从碑刻的内容就能看出，比如村里有明令禁止砍伐树木的告示，如果有人偷砍树木，被人抓住，村里宗族长辈就会严厉处罚，最常见的方式是罚戏一场。砍树人必须出钱请来戏班，到村里演一场戏，既是教育，又是警示，演了戏这事才算过去。作为一种广而告之的方式，这是戏剧在舞台之外的功效，它与乡风民俗形成了紧密联系。

二十世纪初期，有一个代表性的人物对江西的地方戏产生了重大影响，他叫石凌鹤，是一位佳作迭出的剧作家。毛泽东主席看了他的《还魂记·游园惊梦》之后，给予"秀美娇甜"的评价；香港名士盛赞他改编的《西厢记》有新经典的气象，在"汤显祖逝世三百六十六周年暨学术研讨会"上，石凌鹤被誉为"当代汤显祖"。

一九五〇年，时任江西省文化局局长的石凌鹤，将乐平的饶河班、上饶的广信班这对孪生姐妹调入南昌，各取所长，兼收并蓄，创造了江西新的大型剧种——赣剧。赣剧的产生意义重大，使江西地方戏的特色进一步凸显。

在那个年代，戏台是一个地方的文化实力，没有戏台的地方，人心就会荒芜。当时乡村建台几成狂热，一村建台，四邻攀比，以致出现一村几台，星罗棋布的壮观场面。戏台从形式上分为祠堂台、万年台、庙宇台、会馆台、家庭台、草台等类型。

家庭台是富贵人家特有的，富绅们担心妻妾子女外出看戏招惹风流韵事，遂于家中建台，亲自组班供养子弟，或外请戏班出演，类似于官僚贵族人家唱堂会。

最有意思的还是草台，草台是临时搭建演出的台子，木柱支撑，稻草盖顶，用时搭建，用完拆除。草台与草根相连，有些贫困小村，住户稀少，土地贫瘠，平时没有能力恭请戏班，长年到邻近村庄去蹭戏，看人眼色，自觉尴尬，于是一咬牙搭起一座草台，节衣缩食，请来戏班，并郑重其事到邻村请来亲友，一同观戏。

岁月悠悠，浮生若梦，古戏台就像一幅乡村生活的浮世绘，在协力营建的艺术殿堂里，傲立于花团锦簇，山环水抱的村庄中心。这是乡村文脉的源头，也是信仰的依归，悠久的戏俗风情，深入人心，老百姓相信热闹威风的戏班是吉祥的使者，能驱邪禳灾，捉妖擒魔，祈福求祥，赶走魑魅魍魉。《打天官》《大封相》《三跳》这几个折子戏是必选剧目，天官奉玉帝敕旨，偕祥、寿二星及财神向观众赐福、赐寿、赐财。在热闹欢庆的氛围中，戏班祝大家升官、发财、长寿。善良纯朴的老百姓，听到这样的祝福，喜形于色，眉开眼笑，尽其所能地向台上掷钱打彩，从最初的铜钱，到银圆，再到后来的纸币。

戏台作为乡村的精神寄托，人们设法不让它冷落，于是为了演戏，就想出了五花八门的名目。如做寿、生子、婚嫁、造屋、升学，凡喜庆吉日都会演戏，所演剧目与喜庆相关。寿辰上演《满堂福》《麻姑献寿》；婚庆上演《龙凤配》《凤求凰》《卓文君》；生子上演《花园得子》；造屋上梁上演《摇钱树》……

戏台能满足好奇，也能凝聚人心，即使是隆冬三九，也愿意忍受寒冬冷冽之苦，戏未曲终，人不散场，大家苦苦等待的就是高潮迭起，善恶分明的结局。当看到贪官受惩，恶棍伏法，有情人终成眷属时，全场正气弥漫，人们在戏中找到了法治的偶像，现实中的缺憾在戏台上得到了补偿，作为观众可算是宣泄了愤懑，出了一口恶气。

一方小小的戏台，下连草根，上接王朝，那种微言大义，缩龙成寸的功能让人心生感叹，仿佛戏台的下面隐藏着一条通神的暗道，那里能窥见另一个世界。

现实与戏台只隔半步的距离，有时彼此之间气脉互通，鼻息相闻。清末粤剧名角李文茂，是远近闻名的二花脸，在《芦花荡》中扮演的猛将张飞，形象逼真，威名大振。他精通打戏搏击，为人仗义疏财，所到之处深受粤剧伶人和群众的尊敬喜爱。一八五四年，李文茂在洪秀全的号召下，他和陈开等人在佛山一带起义，和太平天国一道，分头反抗满清。当时他把粤剧班中会武功的演员召集起来，编为三军：小武及武生为文虎军；二花脸和六分等编为猛虎军；五军虎及武打家编为飞虎军。李文茂亲任三军统帅，他统领的粤剧军团，勇猛善战，利用戏班中练就的翻飞腾跃真功夫，越墙过垣，飞檐走壁，屡建战勋。

起义不久，势如破竹，很快就攻占了广州府、肇庆府、惠州府等辖下的十几个县……

荡气回肠的气概不仅影响观众，也会感染演员。戏班艺人不仅在舞台上塑造忠肝义胆的英雄，而且在现实中也成为热血好汉，进入了戏如人生的最高境界。所以戏曲自古就有深厚的民间沃土，那些感人至深的历史故事，不仅吸引着无数普通观众，而且还迷住了至高无上的皇帝。比如唐玄宗就有梨园始祖之称，正因他对音律歌舞的精通与喜爱，所以才能开启戏曲新时代。

音乐在我国自古就有雅俗之分，所谓雅乐是用于国家祭祀、宗庙、朝会等隆重的庆典活动，发挥的是政治功能。而俗乐则供人娱乐欣赏，抒发内心感受。由于二者的性质不同，出现的场合也不同。雅乐是地位的象征，如孔子他就只重视雅乐，而贬斥俗乐。到了唐玄宗时期，情况发生了变化，由于他自幼精通音律，又热爱歌舞表演，认为俗乐比雅乐更富有艺术，不应该依附于政治性的雅乐之下。于是，他下令在太常寺之外，单独设立管理和教授俗乐的教坊——梨园。戏曲的根脉从这里开始，后来凡学戏曲者都称为"梨园弟子"。

为培养新秀，唐玄宗亲自挑选数百名乐工和歌女，组建了一个皇家歌舞艺术团，并亲自担任团长。他在管理朝政之余，亲自教大家唱歌跳舞，尽职尽责。后来又挑选了三十名十五岁以下的儿童，教他们练习声乐，这位谱写过《霓裳羽衣曲》的帝王，为我国的歌舞戏曲的发展做了极大的推动。

除了唐玄宗，还有一位戏迷皇帝，他是后唐的开国皇帝李存勖。李存勖自小长相卓尔不群，成年后英明神武，以勇猛善战闻名。他生前统一大半中国，开启后唐中兴霸业。

李存勖不仅武功超群，而且精通音律，曾自制词谱，后人为之惊艳。李存勖从小喜欢看戏、演戏，即位后，常常粉墨登场，痴迷时甚至不理朝政，并自取艺名"李天下"。

李存勖登台演戏痴迷之至，进入角色后，完全不像至尊君主，每当大臣有急事觐见，弄得满眼迷乱，一头雾水，不知哪位戏子是皇帝，也不知该向谁行礼。有时演到动情处，李存勖自己也恍惚起来，一时间分辨不出这究竟是在戏里，还是在戏外。

由于李存勖偏爱伶人，动辄授以大将军、大吏之职，引起出生入死的将士们大为不满。公元九二四年，伶人周匝曾为救过他性命的梁教坊使陈俊求官，李存勖竟授以刺史之职。伶人总管景进，因采民间鄙闻细事上奏，而受到李存勖的宠爱。由于李存勖天天与优伶共戏于庭，使得优伶们盛气凌人，自由出入皇宫，侮辱朝臣。文武百官非常气愤，终于引发魏州兵变，接着成德军节度使李嗣源也随之叛乱。更令李存勖吃惊的是，他所宠爱的优伶，授以从马直指挥使的郭从谦也举兵反叛，围攻洛阳皇宫。李存勖中流矢身亡。

对李存勖的人生，欧阳修有过精辟的总结："方其盛也，举天下之豪杰，莫能与之争；及其衰也，数十伶人困之，而身死国灭，为天下笑。"

审视人生，那跌宕起伏的过程就是一场大戏，无论平民百姓，还是帝王将相，全都逃脱不了生死成败、悲欢离合的内在规律。说穿了人从母腹降生开始，每个人都成了戏台上的演员，要扮演好自己的角色的确很难，入戏难，出戏更难，一旦陷入其中，就连帝王都无力自拔。

演戏看戏，生死追随，有些人梦想与戏永世同在。一九五九年，山西侯马市牛村发掘了一座金代砖墓。这座金代仿木砖墓的主人叫董明，大安二年（1210）建墓，在墓室后壁镶嵌有一座微型仿木结构磨雕砖刻的戏台，戏台长六十厘米，高八十厘米，进深二十厘米。戏台外形端庄稳重，雄浑壮观，屋顶的藻井结构严谨奇特，精致玲珑，是建筑艺术精品，戏曲文物孤品。戏台上的生旦净末丑五个戏俑，生动活泼，惟妙惟肖，令人叹为观止，让后来人看到了八百年前的一场大戏。

人生短暂，念念不舍的戏迷们还没有看够，于是从地上转往地下，让戏曲与名伶穿越生死，抵达永恒。走进古戏台，大门两侧的照壁闪着坚硬的反光，一丛青藤从高处垂挂下来，小鸟从青藤上飞过，我看到了叶脉后的纹路，看到了风的过往，水的流向，看到了时光密如针尖的痕迹。

戏台老去，空无一物，看上去台上什么也没留下，但又感觉留下了很多。功名利禄、帝王将相、才子佳人、权力欲望、爱恨情仇，烟云一样从戏台上飘过。俯仰之间，看地砖上脚板磨出的凹陷，墙面上闪电撕开的裂痕，岁月从这里抽身而出，模糊了曾经的登台与谢幕。

站在此处，既有时光的展望，也有过往的凭吊，廊檐木柱上的金粉红漆完全剥落，光影映照，墙壁上反射出斑驳的回声。雕花回廊，似乎还有木凿刨花的气息，我相信物质不灭，许多用心之处还遗留着工匠的汗渍与指纹。望着深邃的背景中闪动的光影，就像前世名伶遗留的脚本，传导出岁月刻录的唱腔。

乡村工业化，村落城镇化的趋势，掀起滔天的巨浪，急流奔涌，不可阻挡。古戏台与诸多旧物一样，裸露在雨水中，失去了包浆一样的保护层，无论是砖头还是木料，都已浸泡得肿胀松软，只要伸手轻轻一掰，一块几百年前的青砖就会散落手中，这种看似坚固无比的物质，顷刻间化为乌有。伴随着新村的崛起，这种记录古村历史的文化符号正在无声地消亡。即使少数保留戏台的村庄，也都大变其样，无论形式还是内容，全被割裂。流行歌曲和广场舞震耳欲聋，那种毫无美感的嘈杂场景，成为扰民的噪音。即使遇上婚丧嫁娶，有演员偶尔登上舞台，那也是洋土混杂，不伦不类，毫无艺术可言。庸俗赤裸的表现形式，倒人胃口，甚至可说是低级恶俗。

无论在城市，还是乡村，维系传统根脉的线索就是历史和文化，然而在城乡一体化进程中，个性、特色、差异化的事物越来越稀少；当看到老屋的雕花木窗被城里人高价收走，闪着现代工业光芒的钢窗嵌入墙洞的那一刻，我感到无比讽刺和滑稽，似乎听到寒风呼号，秋虫哭泣，一种骨头断裂之感从心头冰雪一般漫过。

故 土 吟 唱

雁 阵 如 歌

小时候到很远的河滩上放牛，赤脚走路，格外劳累，到了河滩，已累如稀泥。赶紧放开牛绳，伸展四肢，仰卧草地，尽情放松。

有时会随手扯过一根草茎，放进嘴里，甜丝丝地咬着。偶尔眯一会眼，猛然睁开，发现天空碧蓝如洗，微风吹来，看见天上有劲飞的雁阵，它们贴着洁白的云朵，匆匆掠过。顿时感觉心头像有清凉的山泉，在丝丝漫过，无比地清爽和熨帖。从那一刻起，高飞的大雁便成了我心中的仙禽圣物。

后来长大成人，我走出了烟云缭绕的村寨，到山外求学、到山外工作，去闯荡世界。随着见识和认知的提升，对世界有了更深刻的理解，特别是通过对动植物的观察发现，在所有飞翔的物种中，雁是最富灵性的一种。舒缓的飞雁总是规则地排列成"人"字或"一"字，凌空而过。它们鸣则相和，飞则相接，前后有序，从不越轨。特别是那个用翅膀书写的硕大"人"字，在蓝天之中如光芒般绽放，让人产生无限的追思与遐想。

一个行走在人类头顶，翱翔于蓝天之上的"人"字，它告诉我们那是精诚团结与力量的化身，展现了一个相互凝聚的集体；一个奋进前行的团队；一种顶天立地的结构；一种直冲霄汉的豪气。作为人就应该追求这样的高度。没有众多大雁的有序组合，没有领头雁的勇气，没有甘居后阵的精神，一只再矫健的孤雁，无论它多么志存高远，也难以完成千里远征。

大雁的高洁品性正暗合了当今构建和谐社会的主流精神，由纤弱、普通、平凡的个体生命组成动感的"人字"，列队同行，互相追赶，这才有希望随着四季的更替从容地往返于天南地北，将一个又一个大写的"人"字，迸发无穷的动力，展示在朗朗天宇之上，赋予生命深邃的寓意与内涵。

古老的乡间，无论是朝行的游子，还是晚归的旅人，只要听见雁声，就不会孤独；看见了雁阵，就不会迷失方向。

战火纷飞的年代，为了寻找冲入前线杀敌的儿子，母亲总是用她不识字的双眼去辨认雁阵的方向，它们像有力的箭镞，在万物的头顶展现作为人子的冲天豪气。

在乡村，每到农忙时节，父母就会带着儿女们走向田野，大人和孩子各司其职，分别肩扛锄头，手握镰刀，或挑着箩筐，背着竹篓，开始一天的劳作。那晨雾弥漫的早上，飘动着影影绰绰的农人，远远看去，每个人都像列队飞翔的大雁，坚守在自己的位置上，走在前面的父母，就像领头的大雁，成为一个农耕家庭的灵魂。

在物资匮乏、缺衣少食的年代，作为一家之主的父亲，曾以猎手的身份在河滩密集的蒿草中苦守了一天一夜，最后把一只觅食的母雁成功猎杀。鲜血染红了父亲的双手，也让隔了一年没尝肉味的家人大饱口福，但时至今日我的心还在隐隐作痛。

雁群很少在我们家乡落脚，偶有一两只也是离群的孤雁，孤雁是最可怜的生灵，它在不屈不挠的远征中，不幸跌落。它懂得生命需要进取，但因饥饿难忍，为了生存，为了积蓄力量，这孤雁只能冒险觅食。它没有忘记心中的飞翔梦，尽管它因为赶不上远去的群雁，有些焦急，但它神情仍显得纤尘不染，模样卓尔不群。在浅水中游走似闲庭信步，粗壮有力的翅膀如戏子的水袖，长袖善舞，那不染凡尘的样子，如同沐浴于清泉中的大家闺秀，让人联想到沉鱼落雁的美丽。可惜弱肉强食的丛林法则幽灵一样存留于不同时期、不同地方。此时说不定已有贪婪的目光惦记上了它。可怕的欲望与利益的冲突让有些人不愿再同情弱小和关爱生命，在杂草与芦苇间，说不定正隐藏着乌黑的枪口和上弓的利箭。一只孤独的雁，它无法摆脱这些危险，因为它已经失去了一个互相关爱的群体。

而群雁却是有高度警戒的习性，在群体觅食时，有各司其职的大雁在四周引颈观天，充当着恪尽职守的哨兵，监视着随时可能发生的危险。据史书记载，最早的军营就是从大雁身上受到的启发。远征的雁阵不怕风雨雷电，却恐惧杀机四起的暗箭。明枪易躲，暗箭难防。区区鸿雁，又怎能真正防守住工于心计的万物之灵呢？！

自从离开家乡，我就极少见过雁阵。每当困于狭小的城市高楼中，我就会遥想雁阵。排列有序的雁阵，在脑海中匆匆飞过，让漂泊者的思乡之情油然而生。

大雁展翅，它们在湛蓝的天空中，在棉絮般轻柔的白云中，感受着大地的辽阔和天空的高远。在它们眼里只有飞翔，没有国界。无边无际的天幕，成为飞行家的理想王国。在那里才能从容地注视脚下的一切，它们飞翔在长烟一空，万里澄碧的世界中，享受着远离人类的纯洁与自由。

大雁把世间最难写好的人字尽情展示在我们头顶，我们都干了些啥，它们看得一清二楚。它们知道在人类栖息的喧嚣世界里，有许多地方是它们这种弱小者不能轻易涉足的禁区，它们应该隐蔽与躲藏。为了生存，它们不畏漂泊，长途跋涉，在绿水青山间延续"落日天风雁字斜"的绝妙景象。

行走在生态完好的家园中，望蓝天之上，可以清晰地看到宁静致远的雁阵飞成"人"字，缓缓掠过头顶，自由于长天与大地之间，让人参悟出生命的厚重底蕴，感知人与自然的高度和谐。

北雁南飞，仰望天宇，我突然想到了那首动听的《雁南飞》：雁南飞，雁南飞。雁叫声声心欲碎，不等今日去，已盼春来归……

乡音密码

方言如一团飘荡的云雾，让远山近景变得一片朦胧。在南方一些省份，三里不同调，十里不同音那是相当普遍的现象。那一年，我初到广东，上班不到十天，领导安排我到村里参加一场座谈会，并且吩咐要做好会议记录。初来乍到，我得尽量把领导安排的工作做好，留下一个好点的印象。

记得那天我是第一个进入会场的人，为了便于倾听和记录，我特地找了一个比较理想的位置。打开笔记本、拿出跟随自己多年的钢笔，就像老农扶起了犁耙，也像战士紧握武器，就等领导就座，会议开始。

会议准时开始，主持人一口粤语（白话），让我大吃一惊。如此意外的方言会场，让我一头雾水，茫然四顾，只见讲话的人嘴巴在动，却不知所云。手里的笔紧紧地捏着，始终无法落下。接着是各村、各部门发言，个个都是一口地道的白话，更要命的是他们语速一个比一个快，流畅得几乎没有停顿，就像厨师切菜的刀子，行云流水，一气呵成。

开了一个上午的会，我仿佛置身于幻境，听他们鼓掌、听他们言笑，而我却成了广福寺里的泥塑木雕，端坐会场，而形如天外，没有一丁点在场的感觉。那一刻，我感到会场离我竟然是那样遥远，远得把我抛到了九霄云外。语言的隔离将我排斥于会场之外，三个小时的会程，让我饱受了一场炼狱般的煎熬。身处异地，面对一种完全陌生的语言环境，算是真正感受到了什么叫乡音乡情，那是无法破译和化解的魔力，是一种难以逾越的情感屏障。

会开完了，人们从身边的水果篮里拿着香蕉或苹果，从容地步出会场。而我却浑浑噩噩，如坠水底，如入云雾，很久才返回到现实中来。刚才的一切，就像一个梦境。我呆呆地坐在人去楼空的会议室，低头看着手里的记录本，稀稀拉拉，就像一片歉收的庄稼地，找不到几粒饱满的稻麦。我以音译的方式勉强记下了百十来个字，就像晦涩难懂的经文，互不连贯，深奥奇异，无法理解。回来的路上，领导见我目光游离，知道我没有把会议记录做好，于是要求我尽快学会白话。他说你不会讲，至少要先学会听。我感到这话颇有道理，生存在这个地域环境中，只有你去适应环境，而环境永远不会来适应你。可是，对于没有一点粤语基础、语言感悟力又忒差的我来说，想在短期内听懂这音调奇特的白话，似乎比登天还难。

方言是文化的活化石，我国的方言有着深厚的文化积淀。千百年来，经历了多少王朝更迭、历史兴衰，但是居于穷乡僻壤，野草一样的乡音依然在顽强存活，蓬勃生长。

追溯历史，从河南舞阳贾湖遗址发掘的锲刻符号，距今已有八千年左右历史，随着社会发展，符号逐渐演变成了内涵丰富的汉字，实现了文字统一。可是在更小范围内生存的乡音方言，却坚韧地延续至今，从没有一种什么力量能将它轻易地抑制和剿灭，乡音带着永久的生命奇迹和特立独行的傲骨，在血脉间蜿蜒流淌。

语言的产生肯定早于文字，它历久而弥新，散发着每一个宗族部落的原始气息，它带着先祖的牵挂，它带着亲人的呼唤，在耳边长久地回荡。有许多方言至今无法用文学来传递和表达，这种最原始的标本，流淌着生命的体温和热度。我国幅员辽阔，方言种类繁多，细分起来更是异常复杂。我不知道英语和拉丁语系国家有没有让人听不懂的乡音，对于咱们来说，乡音就像植物一样丰盈，像庄稼一样茂盛。

在我赣西北老家，一个弹丸之地的小村子竟有两种口音，而且彼此之间相去甚远，天长日久，从不同化，你坚持说你的，我坚持说我的，相互间都能听懂，但绝不效仿。方言如一座坚固的岛屿，像这样的现象，谁敢说乡音不是与血脉亲情相连？如果乡音真的脱离了血脉，还能有这么强大的生命力吗？有一位作家写道：在一场会议中，我们能轻易感觉到城乡的差异，用方言开会的是乡村，用普通话开会的是城市。但在白话（粤语）地区，这话不一定准确，因为在众多的方言中，白话是自成体系的一种强势方言，我的尴尬遭遇就是一个很鲜明的例子。

当方言造成交流困难的时候，我也曾埋怨过它的奇异和复杂，它阻碍了人与人之间的正常交流，它顽固地贴上了地域标签。但是作为母语，一个人的口音是很难改变的，比如平时在办公室，我们三个同事都在尽力讲着普通话，但仍能感觉出彼此明显的地方口音，阿芬讲的是广东普通话，小陈讲的是湖南普通话，我讲的是江西普通话。碰巧有时候老家亲朋好友来电，三个人一同开讲，那真叫莺歌燕舞、鸟语花香。相互都听不懂在说啥，但那随意自得、眉飞色舞的嬉笑怒骂，已算得上是一种情感的盛宴了，让我猛然感悟到，乡音就是一种情感的密码，它承载着一种古老的地域特色和文化基因，无论相隔千山万水，一句话便可将乡情瞬间点亮。

乡音是故乡的山水，乡音是母亲的呼唤，乡音是村头那一缕袅袅升腾的炊烟。一个人的口音，就像一个人的胎记，渗入了血肉之中，今生今世难以轻易抹去。乡音是与生命相连的脐带，从母腹中降生，入心入耳的第一个声音，就是哼着乡音的摇篮曲，乡音母语，让小宝宝安然入睡。乡音的亲切就在于它的熟稔和自由，它可以随意调侃，可以满堂生风；可以传达语言与文字背后的潜在情绪；可以感受到只可意会不可言传的内在神韵。它像陈年的老酒，散发着故土扑鼻的芳香，它温暖你的心灵，左右你的情感，融入你青年时期的幻想、壮年时期的豪放、老年时期的回味。

"少小离家老大回，乡音无改鬓毛衰。"乡音自古就是一种不易改变的记忆，它维系了亲人故土的嘱托；有了乡音，就多了一份温暖，茫茫人海，听到一声乡音，心里就会陡然生出一分亲切与信赖，心里就多了一份踏实与依靠。

对于远离故土的游子来说，乡音是抹不去的记忆，可是在城里长大的下一代，他们却屏蔽了乡音，认为方言老土，一点都不时尚，无法与城市生活接轨。天长日久，乡音在大隐于市的城池中，逐渐萎缩，无处交流。当一个人长期听不到乡音时，他的内心就会变得封闭和板结，甚至听觉也会变得迟钝。当某一天，身后突然传来一声乡音的呼喊，整个人会猛然一震，内心瞬间沸腾。常言道："老乡见老乡，两眼泪汪汪。"在轻柔的一声乡音中，问一声平安，道一声祝福，一种无限亲切和温暖牵挂将在胸间如水弥漫，如风缠绕。

飘雪的夜晚

脚冷雪，手冷霜，屁股冷，要天光。双脚冷得厉害时，天就会下雪，这是人体对天气的自然反应。民谣是前人智慧的结晶，蕴藏着生活的经验和朴素的道理。

雪出生时我们尚在梦中，白色的精灵飘飘洒洒，无声地覆盖低矮的尘世。一片片雪花，那是纯洁晶莹的隐喻，在天际、在山峦、在瓦檐，在一万条潜藏的春汛中弥漫。

我喜欢雪天，蓬松的雪花像棉花一样飘落大地，听不到丁点儿声响。下雪不像下雨，没有雨点那种泼妇式的张狂。我最怕雨打残荷的声响，那简直是老妇的哀泣，让人揪心。敲打在枯叶上的雨点，声音夸张，无限放大，那是对衰败生命的摧残。

雪落无声，轻盈温柔，彬彬有礼，所以我从小就对雪怀有好感。一场大雪，一场快乐，孩子们打了雪仗、堆了雪人，然后相约明天带狗上山撵兔子。

大雪把万物覆盖，野兽们又冷又饿，正是捕获猎物的最佳时机。山上的野兔和麂子饿傻了，这个时候看到狗追上来就会双腿发软，任由宰割。为了能撵到更多的兔子，我特地去邻村姑父家借猎狗，还邀来了表哥相助，因为那猎狗不听外人指挥，只有把表哥请来才行。

晚上我们把猎狗拴在厅堂，特意给它备上丰盛的晚餐，确保它在山上更有战斗力。那天晚上我异常兴奋，想着天亮后能上山撵兔子，心里不知有多激动，翻来覆去睡不着。下半夜迷糊中开始进入梦乡，突然被一阵疯狂的狗吠声惊醒，随即听到吱呀一声拉开大门，父亲在外面大叫："来贼了！抓贼呀！"

听说来贼了，表哥和我如鲤鱼打挺，一跃而起，胡乱地套上衣服，拿着手电筒，冲出了大门。

外面雪已经停了，但北风像刀子一样刮得正猛。父亲用手电查看了一下院子，果然雪地上留下一串黑洞洞的脚印，顺着脚印发现院子廊檐下一捆玉米棒子不见了。表哥说快追！父亲似乎有点犹豫，可我和表哥不顾一切冲了上去，他也只好跟了过来。

表哥说："这个贼像傻子，这么大的雪，脚印一清二楚，顺着脚印，一会儿就能把他逮住！"听表哥一说，我用手电照向雪地，只见一行歪歪扭扭的脚印清晰地伸向山后的远方……

我说："今晚这个贼人可死定了。"

表哥说："对！等会儿抓到小蟊贼看我怎么收拾他。"这一点我深信不疑，表哥身强体壮，平时肩上扛个一两百斤一点不费劲。表哥让我先将手电熄灭，他说别让那贼人发现有人在追。我熄了手电，发现四野被雪光映亮，不用手电也完全能看清脚下的情况。顺着那些脚印，我们不一会儿爬上了一个山坳，前面有个三岔路口，三条路分别通往王家庄、李家庄和赵家庄。风不停地刮着，我不由缩起了脖子。由于我和表哥跑得快，父亲落在了后面，我和表哥站在三岔路口，一会儿父亲追了上来。

表哥说："我们快点追上去，这贼娃儿可跑不远了。"气喘吁吁的父亲劝我们不要再追，赶紧回去，小心着凉。血气方刚的表哥大喊："不行！不行！这蟊贼眼看要追到手了，就这样让他溜掉？"

父亲还是坚持要我们转身，表哥却像猎人发现了猎物，执意要追。正在争论时，一阵寒风刮来，天空再次下起了鹅毛大雪。表哥急了，大声说："舅父，快点，要不那贼人的脚印就看不见了！"

纷纷扬扬的雪花铺天盖地地落下来，不一会儿，我们踩下的脚印就被大雪给覆盖了，已找不到一丝痕迹。此时父亲很坚决地回转身，大声说："走呀，走呀，回家！"

在父亲的催促下，我们极不情愿地转过身，沿着原路摸索着往回走。

雪一个劲地下着，表哥一言不发，我知道他在生气。三个人不知不觉拉开了距离，路上没有人说话，我们眯着眼，迎着风雪默默地走着。路过一片竹林时，突然啪的一声，我吓了一跳，以为有人鸣铳，赶紧停下来查看。走近了才看清，原来是被大雪压弯的竹子不堪重负，扭曲的身体匍匐在地，有些已超过了承受极限，啪的一声断裂开来，那刺耳的声响是竹子断裂的声音。

　　回家后整个人都冻僵了，赶忙钻进还有一丝余温的被窝，一眨眼，天就亮了。天亮后我兴奋地把表哥叫醒，表哥显得很不情愿地爬起来，从他脸上找不到丝毫的兴奋，很被动地带着猎狗与我们上山去撵兔子。

　　雪比头天晚上大多了，在陡峭的山道上每走一步都十分吃力，爬到山顶，几个人成了一串冰糖葫芦。我觉得这么大的雪，野兽已无路可逃，可是搜索了一个上午，筋疲力尽，连野兽的影子也没见着，中午我们双手空空地回来了……

　　时光飞逝，一晃那个雪夜已过去四十多年。去年春节回家，我遇上了久别的表哥，表哥兴奋地告诉我，他刚刚做了爷爷。人到中年，尽享天伦之乐，我也早已是为人夫，为人父了。作为一家之主，当家方知柴米贵，每逢日子困顿，生计无着时，我就会想起那个遥远的雪夜，想起那种彻骨的寒冷，想起那些被大雪压断的竹子。

　　为了一捆玉米棒子，如果不是家儿老小饿着肚子，揭不开锅，我料定那个汉子不可能会在寒风刺骨的雪夜，斗胆翻墙入室，夜闯民宅，去当一回贼人。

　　饱暖思淫欲，饥寒起盗心。当年只有背负家庭重担的父亲，才能以宅心仁厚的情怀去理解一个偷窃者的艰难处境。那个飘雪的夜晚注定是个宽容的夜晚，让那个汉子一家熬过了饥寒的长夜，看到新年的希望。

　　假如当时听从表哥的话，执意追赶下去，甚至将表哥那条可怕的猎狗带上，那事情一定会成为另一种结果。雪落无声，连大雪都能及时出手，用它洁白无瑕的身体，覆盖寒夜的劣迹，何况我们宽怀天下的人心！

地衣里的思念

每当见到阁楼里那只船形的竹篮，我就会想起母亲，想起母亲就会记起满篮的地衣，记起地衣就会思念久远的美味，那是今生今世难以忘怀的味道

屈指数来，母亲已离世三十余载，但那只破旧的竹篮却依然遗留着她的气息。那只篮子盛放过母亲的温暖，存储着儿女的思念。

睹物思人，数不清多少次，看见母亲挎着竹篮，瘦小的身影飘过田野，跨过水圳，钻进开满芦花的河滩，在一个叫天华寺的山脚下采集地衣。

母亲每次归来都是收获满满。水汪汪的地衣像一团扭动的蝌蚪，在篮子中晃荡。与同行的妇人相比，母亲的能干体现于细枝末节。比如别人采地衣，贪多求快，采回的地衣沾沙带泥，数量虽多，但满是泥沙草屑，清理起来十分费劲。有些性子急躁的女人，最后失去清洗的耐心，只好将辛苦采回的地衣当垃圾扔到了屋后。

母亲捡拾的地衣不仅干净爽利，而且就着河水，用篮子过滤淘洗，去除了泥沙杂物，回家只需用井水漂上两遍，即可入锅烹煮，省时省力。

谷雨前后，在合适的温度和湿度中，地衣像气泡一样从地表上冒出。地衣属真菌和藻类的复合体，它喜光、怕污染，在人烟密集的城市或污染严重的工业区见不到它的踪影。对空气水质敏感的地衣，像生态的晴雨表。

人们对地衣有很多种称呼：地皮菜、地木耳、雷公菌等等，这是大众熟悉的乡土美食。

在我记忆里，小时候食物匮乏，家里干活的少，吃饭的多，只能向大自然索取果腹的食物。春荒时节，捡拾地衣的人很多，一场大雨过后，老弱妇孺，一齐出动。

捡拾地衣很有窍门。首先要选准地方，背阴的坡地、河畔的树丛、渗水的岩壁，这些地方都有苔藓似的地衣冒出。早起的妇人，挎着篮子，沿着弯弯曲曲的小径，捡拾地衣。

捡拾地衣需要耐心，它不仅细小，而且紧贴地皮，加上颜色与枯草、土层相近，粗心者一晃而过，很难发现它的踪迹。因此，沟渠边、矮草中、潮湿处就是重点区域。

老妇人经验丰富，如跟在她们身后将一无所获，抢在她们前面就能满载而归。雨后喝饱了水的地衣，琥珀一样鼓胀透亮，肉嘟嘟地匍匐在地面。妇人们遇见了，弯下腰，翘起苍老的兰花指，轻轻拈着，抖一抖粘连在地衣上的草屑和沙土，然后丢进篮子。

母亲捡拾地衣是把好手，她捡回的地衣新鲜干净，色泽纯正，连挑剔的插队知青都非常喜爱，隔三岔五就要母亲卖一次地衣给他们尝鲜，顺便让母亲教他们做地衣炒荠菜。

这是母亲发明的一道菜，知青们跑遍了整个公社，没见过谁家会做地衣炒荠菜。这菜看起来平常，没有难度，可做出来的味道却有云泥之别。平时都是地衣炒鸡蛋、地衣煮豆腐、地衣饺子、地衣馄饨、地衣蛋花汤，好像地衣与荠菜是风马牛不相及的事，从没人这么搭配。

这样的搭配并非来自母亲的烹饪灵感，而是迫于生计的无奈。那一天因面临断炊，家里只剩一点地衣，一点荠菜，勉强能凑合一顿。谁知这种凑合竟然创造了一道人间美味。原来美好的生活总是来自真诚和朴素，来自关怀与爱恋。

几位爱好烹饪的知青，背地里偷偷地做过几次地衣炒荠菜，可每次都要差那么一点火候。关键是他们去除不了地衣中的细沙，不管如何冲洗也无法剔除干净。

殊不知清洗地衣是挑战耐心的事情，心急吃不了热豆腐。眼见一盆又一盆清水泛起浊浪，倒掉重来，水哗哗地流走，地衣也开始洁净周正起来。这个时候，很多人以为地衣干净了，其实这是一种假象，还有隐蔽的污垢，必须继续冲洗。直至手腕困倦，指尖发白，皮肤起皱，这才算大功告成。

一遍又一遍，既在淘洗地衣，也在淘洗时光，大半天就这样过去了，地衣已彻底洗干净。像绽开的黑色花朵，采集天地之气的地衣，安抚干枯的肠胃，舒缓满脸的倦容。

母亲最后一次捡拾地衣差一点被水流冲走，后来使她万分痛苦的不是落水时的惊慌，而是伤心难过于别人的冷漠，见她落水还无动于衷。能干的母亲是捡拾地衣的高手，地衣给我们家里创造了收入，别家的婆娘便心生妒忌。

记得落水之后母亲重病了一场，从此她再也没有捡拾过地衣。正因为母亲不再捡拾地衣，我就再也没有品尝过地衣炒荠菜这道"母亲的名菜"。

我知道地衣的烹饪方法有多样，如配葱花、香油，拌豆腐；配火腿、香芹，拌炒粉条，还有原汁原味的地衣蛋花汤，入口即化的羹汤是老人和孩子的上等美食。

勤快的主妇还可以打两个鸡蛋，割一把韭菜，快刀剁碎，包一笼饺子。透过薄如蝉翼的饺子皮，能看到五颜六色的馅儿在轻轻蠕动，这样的饺子，不等入口就已馋涎欲滴。不过无论哪种做法，始终比不过母亲的味道。

这些年，我离开了乡村，远离了地衣，苦为生计，埋头奔波，过着坚硬的日子，说着无骨的软话。今年春节，我回到了村里，虽没见到地衣摆上餐桌，但我却在河畔发现了它的踪影，它湿润绵软，紧贴地面，借助饱满的水分去充盈细小的身体。

那一刻我才明白，只有回忆少年往事，才会感觉母亲犹在眼前。望着绵软的地衣，终于知晓世间还藏着许多美好的事物。

草根下的亲人

对于乡村孩子来说，泥土如宽大的床铺，草木像温厚的亲人，人活一世，草木一秋，草是人的写照。

祖先伴草而生，他们属于原生的草民，草里生、草里死、草根下刨食，草丛中安息。无论草枯草荣，草的颜色就是人的颜色，草根一样的指头，草叶一样的肌肤，干草一样的毛发，那是亲人的素描。

逐草而居，草向天际线下延伸，成长为草本的世界，构建出草本的王国。草是动物的至爱，食草的牛羊、高飞的鸟雀、钻洞的老鼠，它们都是草的子民。

踩不死、晒不死的草，有着超强的生命力，不管遭遇多么恶劣的环境，草都能正常生长，从不退缩。在无边的旷野中，即使是一些瘦弱不堪的草，也能顽强地抵御风沙、干旱、冰雪、洪涝的轮番侵袭。

草作为精神的象征，它在我的记忆里长出了不同的风姿，每一位故去的亲人都像一株草，在人草相通的情境中，可以摸到人的温暖，闻到草的气息。

以艾为姓的母亲，用莲命名，艾的一生，莲的一世，春秋轮回，暗示了母亲短暂的生命。母亲不仅有草本的姓氏，还有艾叶的清苦。瘦弱多病的她，一生勤劳节俭，为照顾一家老小，她耗费心血，透支健康，从不怜惜自己的身体。回想她早衰的脸庞，就像贫瘠之地的苦艾，随时都有枯萎的危险。病痛中强作欢颜的母亲，始终保持一张温暖待人的笑脸。三十六年前的一个冬夜，我们不知浸泡在苦水中的母亲已大限来临，无声无息，撒手而去，享年五十三岁。

母亲走了，那株被风吹拂的艾草一直在我记忆中摇晃飘荡，让我今生今世不能遗忘。而硬朗的祖父是一株行走的药草，他长年攀爬在云雾缭绕的山顶，被各种药草召唤。

祖父是远近闻名的兽医，一生救治过无数的牲畜。他平时除了精心侍弄庄稼，遇有空闲就会上山采药，风雨无阻。数不清用破过多少只背篓，穿烂过多少双草鞋，墙角中磨秃的药锄一字排开，那就是祖父挖药的见证。

熟悉药性的祖父性格直爽，爱憎分明，凡看不惯的人和事，不管涉及谁，他都会直言批评，不留情面。人们常说"良药苦口利于病，忠言逆耳利于行"，在村庄里大多数人都能理解祖父诲人不倦的苦心。深谙药性的祖父，把药草渗进了血液，药草成了他言行的隐喻和生命的象征。

祖父丢下药锄和背篓，他的骤然离世让整个村庄悲伤泛滥；他的葬礼异常隆重，四邻八乡的村民自发赶来，迎送祖父最后一程。

葬完祖父，我们回到了那个原本属于他的院落，院内除了满仓的稻谷，成堆的红薯之外，最让人难以割舍的还是那些药草。洗晒好的葛根、荆芥、茵陈、夏枯草、威灵仙，分门别类，装在竹筐中等待化腐朽为神奇的加工炮制。药草生长在深山老林，大多数时候自生自灭，无人知晓，只有极少数幸运的药草被采集回来，发挥一株药草的最终价值。草死了，它的魂魄变成了药。这些药在农忙季节将派上用场，给牲畜喂食药草，是祖父的专长。靠人力耕作的年代，打长工出身的祖父，与牲畜有着极深的感情，特别是对待耕牛，更是相依为命，视为珍宝。在他眼里，耕牛就是农家的衣食父母，不许有半点轻慢。

有一年冬天，家里饲养的母牛难产，为给母牛助产，祖父蹲在牛栏中寸步不离，守了整整一夜。拂晓时分，母牛终于成功分娩。当听到小牛犊哞哞的一声叫唤时，祖父热泪长流。

牛是农家的希望，没有耕牛的年月，汉子成为拉犁的老牛，只有拉过犁耙的汉子，才能理解重负的耕牛。牛犊的叫唤，像催眠的天籁，让疲惫不堪的祖父深深陶醉。他眯上眼睛，双腿弯曲，一屁股坐了下来，倾听着母牛对小牛的轻唤爱抚。那种亲昵的声音，不仅是一种舐犊之情，更像一首天堂的夜歌，在他耳畔回响。祖父在迷人的摇篮曲里身心松弛，呼吸顺畅，不一会竟然躺倒在母牛身旁，在一堆储满阳光的稻草上呼呼入睡。

苦等一夜的祖母，好不容易挨到拂晓，她实在放心不下，挪着一双小脚，颤颤巍巍地来到牛棚。见那情景，她忍不住狠狠数落了祖父一顿，她让祖父干脆卷上铺盖，搬进牛栏，与母牛同居算了！后来这事成为乡村邻里茶余饭后的笑料，说母牛是祖父的"情人"……

想赚牲畜钱，要与牲畜眠，这是祖父的口头禅。无论严寒，还是酷暑，祖父像对待孩子一样，悉心照料大大小小的牲畜。有头牛收工回村不慎从石桥上踩空，坠落河谷，摔断后腿。祖父请人帮衬，把牛抬回村里，在骨折的部位装上夹板。可牛不像人，它不理解人的真实意图，特别看见大伙儿拿着棍棒、绳索，朝它兴师动众而来，断腿的牛以为主人要向它动刀子，于是在疼痛中拼命挣扎，后来在挣扎中这头牛竟然流下了清亮的眼泪。

祖父伸出布满老茧的手，在牛身上摸了摸，那是安慰，也是爱抚。这样的牛怎么会忍心杀它呢？牛不懂人话，见有人触碰它的痛处，还是不停晃动挣扎。牛必须静卧不动才有利于骨头的复位生长，可要想让牛配合治疗，那是一件很费周折的事。两个多月的治疗过程，祖父精心护理，不厌其烦，反复上药、夹板、复位，直至骨折的牛腿完全康复……

时光像一个隐形的沙漏，不仅耕牛日渐稀缺，而且祖父、祖母、外公、外婆、父亲、母亲，这些至亲至爱的人都在沙漏中渐渐远去，一个接一个地隐没在荒草之中，让人无比伤感。这些年每到清明时节，我都会穿过茂密的草丛，去那里寻找走失的亲人。我知道若干年后，我的后人也将在草丛中将我寻找。人走了，草依然还在，站在坟前，能感觉到人与草已连为一体。不管时光过去多久，只要草的根脉还在，我们就可以在草木中找到自己的亲人。

骑行少年

仲夏，乡村的早晨，风轻云淡。一个欲望勃发的少年在晒谷场上练习骑车，刚掌握动态平衡的奥妙，便兴冲冲地骑上了高低不平的机耕道。

田野里，泛黄的谷穗在微风中摇摆，弓着脊背的少年，蹬着虎虎生风的踏板，难得离开大地的双脚，在丰收的边缘画出一道闪光的直线。在少年眼里，村道在迅速缩短，城镇在扑面而来。

如果没有那张穿越岁月的照片为证，我至今也不敢相信，那位骑车的少年就是曾经的我。当时村里只有唯一的一辆自行车，车子的主人是我父亲。

父亲是一位走村串户的兽医，在山道上奔波了大半辈子，早就盼望能有一辆缓解脚力之苦的自行车。可是计划经济年代，物资匮乏，好多商品都得凭票供应。父亲能买到"凤凰"牌自行车，全靠一位贵人相助。这辆自行车在当时的乡村让人无比羡慕，就像现在有钱人开"奔驰"，驾"宝马"，引人注目。父亲因为有了这辆"凤凰"车，整个人变得精神起来，一扫往日的灰头土脸。从那一刻开始，我发现自行车确实是个好东西，并且发誓，一定要拥有一辆属于我的自行车，遐想着车后架载上一位秀发飘飘的姑娘，从村道上如风穿过。

买车是多年后的事。我清楚地记得，当时在县一中斜对面的五交化商店购得一辆"永久"牌自行车时，一种豪迈之感油然而生。在骑行回家的途中，感觉天空突然变得深邃高远起来，迎面走过的每一张脸都觉得那样熟悉和亲切。

车轮摩擦着沙粒覆盖的路面，发出沙沙的声响，那种声音如圣乐一样悦耳动听。三十多公里的沙土路，依山傍河，像一条射线，向前延伸。正值青春年少，体力旺盛，随着骑行速度的加快，扑面的凉风颇解人意地钻进衣衫，如风帆一样将我瘦长的身子扬起，让我尝到了飞翔的快感。那一刻，我多么希望能长久沉浸在这样的幸福里……

岁月流逝，当年锃亮的"永久"牌，如今布满厚厚的尘埃。整个车体找不到一丝本来的面目，连浑圆的车轮也被时光的刀刃消解了饱满的神韵。灰头土脸，如一只折翅的飞鸟，耷拉着凌乱的羽翼，不再动弹。这辆车只伴随我在乡间小路上有过短暂的风光，就因身份的变换，使一辆崭新的自行车在乡间的土路上昙花一现，从此，遭遇了被闲置冷落的命运。

那一批同时生产的自行车，或许早被骑得破烂不堪，甚至已变成回炉的废品。一辆自行车，不应该关在房间里，就像一匹好马，它向往的是飞奔。我相信命运二字的确存在，别说有生命有思想的人类，就连一辆车与另一辆车，也因不同的购买者，经历截然不同的命运。眼下，我站在这辆车前，束之高阁的命运，并没有给它带来"永久"完好的结局。一辆不见天日的车，没能发挥应有的作用，就像一个年华虚度的人，功能荒废，价值缺失。车子的零部件在多年的闲置中完全老化。镀铬掉尽，锈迹斑斑，坐垫的皮革像干枯的树皮。轮胎花纹虽然完好，但通体布满鸡爪似的裂纹。灰中泛绿，像一块久晴无雨的旱地，有一种不见人烟的荒凉。

迈进老宅的那一刻，我对收纳万物的时光有了更真切的体会。曾经聚居十几户人家的大屋，如今空无一人。老一辈早已作古，年轻人在外漂泊，他们淡化了乡土牵挂，告别了传统农民的生活方式。

摇摇欲坠的老宅成为一个时代的缩影。这种曾在赣西北山区最常见的泥墙瓦屋，如今变得日渐稀少。天井、厅堂是传统建筑的特殊结构，残存着前朝的农耕气息。屋子里塞满了老旧的木床、箱子、厨柜，还有日常的水桶、谷桶、土钵、瓷缸、大瓮、坛罐、夹底板、纺线车、石磨、木甑、筲箕、箩筐、背篓……这些被长久闲置的家什，正散发着一种衰朽的霉味。想当年，这些用物是须臾不可离开的生产和生活工具，就像现代人离开了手机、电脑，让人失去了魂魄，无所适从。上辈人无比珍爱的东西现在却像垃圾一样，弃之如敝屣，扔之而毫不足惜。

现实让人回过头去反思的时候，我突然想起了那辆在老宅中沉睡不醒的"永久"牌。自行车不仅绿色环保，而且还能运动健身，它对道路的等级要求不高，小街狭巷，乡村土路，往来自由。可是如今家用轿车已成为身份标志，风驰电掣的速度让人向往，在乡村极少有人还会对一辆自行车产生兴趣。

殊不知自行车自带光亮，它是一种让自己能够搬动自己的交通工具，这是一项让人类终身受益的伟大发明。可随着生活水平的提高，人们率先将它冷落，把自行车当成过时落伍的象征。走过街头，店铺林立，可是专营自行车的商家已经寥若晨星。取而代之的是金碧辉煌的汽车城、豪车遍地的 4S 店，档次再低的至少是摩托车、电瓶车。享有冬暖夏凉、以车代步的生活，是如此安逸和便捷，泡在糖水中的年轻人，谁还愿日晒雨淋，自找苦吃。不过人们是否想过，当我们扔下自行车的时候，很有可能一同扔下的还有健康和环保。无论时代怎样发展，那流淌在城镇的自行车流都应该成为被人赞美的风景。就像手上的汗水，永远要比手上的金戒指更值得尊敬。

揽猫入怀

电话接通后，我听到了猫咪的叫声，印象中外婆的电话就像动物乐园里的音乐彩铃，设置了特殊的画外音。电话那头，猫咪是主角，外婆是配角。

每次和外婆通电话，抢先发声的一定是猫咪。猫咪的发声像情绪预报，传递着外婆的基本信息，从咪呜、喵呜、喵嗷这些不同的音调里可以判断出外婆此刻的心情。如果猫咪的叫声是缓慢温柔的，那说明外婆一切正常，甚至有可能正开心地揽猫入怀，一边抚摸，一边轻吟。

假如猫咪的声音是尖厉短促的，或者夹带一丝惊慌，那说明场面惊悚，电闪雷鸣，猫咪刚挨过一顿训斥。此刻的猫咪应该蹲在地上，外婆则倚靠床头，各自生着闷气。

外婆与猫咪生气，就像初春的天气，孩儿脸，说变就变。于是生气和好，和好生气，起伏交替，一天下来，循环往复，轮番上演。

　　鬼灵精怪的猫咪，它好像什么都懂。比如它知道围在外婆身边的幸福，但长久的幸福也会乏味，就像泡在糖水里的舌头，感受不到甜味。于是猫咪就变着法子来惹是生非，逗外婆玩乐，寻一点开心。趁外婆不注意的时候制造麻烦，搞点恶作剧，以此来刺激外婆的情绪，让她躁动。比如有意打翻桌上的牛奶，叼走外婆的鞋子，弄脏洁白的毛巾……

　　这时候外婆就会操起床头的鸡毛掸子，扑过去教训猫咪。老胳膊老腿的外婆，哪够得上这神出鬼没的猫咪，鸡毛掸子还未到手，猫咪却早已蹿上高耸的厨柜。站在厨顶的猫咪，用一双水汪汪的眼睛盯着外婆，那迷人的瞳孔，如两颗熟透的葡萄，在眼窝中缓缓转动，圆润透明，看上去就像用宝石打磨的珠子，在夜空中闪闪发亮。

　　看着站在高处的猫咪，它伸长脖子，摇头晃脑，外婆竟然没忍住，扑哧一下笑出声来，一转眼，所有的怒气都烟消云散。那一刻，人猫和好，冰释前嫌。

　　望着淘气的猫咪，外婆竟然无师自通地用上了拟人的修辞，她轻轻地嗔责了一声："这讨厌的孩子！"那一刻不知是老人出现了幻觉，还是萌生了奇想，感觉这猫咪就像自己曾经的孩子，从母亲到小姨，从小姨到外孙，一个个亲手带大的淘气包，逐一浮现眼前……

　　母亲病逝的那年，外婆刚满七十，多病的母亲知道身板硬朗的外婆还能活些年头，于是叮嘱我们往后可要好生照看外婆，算是替娘操心。我们在母亲床前点头承诺的时候，还不懂世事维艰，更无法体会照顾好一个老人的难度，一不小心就开出了无法兑现的空头支票。想来这是一种罪孽，直至从现实中看到老人因为孤独难耐，因为疾病痛苦而出现轻生厌世的念头时，我们才理解孝道的艰难，养老的沉重。

外婆是否也有过这种念头？我们不得而知，但有一点可以肯定的是她幸有寄托。感谢几任猫咪，是它们陪伴左右，是它们用调皮捣蛋的方式，给外婆驱散了晚年的孤寂。

十年前的一个冬夜，猫咪从后院找到了破碎的窗户，那圆形的破洞就像为猫咪预留的生命通道，让它轻轻松松地钻进了美食乐园，重温人间烟火。嗅觉灵敏的猫咪擅长定点袭击，它偷吃了外婆灶台喷香的酒糟鱼。吃饱喝足的猫咪像个醉汉，在温暖的灶台上呼呼大睡。

次日清早，起床做饭的外婆有些吃惊，发现灶台已是一片狼藉，烟囱旁一只大花猫肉体横陈，呼呼大睡。怒火中烧的外婆，一声大骂，操起棍子，准备教训这偷吃的野猫。此时还在宿醉中的猫咪因惊吓而醒，只见它摇摇晃晃地站起来，艰难地爬上了窗台，想从原路逃离出去。就在外婆即将动粗的时候，猫咪那个硕大的肚子刺痛了外婆的眼睛，她赶紧放下了手中的棍子，因为她看见这只怀孕的母猫已经临盆在即。

急于躲藏的母猫，在关键时刻不忘回眸一望，它看到外婆放下了手中的棍子，知道老人有了恻隐之心，于是如闻赦令，立即停止了仓皇的逃窜。多少年风餐露宿，这猫咪没有享受过人间温饱，享受过梦幻般的醉意。如今对这种飘飘欲仙的感觉充满了诱惑，怀孕的猫咪对于漂泊的滋味早已厌倦，它真的不想再去浪迹天涯。

纷争虽然暂时平息，人猫已同居一屋，但是外婆对这只来路不明的野猫还是心存戒备。首先她把半瓶酒糟鱼藏进了柜子，把鸡蛋、腊肉放进了里屋，她要先观察这母猫的德性，是否可以收留。同时她对贸然闯入的野猫还有另一层抗拒，老人的抗拒既有风俗的信仰，也有事件的亲历。民谚有云：猪来穷，狗来富，猫来披麻布。在民间认为家里突然来了猫咪是一件不吉利的事，说明家里会死人，要披麻戴孝。我曾听说，外公去世的那年，小姨家就来了一只大白猫，结果没过多久，外公就溺水而亡。

本来外婆是准备让母花猫饱食一顿，然后再把它打发出去。可是还没等外婆采取驱逐行动，大肚浑圆的母花猫就迫不及待地产下了三只小猫，一白，一黑，一黄。三只小猫依偎在一起，就像绽开一团锦绣。有了这三个小生命，外婆就更加束手无策，即使有再多的理由，也硬不起心肠，下不了狠手。

足智多谋的猫咪用这种方法唤醒了外婆的母爱，轻而易举地找到栖身之地。外婆望着这窝小猫，只能连大带小无条件地收留，从此，这只身份不明的猫咪就如逃荒的母子，以投亲靠友的形式，留在了外婆身边。

母花猫产下三只小猫咪之后，就像卸下了一个沉重的包袱，它连走路的步子也变得轻盈起来。母花猫在侧卧喂奶的时候，外婆发现它的前爪上有一道陈旧的伤口，口子很深，像是被刀砍过。没有人知道这猫经历过怎样的生活，经受过怎样的凶险和苦难。母花猫除了定时喂奶之外，她也时常会出去溜达，有时会逮来一两只半死不活的耗子，或者叼回一条活蹦乱跳的小鱼，让小猫品尝母乳之外的新鲜美食。不知母花猫是从哪儿弄来的美食，这本事应该是它流浪江湖时的绝活。

窠巢是动物的居所，天下所有的动物都需要一个家，有了家就有归宿，有了归宿就有依靠。可是母花猫没想到，已经找到了安身之所的它，本可以幸福地养儿育女，但好日子才刚开始，灾祸在毫无征兆的情况下突然发生。

它不相信在青天白日会有外敌入侵，而且那个野蛮的入侵者还是它的同类。一只硕大的公猫，它借助现成的通道，闯进了外婆家。狠毒的公猫像个冷面杀手，闯进屋来不分青红皂白就大开杀戒，一口气咬死了两只小猫，最后一只也被它咬得满地打滚，奄奄一息。危急关头幸亏母花猫外出归来，它疯狂反扑，拼死迎敌，这才避免了猫门灭绝的惨祸。

那个下午，发生在外婆后院的一场猫族恶战，持久而惨烈，但耳背的外婆毫不知情，直至晚上才发现这场变故。她看到血肉模糊、惨不忍睹的现场，本想拿起扫帚去收拾一下，可是因悲伤而愤怒的母猫没让外婆插手。它叼走两只死去的小猫后，用一种托付亲人的眼神，把那只受伤的小猫交给了外婆，然后纵身一跃，消失在茫茫夜色中……

在那个夜晚，母花猫带着一腔愤怒和决绝，一去不返，从此，这猫下落不明，不知所终。

母花猫刚走的那段时间，腿脚不便的外婆，一改多年不出门的习惯，像个走丢了孩子的母亲，蹒跚着老腿，拄着拐棍，挪步村口，甚至还搭乘三轮去过镇上。她逢人就去打听，见猫就会端详，可惜一个老人能够到达的地方十分有限，而可以容纳一只猫的地方又无限宽广。后来她只好托人帮忙寻找，但找了好长时间，始终没有音信。那只母花猫就像雨后一团云朵，一阵白雾，随水漂走，被风吹散，无声无息，不见踪影。

外婆后来无数次回想过那个夜晚，回想母花猫离去时最后那个眼神，那种复杂的神情就像一位托孤的母亲，完成了最后的告别。

古稀之年的外婆在乡间算是见多识广，但她也搞不懂猫的江湖。都说猫有九条命，可是九条命的猫是否指它九次轮回？外婆相信母花猫没死，它应该还活在这个世上，有朝一日它还会回来。

猫的失踪有多种可能，外婆回想以前在小姨家客居的时候，见过城里太多的流浪猫，那些奔跑在街头巷尾的流浪猫，抖动着脏兮兮的皮毛。但是脏乱的皮毛下面有着灵敏的四肢，机警的动作，放浪的眼神，它随时准备面对野蛮和暴力。

有一回电视上播了一条新闻，说有一些黑心商贩，专门捕捉流浪猫，然后偷运到广东等地。听说那边有一道叫"龙虎斗"的大菜，非常昂贵和时髦。龙是蛇，虎是猫，两者组合就是名菜。后来看到那些发昧心财的人全部被绳之以法，外婆开心地拍手称快……

那些年里，外婆如果与猫相遇，她会拄着拐棍，停下来，总想去辨识一下它们的来路。这些四海为家的猫，究竟是遭受主人遗弃，还是从家里叛逆出逃，抑或找不到回家的路，索性浪迹天涯。

那些"半路出家"的小野猫，它们压根就不知道身边的险恶，自由行走于草丛、街道、小巷，在一只猫的走走停停中，光顾世界的美好。它们所看见的一切都是家里不曾有过的新鲜和刺激，它们对世界充满了好奇，房梁屋顶，草里树上，四处游逛，无所畏惧。

在车来人往，险象环生的街道上，游走的猫们不断化险为夷。偶尔还会无所顾虑地在地上打个滚，伸个懒腰，那个样子独自快活，目中无人。

在自由自在的世界里，流浪猫喜欢四处"拈花惹草"。在路旁的花丛中偶然看见一只毛茸茸的小萌猫，它在没人理睬的时候，可以找一只蜥蜴，或抓一条四脚蛇来较量，甚至可以跟身边一朵野花，一只蜻蜓，一只蝴蝶玩耍一个下午。

流浪是撒野的前奏，猫在外面流浪久了，顽劣就会滋长，即便是胆小单纯的小野猫。都有可能变成街头的"饿霸"，泼猴一样抢夺孩子手中的零食，欺负过往的小狗。有时还会用惹人怜爱的外表去迷惑人类，在公众场合获得面包、蛋糕、火腿等美食的奖赏。然后像个大口喝酒，大块吃肉的绿林好汉，独享饱食，快活逍遥。

野性释放，哪怕是再柔弱的小猫，只要在外面混了两年江湖，很快就有变化，连眼神都会生硬。有些时候猫儿会成群结队地出行，那是因为它们在外面混上了志同道合的朋友。

性格孤僻的老猫就显得与众不同，它不喜欢拉帮结派，大多是独来独往，行走时紧贴墙根，充满戒备，有一种生人勿近的气势。这种猫就连阳光投射过来的影子都带着某种威严，这是闯荡江湖练就的戾气。

难怪人们戏说猫是老虎的师傅，师傅虽然没有徒弟那般凶猛，但师傅坚守防身保命的底线，所有的武艺都传授给了徒弟，唯独爬墙上树的绝招秘而不宣。老虎纵有千钧之力，威震四方，最终也只能满地咆哮，奈何不了登高望远的猫师傅。

母花猫失踪后，外婆对受伤的小猫照顾得更加细致，经常托邻居到市场上买些小鱼，让小猫独自享用。小猫在康复中慢慢长大，随之猫的本性也开始显露。比如小猫偶尔会从门缝中溜出去，在后院练习爬树，或者在几个柴垛之间窜来跳去。奔跑、跳跃、攀爬，它无师自通地掌握每一只猫都该有的本领。

最初外婆并没有关心小猫的性别，但是凭老人的经验，猫咪不到一岁就应该发情，就像变声的少年，连沙哑的喉音都会暴露性别。可是这油光水滑的黑猫，长到快两岁了，还是没有一点变化，按照猫的发育周期，这个时候的成年猫应该有了明显的性别特征。此时外婆才感觉有些问题，进入春天时，瓦屋上不时能听到猫咪因生理冲动而发出的尖叫，那种叫春的声音，像小孩的啼哭，一声比一声尖厉，一声比一声放浪，而此时体态丰满的黑猫却像置身事外的隐士，心如止水，坐怀不乱。见状外婆终于起了疑心，她不相信如此煽情的浪叫，会让一只正常的猫咪没有一点躁动，于是趁着猫咪熟睡之际，她开始辨别，可是看来看去，感觉越看越糊涂。这猫既不像公猫，又不像母猫，不知是什么原因。

后来又看了几次，终于从猫的胯下发现了问题。原来这猫儿在那场惨祸中幸存下来时，已经因伤致残，被那只凶狠的野猫伤及了后肢，咬掉了睾丸，惨遭阉割，失去了性功能……

从那一天起，外婆再回头看这猫时，心里头就多了一丝怜悯和慈悲。怪不得这猫从小就喜欢安静，总是躲到隐蔽的角落里睡觉，一副不问世事的样子。平日里它闲下来就磨它的爪子，饿了就用温润的鼻子碰碰外婆的脑袋、耳朵，或用柔软的身子蹭蹭外婆的双脚。

每次只要外婆停下了手中的针线活儿，猫咪就会钻到外婆怀里，这是花母猫从没享受过的待遇。外婆的手掌在猫咪身上轻轻地游走，听它轻轻地打着呼噜。通体漆黑的猫咪像一团乌云，黑亮的皮毛丝绸一样光滑柔软，那颜色像炭笔画过，没有一点杂色。无论是皮毛，还是神态，均找不到花母猫遗传的影子，一点也不像是它孕育的后代。

黑猫除了按时进食，定点解便，其余时间独自一个，低头走路，仰首观天，沉思默想，心事重重，就像一个忧郁的哲学家。

　　一只猫与另一只猫，相互间的性情相差甚远，让外婆相信，猫的记性不比人差。也许小时候的伤害给黑猫留下了可怕的阴影，让它学会了审慎，学会了对生存问题的考量。它怀疑同类，甚至提防所有的动物对它加害。它只想待在外婆的身边，生活在温柔富贵乡里，没有外敌的入侵，更没有同类的诱惑。

　　如果在阴雨天里，黑猫会呆望着屋檐滴落的水花，然后扭过头来，轻轻地舔着陈旧的伤口。那道伤口没有毛发覆盖，光秃秃地裸露着，不知道那些伤口在阴雨天里究竟是瘙痒还是疼痛。

　　大部分时间这猫咪都是安静的，但再安静的猫咪也有调皮的天性，也有不灭的童心。比如黑猫看到外婆的线团跌落地上，它就会一跃而起，叼着线团钻进床底下，有意和外婆捉个迷藏。比如站在落地镜前，它左看看，右瞧瞧，有时边叫边做鬼脸，有时模特一样走个猫步，以此来逗人一乐。

　　猫是听觉和嗅觉特别灵敏的动物，这一点刚好弥补了外婆的听觉迟钝。猫咪虽然守在屋内，但它对外界却充满了警惕，不管院内院外，稍微有点响动，它就竖起了耳朵。细雨敲窗的声音、风吹枝叶的颤动、飞鸟扑翅的响声、奔跑而过的老鼠、列队而出的蟑螂、围观灯罩的飞蛾……全都逃不过它的监视。

　　猫在悄然长大的时候，人也在无声地变老。辛丑春天，外婆重病的消息像一道闪电，突然而至。我们兄弟姐妹几个获知消息，马不停蹄地赶了回来。

　　外婆在第一时间被送进了医院，诊断为脑出血，在医院重症监护室住了几天，病情有了好转。我在医院帮衬了两天，给外婆买了奶粉、罐头、水果和营养品。其实这些东西对于病重的外婆来说已经没有任何作用和意义，但是我还是执意要买，好像要用一个仪式来弥补内心的亏欠。

　　过了两天，见外婆病情开始稳定，人也稍微有了一点意识，尽管还不能与我们交流，但是偶尔会睁开一下眼睛，看看这个世界。到了第三天，可以喂水、喂少量的流食了。我们稍稍松了一口气，相信硬朗的外婆可以扛过这场病痛，恢复到从前。看到外婆病情逐渐好转，大伙开始商量下一步的方案。在小姨的建议下，几个在家的外孙和外孙女轮流过来照顾。小姨已是年近古稀的人了，忙前跑后，奔波熬夜，无法支撑。

　　做好了相关安排之后，我们几个在外地谋生的晚辈就启程返岗了。谁知刚刚回去，屁股还未坐热，家里的电话又打了过来。告知外婆病情再次加重，医院已下达病危通知书，就等外地的亲人回去见上最后一面……

　　无奈之下我们只好又从千里之外火速赶回，我赶到家里已是下半夜了，脸如白纸的外婆完全变了相貌，这次恐怕真的不行了。

　　看到外婆已经不省人事，进入了弥留之际，根据医生建议，小姨把外婆接回了家里。外婆病前曾向小姨提过要求，等她寿终正寝的时刻，可不能让她躺在医院里，她要安稳地躺在自家的床上，那样才能放心地离去……

　　我蹲下身来，握着外婆冰凉的手指，就像握着屋檐下凝结的冰块，那些冰块一点点正在悄悄融化。我俯下腰身，听着外婆时断时续的呼吸，让人特别地揪心和难受，看这个样子已经难熬一两天了。

　　为了守住外婆最后的时光，我们这些晚辈只好全天候守在她床前。八个外孙，七个外孙女，只差一个没有回来，我们十几个同辈的孩子，平时天南地北，各自奔忙，现在为了同一个亲人，一起守在她的床前，这是难得一见的事情。小姨说外婆昏迷之前一直喊着毛毛的名字，毛毛是小姨的小儿子，远在新疆部队服役，小姨打了好几个电话给毛毛，经部队准假，毛毛正在归来的途中。

　　这是一个充满悲伤的时刻，我望着床上的外婆，感觉那细若游丝的呼吸就像迎风而立的灯盏，油尽灯枯，随时都可能熄灭。床前这十几个孩子，几乎每一个都是外婆家曾经的常客，居住时间最长的是大姐，在外婆家待到了五岁，最短的也有六七个月。到了满地奔跑的时候，我们才回到父母身边，再后来启蒙入学，渐渐去外婆家的机会就逐渐减少。不过逢年过节，放暑假寒假，我们还是会回到外婆家。我在外婆身后就像个跟屁虫，她去哪，我跟哪，与外婆的左邻右舍、同龄孩子都玩得再熟悉不过了。

　　有时候外婆会给我一点零花钱，让我到小卖部去买零食。随着年龄的增长，渐渐就有了自己的世界，在自己的世界中，外婆所占的位置越来越小。直至离开了家乡，到外地求学和工作，就只剩下每年回家一起吃顿团圆饭。特别是母亲去世后，两三年才回乡一次，所以看望外婆的机会也就越来越少。

如今，我蹲在外婆的病榻前，看着她萎缩的身体像一只风干的丝瓜，只剩一张皮包骨。全身从上到下，从里到外就像一副被掏空的皮囊，衣服下面空空荡荡，我感觉那就是光阴的掠夺，那就是时间的黑洞，所有的生命最终都在那里消亡。

我仰头望着墙上的外婆，那张年轻时的特写照片，可以看出外婆曾经的风韵和倔强。现在被疾病和衰老击倒的外婆，微微张开着她缺牙少齿的嘴巴，成串的白沫从嘴角上不断溢出，散发出一种难闻的气味。我猜想此刻的外婆肯定无比难受，但再怎么难受她也无法表达，她本想哀泣和呼喊，可疾病已扼住了她的咽喉，连呻吟的资格都被剥夺。已在昏迷中的老人，只有时断时续的呼吸，让人看了心尖疼痛，满腹悲伤，回想过往的点滴，我的眼泪止不住无声滑落。外婆一旦离去，那就是一个时代的终结，从此，外婆这个称呼就成为永远的念想，成为封存在词典里的记忆。

这些年漂泊在外，没有抽出时间来陪伴老人，更甭谈关爱和孝道。那一刻，我压制着心头空泛的怅惘与遗憾，深感衰老的孤寒和疾病的无情。一个耗尽心血，榨干汗水的老人，用她枯萎的身体养育着儿孙后代，最终进入瘦骨嶙峋和疾病缠身的境地，这个结局永远无法和儿孙绕膝对等。

我日夜兼程，千里奔袭，就为和外婆见上一面，可是现在她再也不能睁开眼睛看我一眼。我们这些亲人在她床头千呼万唤，她已经不能应答，但可以感觉到她的表情变化，有时她的眼角还会溢出清亮的泪水，她应该知道所有亲人全都回来了，回来送她上路。

外婆最后的时刻很快就要来了，开始我们大家日夜坚守，守了几天之后，已经人困马乏，大家都感觉支撑不住了。于是开始轮班守护，白天两班，晚上两班，一直守了五天五夜，可是外婆还是那个样子。在这个缺少耐心的时代，面对奄奄一息的外婆，我们所有的亲人都感到痛苦和焦虑。

从她脸部的表情来看，感觉外婆还有什么未了的心事。开始小姨以为外婆存有私房钱，需要当面分配，可是翻箱倒柜找个遍，只找到零零碎碎的几百元钱。外婆生活没有余钱，没有房产，更没有金银首饰和古董。那么她老人家究竟还有什么放心不下的呢？开始她念叨毛毛，现在这最小的外孙也从遥远的地方赶了回来……

姨父为此还专门去了寺庙，他希望在香火的供奉里，在虔诚的跪拜中，赎回那些习焉不察的罪孽，让外婆平静地上路。小姨趴在外婆耳边，一声声呼唤着她，探问她还有啥放心不下的事？在小姨的呼唤中，外婆除了眼皮略有些许抖动之外，其余再没有别的表示。

等待总是漫长的，但是除了等待，我们再没有别的办法。就在我们大家一筹莫展的时候，突然听到床底下一声凄厉的猫叫声，那声猫叫就像一道电光，在眼前一闪，让我们在场的人心头发颤。

　　最先反应过来的人还是小姨，她弯下腰身，把蜷缩于床底的猫咪抱了出来。看到猫咪的那一刻，大伙全都惊呆了，不知有多少天没有吃喝了，悲伤过度的猫咪，已经饿得骨瘦如柴。

　　小姨抱着猫咪，扑通一声跪在外婆的床前，放声悲哭。小姨告诉外婆：娘，对不起，这些天我们只担心您的病情，竟遗忘了猫咪，让它挨饿了！接下来请您老人家尽管放心，我们一定会把猫咪抱回家去，把它照顾好……

　　就在小姨和外孙女们伤心哭泣的时候，外婆缓缓地收紧了眉宇，闭上了嘴巴。等我们回过头去观察动静的时候，老人已经安详而去。她微微上拉的嘴角，看上去像遗留的一丝笑意，可亲可敬的外婆在生命的最后一刻，用这种方式向我们昭示了她的临终之美。

　　望着长跪不起、悲伤痛彻的小姨，望着她胸前紧抱的猫咪，我突然想起了"母性"与"托孤"这两个词语，这两个词语就像两支点亮的蜡烛，虽然光亮是那样微小，但在生命的旷野上却能持久地摇曳闪烁。

和亲的泥土

多年前，我在乡野行走，一场骤雨将我袭击，毫无防范的我，像一只措手不及的蚂蚁，远望洞穴，仓皇奔逃。

倾盆而下的大雨，劈头盖脸，让人绝望。那一刻我真正体会到了民谚的力量。"脚跑不过雨，嘴犟不过理""晴带雨伞，饱带饥粮"，这些平淡无奇的俗语，闪现着永不过时的民间智慧，验证着泥土一样的朴素真理。

举目四野，雨雾苍茫，在扑面吹打的雨水中，我发现不远处有一棵枝叶茂密的大树，硕大的树冠如一柄巨伞，高擎在路旁。望着不远处的大树，如见亲人，抱头鼠窜，狂奔而去。

雨实在太大，密集的雨点，像空袭的子弹，穿过树叶，向下射杀。在张狂躁动的急雨中，哪怕有再多的枝叶遮挡，也无济于事，最终将我淋成了落汤鸡……

雨终于停了，浑身湿透的我，满头乱发，一脸沮丧。那样子如同溃败残喘的败兵，无比狼狈。一场大雨，让尘埃消失，杂物漂走，反光的地面亮如明镜。凝视这面天地合谋的镜子，世间万物，一片透亮，哪怕再细小的微尘也无处藏匿。

大雨破坏心情，影响情绪，当我从树下走出的那一刻，被雨水弄得怒气冲冲。对一场偷袭的大雨，满腹牢骚，不停埋怨。可万万没想到，刚往前走了几步，我就心情大变，双眼透亮，如同雨霁云散的天空，碧蓝如洗，毫无怨怼。

雨后的山川，四野爽净，面对清新的空气，我赶忙大口呼吸，吐故纳新。走进天然的氧吧，如同心灵的浴室，满面潮湿，眼目清新。我惊讶于天地的化育与感召，烟霞、云雾、流水、花香、鸟鸣，这些大自然的元素，产生强大的滋养和神奇的疗效，它如风似雾，悄然而至地修复着我的身心。

放眼望去，漫山嫩绿，那一层层的草木像染过的绸缎，闪烁着湿润的光泽。微风吹拂，枝叶招展，绿浪涌动。眺望山边的水塘，涟漪四散，蛙声阵阵。踩着雨水泡过的草地，步履轻柔，脚底松软，像蹬弹簧，如踩棉花。

雨后的景色如出浴的美女，绽开了好看的笑脸，消解了之前的沮丧。我在潮湿的气流中往前行走，一回头，猛然发现了泥土的秘密。泥与水是两种不同的物质，在自然界中拥有独立的形态，可是水一旦流进了泥土，泥水就开始牵扯、开始混合，彼此渗透，在爱的纠缠中，很快出现内在的变化，萌生出崭新的事物。

从那一天起，我对泥土有了一种奇特的感觉，认为泥土是最早的变形金刚，拥有随物赋形的无限可能。干透的土块，硬如顽石，用力扔去，像子弹出膛，可以杀伤动物。不过再坚硬的坷垃，只要相遇雨水，立马就会骨头酥软，化成稀泥。水是泥土的催化剂，连供奉朝拜的菩萨也害怕水流，一旦大水来袭，必有凶险，正如俗语所说，——泥菩萨过河自身难保！

沉潜的泥土，本是大地的基座，可它也有飞翔的时光。最让我着迷的是衔泥筑巢的燕子，那小巧的精灵是高妙的建筑师。燕子依靠内置的生物雷达，飞进飞出，准确地在田野上衔来熟透的泥土。通过咀嚼吐纳，细致打磨，衔于嘴中的一小撮泥土，在翅膀的扇动下，送上了房梁屋檐，在最理想方位，构造泥土的杰作。

在乡民眼里，燕子是全能的雕塑家。从选址、设计、用料，到施工、装修，每一个细节都体现了燕子的聪明灵活、巧夺天工，它用细小的尖喙雕刻出生态的宫殿，让朴拙的泥土获得了艺术化的呈现。

人和燕子相互启发，在泥土上大做文章。泥土不仅种出香甜的果实，还垒成房子，搭成灶台，铺成炕床，然后再做成砖瓦、陶罐、水缸、烟囱、土碗、土钵、瓷器……

一个晴朗的午后，我跟随外卖小哥，来到了一处离城较远的山林。山林中正在修建一座寺庙，有一位清瘦的中年汉子在大厅内用泥团塑佛像。外卖小哥每天准时给中年汉子送餐，我看见外卖小哥送来的午餐全是素食。塑像的中年汉子并非出家之人，但他长年吃斋，是一位坚定的素食主义者。安静的性情，俭朴的生活，善待万物，不食荤腥的中年汉子，与佛门的清规戒律异常匹配。

用泥塑像是一件考验耐心的事情，塑像前先按比例、尺寸、动态，用木头做好一个骨架，上面捆上麦秸或稻草，便于增大骨架体积，周围缠绕麻绳。准备工作做好之后，开始在架子上涂抹泥浆，泥浆干透后再用稀泥和上谷壳压实在骨架上，将粗泥固定牢靠，接着等粗泥干到五六成的样子再覆盖塑泥。塑泥是用泥土、棉絮、沙子泥合而成，塑造出所需的佛像躯体和服饰等细节，反复打磨、修整，佛像便塑成了。曾经踩在脚下的泥土，经过精心雕刻和打磨，以佛的形式，摆上了高处的神龛，让饱食之后的人们，双膝弯曲，匍匐在地，虔诚跪拜。

成块的黏土，反复揉搓，慢慢松了、散了，变得柔软而通透起来。揉熟的泥土，如醒开的面团，触摸时有了生命和温度。伸出指尖轻轻按压，泥团略有下陷，像人的皮肤带有微微的弹性。能感觉泥土在揉搓中开始呼吸，抓一团泥，握进掌心，可以随便抻拉拿捏，绵软柔荑的泥团，握于掌心，可方可圆、可长可短、可凹可凸，泥土成为万物的化身。

捏一个小人，捏一只兔子，再捏一只乌龟。手握泥团，一个上午都在把玩。我以为玩耍泥巴，这是孩童的爱好，原来无论大人，还是小孩，只要有机会，都喜欢把玩泥土，泥土是一根牵回童年的丝线，能治愈思乡的愁苦。

乡野的孩子，大多在泥土里滚大，泥土是天然的游乐场，无论天晴下雨，小孩子身上永远沾满泥巴。小时候贪玩泥水，没少挨父母打骂，可不管是打是骂，我们对泥土的兴趣始终没有消失。"泥干自脱"，我们面对溅上衣衫的泥土，寻找安慰的理由。

成年之后，渐渐懂得泥土是万物的构建，也是一个国家的基础。在时光的深处，泥土成就了历史，创造了文化，传播了宗教与信仰。

泥土是我们视野的延伸，只有看清了大地的深邃辽阔，才会明白个体的浅陋渺小。穿行幽谷，仰望山梁，孱弱的我竟然有了生命的冲动。凝视眼前一望无际的泥土，它丰盈坦荡，徐徐铺展，描绘出错落有致的地平线和音乐般优美的海岸线。那一刻我猛然醒悟，土是天地万物，土是生命源头，它能成为极细的微尘，也能成为辽阔的大地。世界上至少有七个版本的神话，认为人类来自泥土。上帝用土造人，女娲抟土造人，人从土中出，终向土中去。《创世纪》中有载："你必须汗流满面才得糊口，直到你归了土，因为你是从土而出的。你本是尘土，仍要归于尘土。"

泥土是一部漫长的史书，它写下了无数惊天动地的故事，记录了悲欢离合的众生。在泥土面前，人类只是短暂的过客，人类终究归属于泥土，而泥土永远不会归属于人类。

想着自己既然是匆匆过客，那么在过客生涯中，我无比渴望做一件具有纪念意义的事情。我发誓，我的灵感绝对不是来自北京中山公园的社稷坛。由于自己的孤陋寡闻，我收集土壤过了三年之后，才从一篇文章中获知这个信息，中山公园的社稷坛，作为明清皇帝祭祀土地神和五谷神的地方，社稷坛上层十八点五平方米的核心区域，铺垫着来自全国五种不同颜色的土壤，这就是远近闻名的五色土。

从南到北，不仅土质不同，连颜色也不同。东部的泥土为青色、南部多为红色、西部呈白色、北部为黑色；中原大地和黄土高原为黄色。土壤的颜色就像大地的皮肤，有着五彩斑斓的色彩，在饱览湖光山色的过程中，颜色成为人们视觉中最直接的感官体验。

一个从小时候起就贪玩泥巴的人，直至人到中年仍然惦念泥土，行走在大江南北，看到不同颜色的泥土，我就有一种想法。我再次发誓，我至今没有读过伊塔洛·卡尔维诺的《收藏沙子的旅人》，这篇发表于一九七四年六月二十五日《晚邮报》的文章，描述了："对于这个世界，沙子收藏记载的是漫长侵蚀后所剩的残留，是最后的物质，是对于世界繁杂、多样外表的否定。"

一沙一世界，一叶一菩提。旅人收集各处沙子，藏于瓶里，归置一室。湖泊河床、丘陵平原，它们的来处很难凭肉眼判断，似乎有许许多多的故事无从言说。

十五年前，我开始悄悄地施行一个计划时，我以为是自己的独创，殊不知这个世界上早有人干过了，真乃太阳底下无新事。

那些年，我凡是外出，不分远近，返程时必定要带回一小包泥土。到目前为止，除了台湾和西藏之外，其他省市的泥土我全都收集齐了，有些往来较多的省份，已经深入到相关市县，甚至镇街。比如我务工多年的东莞，那里三十二个镇街，我全都收集到了一包泥土。尤其是虎门、长安、大岭山、桥头这些镇区，我差不多采集到了每个村。林则徐纪念馆、销烟池、威远炮台、沙角炮台、海战博物馆、执信公园、贝丘遗址、大岭山东江纵队纪念馆、桥头东深供水工程源头……

　　每次远道归来，我尽管只带回若干个小包的泥土，但是十几年日积月累，已经聚沙成塔，滴水成河。那小包的泥土已积累了满满两大缸，我用袋子分开装好，上面清晰地标注了取土的时间和地点，然后封存，装入瓦缸。

　　开始对收集来的泥土没有太多的想法，认为这些从五湖四海汇聚而来的小土块，像一种土壤标本，一个地方的记忆，包含了时代信息、历史记忆。除此之外，似乎没有太多的实用价值，只能作为我行万里路的纪念，暂时存留在天台上的瓦缸里，有朝一日是否能有某种作用，当时无法预料。

　　知道汇集的泥土有疗治的作用，那是好几年之后的事了。退休居家的妻子，有了充足的时间，在有限的空间圆就早年的梦想。她请人运来了泥土，把空置多年的天台，打理成一块园地，她开始在园地里莳花弄草，同时兼种一些时令蔬菜，很快天台就变得花团锦簇，瓜果飘香。

　　第一年，不仅五颜六色的花儿开得一派艳丽，瓜菜也大获丰收。端午刚过，棚架上就挂满了丝瓜、苦瓜、豆角、茄子、辣椒。走进去让人赏心悦目，颇有几分田园庄主的自得。

听到众人的赞叹，妻子越发勤劳，认真劲头胜过农人。除了洗衣弄饭必做的家务，只要稍有空闲，她就爬上天台，整天不停地忙碌。松土、浇水、施肥、打尖、捉虫，所有程序走完一遍，仍旧意犹未尽，她站在天台一角，静静凝视，反复端详。她就这样望着满地的花草、果蔬，久久不肯离去，好像只要她转身离去，花草果蔬就停止了生长。

从清晨露水滚上叶片，到傍晚夕阳洒满余晖，她都守护在天台，不知疲倦地注视，用爱抚的目光与花朵传情，和菜苗谈心。

问题出现在第二年的下半年，不知是肥水过剩，还是土中病菌。首先是辣椒出现了状况，接着茄子也有了病态，枝干无精打采，然后叶片打蔫发黄，再簌簌掉叶。妻子见状赶紧奔农技植保站，咨询买药。第一次买回虱蚜宁、绿菜宝、腈菌唑、比唑嘧菌脂、噻森铜。喷洒后没有效果，第二次去了规模更大的庄稼医院，农技师帮她分析一番，推荐了波尔多液、甲霜、锰锌、霜脲氰水分散粒液剂。医生说有可能是立枯病或根腐病，赶紧施药。

药施用了好多天，几十株辣椒还是往死里去，眼看已经奄奄一息。茄子枝叶全部萎缩。再看看旁边的花草，好像也被传染了，叶子发黄，花骨朵变小变黑，那些盛开的花瓣也迅速坠落。曾经生机盎然的天台，一转眼像遭遇秋风，一片萧瑟。我感觉这些瓜菜花草已经染上了瘟疫，一般的病虫不至于这么厉害。

妻子多方努力，可还是无济于事。那天早上，我去天台上，看见妻子垂头丧气地望着菜地，一言不发。我知道，妻在心痛这些病入膏肓的花卉果蔬，怨恨自己救治不了它们。此时，我突然想起一个人，调去外县的邹老师，他是在一线工作多年的植保专家，找到他或许能想出拯救的办法。

打了无数个电话，问了好几个与邹老师熟悉的朋友，一直没有联系上他。后来从他的外甥那儿得知，邹老师患尿毒症，肾脏衰竭，到武汉去做肾脏移植手术去了。

一生以农技植保为业的邹老师，不仅擅长农作物种植和病虫害防治，而且还是园艺嫁接的高手，他亲手嫁接的树苗漫山遍野，郁郁葱葱。退化的柑橘、柚子、黄梨、枣子，经他嫁接改良，不仅果实硕大，而且口感特好，品质上乘，深受市场青睐。可是没想到，取长补短、培育优势的农艺师，有朝一日，自己的身体也会出现坏死，需要移植嫁接。

那天晚饭之后，我爬上天台，发现无能为力的妻子蹲在花草旁边，愁眉不展，颇有恫瘝在抱的神态。由于邹老师的病倒，一时找不到解决的办法，我一脸沮丧地望着窗外，只见暮色渐重，夕阳在远山收起它最后的亮光。

无论是庄稼还是树木，要有了病害，大多数时候只知道在草木庄稼身上寻找问题。我是一个写过中医题材的人，内病外治、冬病夏治的中医理论，那一刻点亮了我的内心。透过天台的落地窗，我一眼就看见了书柜上那一排高高的药书，伏龙肝三个字在我脑海中突然闪现。中药伏龙肝并非奇物，它是经多年柴草熏烧而结成的灶心土。主要含有氧化铝、三氧化二铁和硅酸等成分，具有温中止血、暖胃止呕、止泻作用，常用于虚寒呕吐、失血、脾虚泄泻等疾病。《名医别录》载："主治妇人崩中，吐下血，止咳逆，止血、消痈肿毒气。"《本草汇言》："伏龙肝，温脾渗湿，性燥而平，气温而和，味甘而敛。"

在药典的启发下，我想到了土能治病的医理。当时我猛然一震，一拍脑袋，于是将两缸远道采来的泥土解开，浇上水，反复搅拌，然后将盆栽的花草和瓜菜调换新土。

这是一次毫无把握的行为，妻子在我的说服下最终同意采用这种冒险的方法。在找不到妙药良方的情况下，只能把死马当成活马医。

真的没想到，奇迹在一周之后出现，走向死亡的菜苗，竟然起死回生，缓过气来了。一些掉光了叶子的辣椒和茄子，劫后余生，光秃秃的秆子上，开始重新冒出嫩绿的芽苞。我望着地上包裹的纸袋，上面标注着取土时间和地址：一九九九年三月，杭州天竺寺中天竺三生石旁；二〇〇一年，吉林长白山万良镇人参市场后山；二〇〇六年九月，杭州西湖风景区南岸夕照山距雷峰塔二百米处；二〇一四年，广西隆安县屏山乡龙虎山自然保护区；二〇一六年，广西新会陈皮种植基地……

那一小撮一小撮汇聚而成的异乡之土，像一包药引，带着巨大的生命信息和历史印记，在某个时段成为药土，让垂危的植物起死回生。

和于一团的泥土，不管它们相隔多么遥远，一旦混合，就亲如一家，我们再也看不出它们彼此的不同。说不清，究竟是南北差异，还是酸碱平衡？天各一方的泥土，在浑圆的花盆中相容相聚，在水的滋润下，亲吻拥抱。那些绵软稀疏的泥土，因为有硬朗的土块渗入，使它有了坚韧，有了血性。土壤的质地得到改善，呈现出崭新的气象。

　　泥土的相认如同和亲的历史，未见任何排异，也许天下泥土本来就是一家，为此，不管多么坚固干硬的泥土，无论来自多么遥远的地方，只要有了情感的滋润和雨水的浇灌，再多的艰难险阻、深壑沟坎，也切不断它们认亲的长路。

犬豕小传

大 娘 的 猪

春深时节，在一条通往镇街的乡道上，我偶遇一头特立独行的猪。

这是一头学会了谦让的猪，走在那条并不宽敞的小道上，不时有人与猪迎面相逢。当人还在犹豫是否需要给一头猪让路时，猪却早已停靠一边，以一种卑微的姿态主动让道，直到路人从它身旁扬长而去，它才回归正道。

走在春光烂漫的乡道上，黑猪像一道乡土的引子，引出了后面的主角。几丈开外的菜花丛中，出现一位白发苍苍的大娘，她身背竹篓，手拄竹杖，不紧不慢地跟着前面那头半大的黑猪。

我当时正好走在那段最狭窄的路上，看见黑猪我赶紧闪身避让。也许是我主动让路的原因，给大娘留下了好感，她老远就朝我颔首微笑。再看那黑猪，双耳晃荡，摇头摆尾，好像要向让路人点头道谢。面对这一人一猪，感觉新奇，与大娘擦肩而过之后，我忍不住说了一声：真有意思！

在乡村，我还没有见过人猪同行的组合，老人和猪像一对心有灵犀的朋友，双方配合默契。猪在前，人在后，一路踩着相同的节拍。人走猪走，人停猪停，人与猪竟然没有半点的隔膜和障碍，友善融洽，心领神会。

在我的视野范围内，要让动物跟随人走，几乎都得依靠缰绳。缺少缰绳的牵引，或者鞭子的指令，动物就会满地撒野，到处乱跑。可是黑猪的脖子上干干净净，不见任何绳索，它走得毫无羁绊，自由自在。

开始我以为大娘是去田野上放牧，虽然之前只见过农人放牛放羊放马。但在新生事物层出不穷的年代，也许真有人放猪放狗放猫。可是很快又否定了这种判断，因为我看见老人背朝田野，带着她的猪往集镇方向走去。

穿行在乏善可陈的乡道上，老人与猪就像太阳底下的新事，引发了我极大的兴趣。我当时并不清楚，这里头有某种超现实的社会学意义，我只是很想知道，老人带着这头猪究竟要去往何方？

由于有这么一层探究的兴趣，我在相向而行的小道上，只走了那么一小段路，心里就萌生出另一个想法，我要跟着大娘去看究竟。此时还想起了，当天刚好是镇街墟日，前段时间，城里有朋友托我代购山货，一直没遇上中意的品种，想着不如趁机赶个大集，顺便挑点山货。于是我赶紧转过头去，以急行军的速度，去追踪老人。

路依然在田野间穿行，金黄的油菜花，包围着大片的紫云英，蜂飞蝶舞，嗡嗡嘤嘤。拐过两个馒头似的山坳，随即进入一个收紧的豁口。在连接豁口的山垭上，老人与猪很快就出现在眼前。

豁口连着一个坡道，我从坡下望去，行走在高处的黑猪，像一个飘移的墨团，在太阳下闪着乌黑的亮光。不一会，我就追上了大娘。当我接近目标时才发现，走在后面的大娘，每遇沟坎、木桥，她就会向黑猪发出嘿哟、嗬哟的指令。埋头赶路的黑猪，摇头摆尾，一路欢畅。

我一直无法弄懂，人对动物为何会有这样或那样的控制能力？哪怕是冷血的毒蛇、狂躁的猛兽、腾空的飞鸟，在咒语法术的作用下，也将变得温顺服帖。看着眼前这头乖巧听话的黑猪，让我想起少年时期那个画面，为此，我至今坚信高人自有奇术。

那是在一次上学的路上，我和几位同学偶遇林姓猎人。他扛着锃亮的老铳，带着十几条威猛的猎犬，往湘赣交界的大山中转场围猎。听说野猪在那边泛滥成灾，成群结队危害庄稼，人家十万火急地请他过去围剿。

由于急着赶路，猎人和猎狗都有些急躁。一路上，对于擦肩而过的村庄并没有太多惊扰。可是这个看似平静的早晨，在我们这个村庄却掀起了波澜。短兵相接的一幕，充满了血腥。

那是一条运气极差的土狗，它从乡道上欢快地走来。这条土狗做梦也没想到，在这个经常撒野、无所顾忌的地盘上，遭遇劲敌。毫无防范的土狗，就这样稀里糊涂地与一群气势汹汹的猎犬狭路相逢。

当时我们只听到嗷的一声惨叫，还没等猎人反应过来，那条土狗就被领头的猎犬锁住了咽喉。眨眼间，土狗便放翻在地，四脚朝天。其余几条猎犬，凶相毕露，张开大嘴，一拥而上。

惨白的犬牙如雪亮的匕首，直刺土狗的要害。一阵激烈的撕咬，土狗很快就血肉模糊，趴在地上，不再动弹。我们从未见过如此凶狠的打斗，一直愣愣地站着，中途连大气也不敢出。

这是一次极不对等的欺凌，开始听到土狗发出惨烈的嘶鸣，随后只剩微弱的呜咽。眼看着毫无招架之力的土狗就要毙命于荒野，我们几个立于路旁的孩子，有的双手掩面，有的浑身发抖。害怕这群杀红了眼睛的猎犬，突然间掉转头来扑向我们。有两个走在前面的孩子，已经号啕大哭，缩成一团。

就在这紧急关头，只见猎人飞快地摸出竹哨，鼓起腮帮，用力一吹。那呜呜滚动的竹哨声，如同紧急命令，让疯狂的猎犬松开了锁喉的利齿，随之停止了致命的攻击……

恶战匆匆结束，当猎犬静默的那一刻，我们如见奇闻，目瞪口呆。多少年过去，对于猎人巫术般的竹哨，百思不解。面对兽性躁动的失控场面，那一声竹哨竟有抽刀断水的法度，如此轻松地制约了动物的疯狂。从此，我深深地记住了乡间小道上那诡异而神奇的一幕。

思绪回转，人已靠近。大娘见我跟在后面，两次侧身一旁，人与猪同时让路，示意我超越向前，我却执意跟在后面。大娘对我的行为，一脸不解，她哪知道一个怀揣好奇的人，正在窥探她的秘密。

在这一带，大娘与黑猪结伴而行，路人早就习以为常。而我觉得这事非同一般，就在我略作思索的时候，人和猪已变道而行。大娘走前，黑猪断后，一前一后，拐入镇区大道……

路上车来人往，热闹非凡。我一路追踪，专注观察，看人与猪的变化。不知道猪从寂静的乡野进入集镇，在喧闹的环境中会有怎样的反应。随着路况的复杂，接下来对猪既是一种考验，也是一种挑战。

随着镇区的深入，我的好奇心越发强烈，只见老人依旧不紧不慢，靠边而行，避让如潮涌动的车流和人流。黑猪则紧跟老人，在人缝中左右穿插，游刃有余。面对杂乱无章的车辆和行人，黑猪始终镇定自若，不见丝毫的恐惧和慌乱。

我以为大娘是去集市卖猪，可是她根本没有关注牲畜交易的意思。带着她的黑猪慢悠悠地逛街，偶尔遇到某个熟人，还会停下来聊上几句。此时，黑猪则安安静静地待在一旁，恭候主人再次出发。

我在挑选山货的时候，还不时留意一下对面的老人，看到人和猪在不远处时走时停。这次墟日不仅人流如织，而且山货特多，我在眼花缭乱的山货摊前左挑右选，拿起放下。除了讨价还价之外，还听买卖双方闲聊说笑，不知不觉就临近晌午。我提着几包山货，四周巡视，很快便懊丧起来。我的懊丧不为别事，就因大娘与她的猪突然消失。

我在街上转了几圈，不见踪影，接下来也不知该往哪儿寻找。看看时间不早了，赶紧到沙县小吃点了外卖，要了一瓶啤酒，快速走向回村的路口。这天下午，我蹲在树荫下，重温守株待兔的故事。

等待的时间总是那样漫长，几个小时的守望，犹如耗去了半生的光阴。直至双眼熬绿，太阳偏西，人流即将散尽，这才看见大娘和她的黑猪，摇摇晃晃，梦幻般地从街头走来。

我从光滑的麻石上一蹦而起，往前急行百步，那一刻我如遇至亲！真想冲上去一把拽住大娘，怕她像一阵风那样从眼前飘走。

老人和猪已抵近跟前，见我挡在道上，大娘抬头瞟了我一眼，然后乐呵呵地说："小兄弟，怎么不去喝一杯呀！"

我说："喝过啦、喝过啦！"

大娘定睛看着我，用一种怀疑的口吻说："我们才喝过啦！小黑也喝过啦！"

听大娘这么说话，我以为她在开玩笑。心想人和猪一起喝酒，这怎么可能？谁知迎面而来的微风里，果然飘散着浓浓的酒味。看她那半醉半醒的样子，不由让我感到诧异和惊奇。老人和猪一同来到镇上，真的只为喝一场酒？

我回头再看黑猪的身上，不仅驮着大娘的背篓，另外还有好几个布袋，里面装满了采购的物品。与来时相比，老人的步态显得飘浮，黑猪路子有些凌乱。显然大娘喝到了微醺的状态，她才会放松下来。在路上她显得非常开心，虽然时有荒诞的胡话，但每一句都很天真。

我在想象，人猪对饮的过程，是否表现了浪漫？那种无言对饮，会是一种怎样的状态。这天中午我无疑错过了一道风景，这道风景如同一出大戏，我的观赏缺失了最精彩的部分。

酒是润泽万物的甘霖细雨，也是抚慰心灵的玉液琼浆，它在老人的创意中，跨越了人类独享的边界。飘香的酒水，在不同的物种面前，达成了心照不宣的温暖与和解。

酒是一个迷人的陷阱，当饮者醉卧荒野的时候，也让动物轰然倒地。曾有一狂饮者，醉酒之后，沿途呕吐。偏有一条贪食的饿狗，尾随其后，一路舔食醉汉污物，不一会，这狗就不胜酒力，步履踉跄，醉倒于荒野，半日未见醒来。

放纵的酒，有一种内在的热度，它让老人和猪一同变得亢奋，变得飘逸起来。趁着大娘满身激情，我以一个刺探者的心态，向她打听这猪的来历。我相信这头浑身漆黑的猪，肯定有一个不同寻常的故事。

见我打听猪的来路，大娘拖着颤抖的嗓音，像歌曲的过门，长长地哦了一声。她随着我的问话，好像陷入了某种回忆，过了好一会，她才慢吞吞地说："这小黑啊，很可怜啦！是个孤儿，产下三天，母猪就死了。同产的九只小猪，八只没了，最后就剩它一根独苗。"

对于往事，大娘好像不愿多谈，她陷落的眼眶像个幽深的水潭，藏着不尽的忧伤。几年前，唯一的儿子外出务工，因一场突发的火灾，失去了生命。儿媳分走了该得的赔偿，带着八岁的孙子，回到了川西老家。两年后，改嫁他乡，从此，再无音讯。前年冬天，大娘下地干活，老伴突发脑出血，撒手人寰，如今只剩她孤身一人。

一次不幸视为尘埃，但众多的不幸叠加一起，就会垒成一座沉重的大山。老人几次差点被击垮，最后还是挺了过来。如此说来，我对大娘的举动已经深有理解，她让一头猪陪她逛街喝酒，陪她说话唠嗑，这并非精神错乱，举止荒唐，而恰恰是自我呵护，自我安慰。

虽然一醉解不了千愁，但喝过酒的大娘，像一块醒开的面团，不再像之前那样干枯板结。在酒水的浇灌下，目光湿润，满脸安详。这个夜晚，星光淡远，山川连绵，我注视着叶尖滚动的露珠，在夜光中闪烁着人世的微芒。

没有遇见与猪喝酒的大娘之前，我认为猪是典型的乡村动物，几乎没有品头论足的必要。养猪就为吃肉，唯有遇上天灾荒年，陷入饥馑，猪才会成为奢侈品，让饥饿者无限惦念。

在乡村极少把一头猪当成宠物，牵到大街上去溜达，亲近这种被骂作蠢猪的动物，行为不雅，有失体面。动物建立了森严的等级，比如凶猛的老虎，它天生就是统治阶层，不说风卷残云的发威攻击。就是在山林中吊一吊嗓子，一声长啸，也能地动山摇，这就是王者风范。

在乡村，动物是最可靠的家庭财富，它如通行的硬性货币，提供以物易物的便利。在长期驯化饲养中，乡村动物被人为管控约束，逐渐驱散了它们身上原始的凶狠和暴戾，削弱了野性，赋予动物勤劳的品质，养成了温顺隐忍的性格。

眼前这头陪大娘喝酒的猪，无疑是一头幸运的猪。我忍不住伸手摸了摸它的脊背。大娘带着猪与我分手了，但我还是顶着夜色，再次穿过田野，深入村庄的腹部。看夜光中层林屋舍，田畴铺展，动物依旧在各自的场所里安静地生息。处在万物生长的春天，随处都是萌芽的思绪。我知道猪从来就不是长寿的动物，那头上了百度百科、在二〇〇八年汶川地震中幸存的"猪坚强"，终因年老衰竭，走完了十四年的生命历程。

如果以一个人的寿命来计算，十四岁还是个青葱少年。然而"猪坚强"却成了猪家族的大寿星，走完了无数猪群无法走完的生命旅程。最终以一具标本的形式，重回建川博物馆，凝固成时光的雕塑。

陪伴大娘的猪正在不断长大，大娘也在无法抑制的岁月中逐渐衰老。随着时光的流逝，人与猪终将分离，该如何面对最后的告别，我不知道大娘预想过那一天没有。不管想没想过，时光的长河浩荡不止，昼夜奔流，那一天注定迟早都会来临。

姑父的狗

行走在山村，即使遍地别墅洋楼，满村豪车富户，但在一些旧物上仍然留有动物的痕迹。村后的偏僻处存留了一栋老屋，见到那些老屋，就像遇到了故人，让我有一种情不自禁的欣喜。

走进空无一人的房子，环视老屋的样貌，一切都是那样的平易、亲切、熟悉。房子建于二十世纪八十年代，就地取材，用黄土夯实的干打垒，非常结实。金字形屋顶、杉木房梁、褐色屋瓦，吊脚楼，木扶梯，一切都是那个年代的民居标配。

我带着怀旧者的心情，从内到外环绕一圈。岁月已经走远，唯有记忆在光影中翻飞。建筑是一个时代的显影，它具有物质外化与精神内化的功能。在这种即将消失的老屋中，我的目光变得有些追怀与留恋。从屋顶到墙面，往下移动，然后从石磨中穿过，最终定格在大门左边那个不起眼的窟窿上。那个窟窿是一件特殊装置，它固定在厅堂左边的墙根下，这个一尺见方的窟窿，叫狗洞。狗洞四周立有木框，上端装着活动木板，无论猫狗，只要用头一拱，木板立刻张开，猫狗便能自由出入。即便主人屋门紧闭，它们依然可以从狗洞中随意往来。

狗洞既是动物的通道，也是安全的屏障。这种人性化的设计，可见当年看家护院的狗，在主人心里有多么高的地位。被善待的狗，对主人自然会情深义重，一片忠心。

在乡村，宠物是一个抽象的词语，它与耕作播种，与汗水收成没有太多关联。正因为乡人没有体会过矫情的小资情调，所以才难以理解饲养宠物的意义。在坚守者眼中，乡村可以没有宠物，但绝不能没有动物。没有宠物的乡村，最多缺少一丝浪漫；而不见动物的乡村，呈现的却是冷落与荒芜。

乡村动物在时代的变迁中，携带着重要的社会信息，让人闻到浓郁的烟火气。这些年，数不清有多少过目即忘的事情，随风而逝，再无踪迹。可是有一条狗，它总在我们众亲的视野中浮现游走，在不经意的交谈中追忆缅怀。

那是一条捍卫和坚守的狗。那条狗是姑父的贴身伙伴，姑父去世已经两年多，他的面影开始慢慢淡远，可陪伴姑父多年的白狗却越发清晰。

姑父的老屋坐落在一个叫象形的地方，那里依山傍水，满眼田园。萌生在农耕文明中的村庄，一路走来，随处都是历史。年逾八旬的姑父，他做好了在此终老的准备，可是一场突来的偏瘫恶疾，改变了一切。

姑父有两个儿子，一个女儿，大的在省城，小的在县城，女儿远嫁温州。由于老家条件不好，照顾不便，兄弟俩决定把偏瘫的父亲接去身边。

为了遵循老爷子的意愿，兄弟俩几次回家征求老人的意见。偏瘫的姑父，舌头僵硬，口齿不清，尽管语言表达有些费力，每一句话都显得咬牙切齿，但是他的态度十分明确，坚决不去省城。

故土难离，这是绝大多数乡村老人的共性。年龄越大，越是思乡恋土，哪儿也不想去哪儿都不习惯。尤其是省城，对他来说那是遥远的异乡，让他长住异乡，心里老不踏实。特别是患病之后，姑父更是充满了忧愁和恐惧，他害怕客死他乡，成为游魂野鬼。

两个儿子知道一根筋的父亲很固执，没患病前就百事顺从，患病后更不敢违抗。不去省城那就只能去县城，去县城他也不太同意，最后在反复劝说中，才算勉强认可。他想着县城离老家不远，要回来让儿子开车，个把小时就能到。

姑父进城时，把他的白狗也一起带走了。开始准备把狗寄养在亲友家，可姑父不同意，不管他去哪，白狗必须跟着，且须臾不可分离。

一条在乡村自由放养的狗，散漫而随性，行为总显得有些粗野。到了县城，关进小区，在单元房内很不适应。比如要求在固定时间去外面大小便，定时定量投喂，疫苗接种，洗澡清理，这一切都得重新开始。

最难处理的是白狗的乡村习性，它一旦外出，就会行为放浪，难以控制。看到一些女人牵着小狗溜达，它立马会冲上去，又亲又啃。白狗是条公狗，有时乘人不备，贪图快活，还会趴到小母狗身上，做一些下流的动作。弄得遛狗的女人如遇色魔，像是自己遭人强暴，浪声尖叫，恶语伤人，一脸鄙夷……

受辱的表弟，恨不得找个地缝钻进去。他趁姑父熟睡之机，把撒野的白狗用铁链锁住，拿棍子狠狠教训了一顿。晚上出去遛弯，发现白狗的后腿有点跛，表弟知道这是白天教训时下手太重。可是没办法，给它一顿痛揍，目的是让白狗长点记性，懂得含蓄和体面。可谁知第二天，这狗失踪了……

开始在小区内反复寻找，后来扩大到附近几个小区，最后几乎找遍了整个县城，还是一无所获。

　　姑父发现白狗不见了，追问过几次。开始表弟编瞎话骗他，说某个朋友特别喜欢白狗，借过去养几天。一直瞒了两个星期，实在是瞒不住了，只好实情相告。

　　白狗不见了，表弟以为老人最多发一顿火，嘟囔几句，这事就能过去。谁知老人不说话、不睡觉、不吃不喝，采取绝食对抗。

　　表弟这才知道问题严重了，赶紧打电话给省城的哥哥，让他回来劝慰老爸。大儿子赶回来，劝说了一个晚上，没有半点效果。老人斜躺在轮椅上，像一尊石雕。

　　为了找回白狗，兄弟俩想尽了办法。他们开始请小区物业查看监控，很奇怪，在白狗失踪的时段里，反反复复查看了几遍监控，三个大门均没有发现白狗出走的影子。后来又去派出所求助，去报社、电视台刊播寻狗启事，注明有人帮忙找回白狗，将重金酬谢。

　　又一周过去，寻狗的事一无所获。姑父已经病倒，兄弟俩赶紧将老爸送去医院。在医院做完检查，大夫把表哥、表弟一起叫进了诊室，告诉他们老人已经病危，如果接下来用药没有效果，那就得做好心理准备。

　　入院第二天，姑父进入了昏迷状态。兄弟俩开始商量姑父的后事。由于姑父之前对自己的丧葬问题作过安排，他反复叮嘱：一定要死在自己的老屋中，葬在祖父、祖母的墓旁。如果让他在外面咽气，他将死不瞑目。

　　在持续用药没有见效的情况下，第三天，表兄请来了救护车，带着氧气，把姑父送回了老家。

接下来的一幕让人大吃一惊，当救护车在老屋大门前停下的时候，那条白狗从老屋的狗洞中钻了出来。白狗虽然瘦了不少，但精神还算不错。当它看到几个人用担架把姑父从车上抬下来时，白狗赶紧凑了过去。只见它伸出鲜红的舌头，在姑父的手上和脸上不停亲吻，同时还发出低沉的叫声，那个样子比亲人还亲……

如果不是亲友们拍下了清晰而又完整的视频，我无论如何也不会相信，这条看似平常普通的白狗，能从百里之外的县城，穿村过镇，平安地回到老家。

当他们见到白狗在老屋中闪现的那一刻，一直心存愧疚的表弟，差一点流出眼泪。尽管弥留之际的姑父已昏迷不醒，但表弟还是把脸贴到他的胸前，一声接一声地呼唤老父，告诉他："爸，您惦记的白狗找到了，它平安无事地回来了！您睁开眼睛看看吧，它就躺在咱们的跟前。"

可惜千呼万唤，姑父始终没有醒来。在他离世前的那几天里，白狗寸步不离地守在床前，泪眼汪汪地趴着，匍匐低首，不吃不喝。看着皮毛脏乱、日渐消瘦的白狗，表哥表弟他们心里五味杂陈。

亲友们从厨房弄来米饭、猪肉、豆腐，放到白狗跟前，不停地引导它进食。可满眼忧伤的白狗，不为所动，它将头扭向一边，对眼前的饭菜视而不见。

没有办法，只能先将它放置一边，先处理丧事。直至安葬完姑父，亲友们才想起白狗，可是白狗又不见了，大家忙着四处寻找。最后在姑父的床底下找到了它，赶紧拉出来，谁知白狗已经全身僵硬。

面对哀伤而亡的白狗，究竟该如何处置？经亲友们商议，将它埋在离姑父不远的一个山坡上，人与狗可以相互守望，这样或许是最好的归宿……

时光匆匆，转眼两年过去，又一个清明节来了。我趁回乡祭扫，特意去了姑父的坟前，完成上香烧纸这些仪式后，我突然想起了白狗。于是钻过树林，绕行土坡，找到了白狗的坟堆。由于地处坡道，近年雨水偏多，水流不断冲洗，白狗的坟堆已萎缩成一个极小的土包。接下来又是一个雨季，在持续的雨水冲刷下，要不了多久，就将荡为一处平地。

临别之时，我特意到不远处捡来一块方形的石头，紧紧地压住瘦小的土堆。我知道这一切都是一厢情愿的徒劳，我虽然很想留住这人与狗的故事，但是若干年过后，这里必定是青山耸立、草木茂盛。除了我们这极少数的亲友，再没有人知道，此地曾经掩埋过一个这样的故事……

呼啸的火焰

当目光穿过炉膛上方的圆孔时，我的身体像遭电击，双腿发软，全身坍塌，接连几个踉跄，差点仰面摔倒。

过度惊恐使我的意识出现幻觉，神思恍惚、感觉无路可逃的父亲正在呼啸的大火中翻滚叫喊，拼命冲撞。

那是管窥生死的孔洞，浑圆的外形，轮回的寓意，让人眺望截然不同的世界。大火炙烤，肉身融化，瓦解的过程只是转瞬之间。我的身体因惊悸而虚脱，因惶然而扭曲变形，如煮熟的大虾，弯向地面。为寻找支点，我双手交叉，搂紧双臂，背靠墙壁，缓缓下蹲。

火本是光明的源头，亦是温暖的化身，可此时的火却成了张狂的恶魔，时而满脸通红，时而眼冒蓝光。火在隐秘的巷道中，伸着嗜血的长舌，张牙舞爪，兴风作浪。

为逃离火的刺激，我赶紧闭上眼睛，坚信炉膛中的一幕只是幻觉抑或臆想，父亲在火中挣扎，那是不可能的事情。他咽气之后，医生做过检查，医院出了证明：瞳孔散大，皮肤变色，心电监护成了一条直线。我在给父亲清洗装殓时，他的身体在变凉变硬，这一切都是死亡的标志。在殡仪馆的悼念大厅里，父亲在鲜花丛中摆放了二十多个小时，然后才举行遗体告别。这个过程没有发现丝毫复活的迹象，父亲的死，已属确凿无疑的事。

死亡总是毫无征兆，突然降临。除了梦境，没有人见过死亡的预演，就算有再冗长的前奏和铺垫，也难以窥见端倪，活人无法亲历自己的葬礼。

那是一个风和日丽的上午，十分适宜出行。我们把父亲和婶娘从乡村老家接到了县城居所，谁知这个看似平常普通的日子，对于父亲来说，竟成了他和老家的永别，等他再度归去，家乡已是故乡，父亲已成故人。

一直不习惯城里生活的婶娘，这次竟拿出了巨大的耐心，她欣然同意陪父亲在城里多住些时日，等过完春节再回乡村。听闻父母进城，且愿意待到春暖花开，再回乡村，我们姐弟几个非常开心，每周轮流陪护，一家人其乐融融。

可世事难以预料，对于患有冠心病的父亲来说，突如其来的一场疾病，在瞬间会直抵死亡。父亲突然发烧，第一次服药之后很快退烧，其他症状似乎也随之消失。接下来几天，父亲精神尚好，食欲正常，每顿能吃一碗米饭，喝一碗汤。看他的精气神，应该没有问题。几天后父亲再次发烧，同样服用退烧药，症状又很快消除，我以为父亲还能扛过这次感染。

二〇二三年新年第一缕阳光还未升起，五点刚到，我就被一阵刺耳的电话铃声惊醒。一看电话是妻子的号码，我的手指竟有些抖动，心已悬空。接通电话，抢先入耳的是一阵伤心的抽泣，我鼻子一酸，眼泪夺眶而出。过了一会才听到妻子沙哑的声音："老娘走了！"

我放下电话，悲从中来，望着床上病情日重的父亲，想着逝去的岳母，点点滴滴，浮现眼前。

两天前的深夜，九十八岁的岳母在喂食粉皮时，突然噎住，白眼上翻，呼吸困难。六女四男，十个孩子连夜赶回，气若游丝的老人，张嘴喘息，毫无意识，大家泪眼婆娑，守在岳母身旁，不停呼唤。

给岳母接上氧气，这天晚上平稳度过。清晨，我望着奄奄一息的岳母，默默祈祷，望老人能熬过此劫，迈入期颐之年。

由于父亲需要照料，我匆忙返回。妻子几个姐妹一直守着老人，守到第三天凌晨，岳母悄没声息地走了……

岳母的丧事还没办完，父亲这边又出现情况。一月三日晚上，父亲的病情明显加重，翻来覆去，不停挣扎。半夜里几次想送医院，但考虑天气寒冷，医院病人爆满，一床难求，来回折腾，怕病情加重，只好先挨到天亮再想办法。

这一夜我熬了一个通宵，清晨六点天刚亮，父亲在床上不停扭动，样子十分难受，我立即拨打了一二〇……

一二〇急救中心的反应倒是迅速，打完电话十来分钟，门外就响起救护车的警报声。我和姐夫、姐姐几个人，手忙脚乱地帮父亲穿好棉衣，然后将他弄上了救护车。

闪着蓝色警灯的救护车驶向了医院。后来回想，当时父亲就像被寒风刮落的黄叶，飘向了有去无回的大海。

我们把父亲推进急诊室时，无人理睬，疲于奔命的医生，根本无暇顾及新来的病人。当时急诊室像炮火纷飞的指挥所，正在抢救危重病人，整个科室一片混乱。

医护人员忙乎了将近一个小时，还是毫无起色，最后只得宣告死亡的事实。医生说，无力回天，请家属准备后事……

听医生这么说，我顿时紧张起来，目睹瞬间的生死，我们姐弟几个心惊胆战，满腹愁肠。在我们一再请求下，急诊医生才帮父亲检查。量血压、测血氧，做心电图，然后安排护士给氧。血压偏高，血氧偏低，心电图出现异常。急诊医生说，要做 CT 检查进一步确诊。老人八十五了，又有基础疾病，这种情况需要住院，可是医院病床紧张，安排不了。

说到 CT 我才猛然想起，头天晚上女婿已挂了急诊，想第二天尽量早点排上号。我赶紧去 CT 室咨询，排号窗口告知已排到下午四点左右。

在急诊室苦苦等待的时候，我翻遍了手机通讯录，从院外医生到本院退线老院长，只要能沾上边的，我逐一发了微信、短信，而且还打了好几个电话，恳请他们帮助。

一个小时后，除老院长有回复外，其他人都杳无音信。老院长答应马上联系医院，让我听消息。十几分钟后，老院长给了回复。他说很抱歉，医院现在确实一床难求，无法安排。CT室更是焦头烂额，只能按序排号，耐心等候。

作为文友，我理解老院长的难处，正如他的诗词，写得婉约含蓄。退位的老院长，人走茶凉是常态，尽管没有帮上忙，但他肯厚着老脸去联系，这已经很为难他了。

走到山穷水尽处，已是亮家底、拼人脉的时候了。凡来求医者，谁不希望第一时间挂上号，第一时间找到好医生。如果重症病人，还要千方百计获得一张病床，病床才是泅渡苦海的方舟，上了方舟才有希望抵达彼岸，逃过劫波。

百般无奈之下，我只好厚着脸皮惊动了政府部门的一位亲戚。在他的沟通下，才勉强挤开一丝门缝，望见通往病房的一线光亮。

近在咫尺的一张病床，却远隔千山万水，其间的曲折与艰难，无法言表。最后办完入院手续，躺上病床，已是下午三点多钟。除了安排吸氧，医生没有任何治疗方案，一切要等CT检查。看时间快到四点，我赶紧把父亲从病床上扶起，放入轮椅，风急火燎地赶往门诊一楼。

CT室门前，已经水泄不通，戴着口罩的患者，摩肩接踵地挤在电子显示屏下，目光焦灼，一脸愁容。如此密集的人流，轮椅根本无法推动，包裹在人堆中的父亲，呼吸吃力，无精打采。

我到导诊台咨询，告知排号还要一个小时。在这样的环境中等待，父亲无法承受。我只好到检查室向医生说明情况，告知我老爸是一名从急诊科转来的高龄老人，已经折腾了一整天，坐在轮椅上摇摇晃晃。事先约好下午四点，现在又说要等到五点，我可是头一天晚上就挂了急诊的……

负责 CT 检查的医生，面无表情，极不耐烦，说不管是谁，都得按号排队。可我看到前面仍有关系户插队，见他这种语气，我再也忍受不住，火气蹭地一下蹿了上来。我大吼一声，不顾一切，将父亲推了进去……

在主任调解下，父亲的 CT 总算做完。

回到病房，我的心情还是难以平复，把一脸倦意的父亲扶上床，盖好被子，接上氧气，我也疲惫至极，一下瘫坐在床，很久没有动弹。

望眼欲穿的 CT 结果出来了，父亲的情况很不乐观，医生说，先用药，如果用药后情况没有好转，家属就得做好心理准备……

我以为医生的话是吓唬人的，因为父亲的病情开始进展并不明显，最初几天，吃喝拉撒基本正常，精神状态也还可以。

转眼入院第五天，医生安排父亲做 CT 复查。上午做完，中午结果出来了，显示病情毫无好转的迹象。这一次医生的诊断更加明确，说明这五天的用药治疗，不仅没有半点效果，反而是病情加重。由于没有特效药，言下之意父亲的病症已经进入不可逆转的状态，到时候会因窒息而亡。

到了这个时候，我还是半信半疑，相信父亲可以挺过来。过了一天，父亲的病情似乎再次加重，但意识还算清醒。由于呼吸困难，他左右两边不停地翻身扭动，左手在输液，又有血压血氧检测和心电监护，像藤蔓环绕的老树，必须有人握住他的手，固定不动。而他的右手因身体的本能反应，在头上和胸前不停抓挠。看着父亲这个样子，我非常难受，即使是暗夜，他依旧双眼圆瞪，嘴巴翕动，那样子如同一条缺氧的鱼，在水面上翻着白眼。

煎熬中的一天过去了，父亲已经很难入睡，即便是注射镇静药物，仍然效果微弱。但是在他偶尔的假寐里，我感到父亲已经平稳了，甚至认定他能够康复，过几天就可以出院，跟我们回家过年。

第八天早上，医生安排血检，上午十点，检验报告出来，一眼看去，几乎所有的箭头都是指向上端：丙氨酸氨基转移酶、谷胱甘肽还原酶、尿素、肌酐、尿酸、钠、氯、淀粉酶、血糖等指标都在成倍增高。只有尿量在迅速减少，从之前每天拉十几次、七八次，到一天拉一次。医生把我叫去了办公室，郑重其事地对我说："你父亲这个状况，估计就是一两天之内的事了……"

走出医生办公室，我从走廊的窗口伸出头去，想让冷风吹拂一下胀痛的头脑。我知道父亲已经站到了悬崖边缘，望着医院正门的大街，车来人往，没有人会在意一个陌生病人的生死。

第九天晚上，情况已经非常危急，父亲血缘之上的同辈、血缘之下的晚辈，悉数到齐。大家守在医院，小小的病房已经容纳不下这么多人，只好让一部分人先退至走廊。几位外甥在一楼停车场待命，那里准备了纸钱、香烛、鞭炮。只要听到病房传来咽气的消息，他们在停车场的角落里将立即点燃纸钱，插上香烛，燃放鞭炮。纸钱必须烧在事先备好的铁锅中，叫落气钱；烧剩的纸灰需要装好，到时一同葬入墓穴。

这天晚上，我们熬了一个通宵，已经是入院第十天，早上六点半，父亲停止了呼吸。医生再次进入病房，他掰开父亲的眼皮，用手电照着瞳孔，摇摇头，宣布死亡。

婶娘、姑姑、姐姐，顿时扑向床前，号啕大哭……

看着护士匆忙地摘下氧气管、监护仪，如同刚打完败仗的士兵，丢盔弃甲，缴械投降。我愣在那儿，动弹不得，认为父亲还没有死去，一个人的死亡不可能如此匆忙快捷、如此无声无息。看着料理丧事的亲友拿来了寿衣、寿被、寿鞋、寿帽，开始联系殡仪馆，我还是不能接受父亲的死亡。直至灵车开来，一大帮人把父亲抬上车，这才相信，父亲真的走了。

灵车启动时，我的目光被那块白底蓝字的牌子刺痛。望着急诊牌上方的红十字，目光如炬，心脏紧缩。此时，我突然想起了那句话：医院的墙壁要比教堂聆听过更多虔诚的祈祷。

从医院到殡仪馆，哀乐响起，场景切换，父亲已丈量完生死的距离。悼念的亲友陆续赶来，望着躺在鲜花丛中的父亲，我必须接受他逝去的事实。

由于年关在即，父亲的告别仪式约定在第二天下午三点，我以为最让人悲伤的过程莫过于告别之时，然而我万万没想到，痛彻心扉的一幕还在后头。

仰卧在鲜花丛中的父亲被推了出来，一副喷有金色花纹的纸棺材已经摆好。盖子掀开，放置一旁，空着的棺材像一头饿兽，张着血盆大口。冰棺内的父亲被移进了纸棺材，盖子即将盖上时，亲人们一拥而上，哭成一团，拉开捶胸顿足的亲人，几名汉子费了好大的劲才把盖子合上。

父亲在亲朋好友的送行中，被电瓶车缓缓运去了火化车间。纸棺材摆上了平面的推车，朝前方那扇紧闭的大门走去。

这是我此生第一次进入这个地方，在如此陌生的空间里，我手足无措，莫名恐惧。接下来该进入哪些环节，一无所知。作为死者的儿子，我和妹夫、表哥、外甥一起，以亲属代表的身份，准许进入火化车间，成为最后的送行者。

在这个私密的空间里，等待最后的告别。设施异常简单，两根小火车似的轨道伸向幽暗的巷道，巷道深处就是火化的炉膛，父亲将在那里熔化分离，一部分被烟尘带走，一部分在火焰中留存。

纸棺材抬上了轨道，火化工向父亲脱帽鞠躬，然后启动电动按钮，轨道载着纸棺材向前缓缓移动。尽管我已经看不到纸棺中的父亲，但我知道父亲头朝前，脚在后，正在滑向疯狂的火海。

棺材推进了巷道，炉壁夹峙的巷道像阴森的峡谷，通体漆黑。火化工见我还没有动静，大声提醒："孝子赶紧跪下！叫他快跑！"

如果没有火化工的提醒，我或许会一直像根木头，一动不动地愣在那儿。被他一叫，感觉身后有人重重地推了我一把，扑通一声，我长跪在地，双掌合十，泣不成声。

我努力压制着波动的情绪，扯开嗓门大喊："老爹！火来了，您快跑呀！快跑！快跑呀！火来了，快跑、快跑……"

对于奔赴火海的父亲来说，我的喊叫真的管用么？他的遗体葬身火海，灵魂是否已逃离？在习俗面前，我宁可相信，儿子的呼喊可以帮助父亲跨越火海，渡过劫难，浴火重生。

父亲，我不曾看到您的来路，但已望见了您的归途……

炉门咣当一声关闭，火光一闪，巷道变成史前的洞穴，复归满目幽暗。我再次闭上眼睛，但眼泪却怎么也止不住，扑簌簌地往下流。此时我突然想到了《西游记》，想到了孙悟空和太上老君的炼丹炉。盼望父亲能有齐天大圣的本领，在炉火中安然无恙。

在乡村，火葬是新生的事物，翻开古籍，我查找"丧葬"二字的演变。从甲骨文、金文、小篆，顺流而下，在时光的长河中，运斤成风的刀笔，化育成碑刻、竹简，成片的摩崖。直至在生命的旷野上燃起灼目的磷火，才清晰地呈现骨头与火焰的脉络。

多年前，我在一本书里读到过一段特别的文字："骨头为了支撑身体，还是为了积聚火焰？我不喜欢普罗米修斯，为什么要盗取天上的火焰，为什么不从自己的骨头里盗取火焰……"

当初认为这是一段指向不明的话，如今看来却成了预言。如果物质真的不灭，那么烟就是肉体的溢出部分，那一缕缕飘升的青烟，是收留灵魂的线条。怪不得大多数没有进入火化车间的亲人，他们在屋外仰头观望，注视高高的烟囱，用目光去完成送别。那里飘升的每一缕青烟、每一粒尘埃，都是生命的过往，都是二十一克灵魂的重量。

当大火燃起，烟云翻越山脉，升入空灵的高处。本分的父亲，一生循规蹈矩，忧心忡忡。他只敢贴地行走，直至肉体终结之后，才在火的怂恿下，腾空而起，感受飞翔的自由和浪漫。

我在外甥的搀扶下，来到了休息室，单独成排的座椅上，挤满了披麻戴孝的男女。他们抱着刚刚买来的骨灰盒，一脸忧伤地坐在那儿，静静等待召唤的时刻。

等待的过程特别漫长，四十分钟的时间，感觉比平时四个小时还要久远。终于有司炉工叫号了，听到父亲的编号，我和几位亲属不约而同地站了起来。

进去看到滑动的轨道回到了最初的位置，远远望去，那个地方已经空空如也。棺材、帽子、衣服、鞋子与父亲一同消失，我的心猛然收缩，泪水一涌而出。

我看着这个无法复盘的残局，一脸错愕，反复搜寻。我的父亲呢？与进入炉膛前的情形相比，轨道上消失的不仅仅是一具单薄的棺材，还有丰满而完整的父亲。那一刻悲伤如水，万箭穿心。

四十分钟的大火，人去物空，一切如同谎言。火焰已经熄灭，从炉膛中传送出来的钢板留有余温。铺展在棺材下面的锡箔纸完好无损，而散落在锡箔纸上的父亲早已飘走，剩下的只有几根稀稀落落的白骨……

由于事先没有任何心理准备，看到眼前如此惊骇的一幕，我无法接受。身材高大的父亲，好像被人施了隐身魔法，在沙漏般的火化炉中，删繁就简，悄然剔除。

骨灰装进盒子的过程，充满粗暴，被高温烧化的骨头，不堪重负。火化工用钢钎、用铁铲、用棕刷，把骨头捣碎，压紧在盒子中。我抱起骨灰盒，浑身发抖，泪如雨下……

门被推开了，走在我前头的男人，同样抱着一盒骨灰，胸前的红布像一块兜肚，上面挂住脖子，下面系在腰间。后面的女人边走边喊："娘啊！你快跟我们回家哟！你生前没来过城里，这里车多人多，可别走丢了啊……"

听着女人泣不成声的喊魂声，我的眼泪也忍不住，又一次奔涌而出。不知是为抱在胸前的父亲，还是为那个没出过村子、没到过县城的老人。

从女人的哭泣中，我仿佛看到了十天前逝去的岳母，她的火化过程，更让亲人悲伤彻骨。八年前，岳母摔断股骨，在医院做了置换手术，那次长达六个小时的手术，我们一直不知晓具体的细节。手术之后我们能够看到的只是一个长长的刀口，以及换下的一整块骨头，我们将骨头完好地保存在冰箱。换骨的刀口像一条硕大的蜈蚣，紧紧地趴在岳母的臀部。每次看到那道刀口，我就脊背发凉，每一个毛孔都散发疼痛。

七年前，我在一篇题为《白骨》的散文中，写到了岳母的断骨之痛。在那文章的结尾处，对这一天的到来有过呼应：

> 时光匆匆，转眼又是一年，而那块离开岳母身体的白骨，还静静地冷藏在冰箱中，它在等待那个团圆的日子，等待岳母往生的那天，再与主人相聚……

火化之后，在岳母的遗骨中发现了两样坚硬的物品，一件是球形的人造髋骨，另一件是长约尺余的固定钢板。这两个部件作为骨头的替身，支撑着岳母残缺的身体。平时它深藏肉体，我们根本无法看到，只有在死亡与火焰的撕裂下，才露出钢铁的面目。

望着那两件咣当作响的金属制品，我感觉自己的关节也在咔嚓作响。对于一辈子含辛茹苦、生养了十个儿女的岳母来说，这两块金属不仅是她身体的支柱，更像是火中的舍利，生命的勋章！

父亲安葬的那天，正值南方小年，四野迷蒙，大雪纷飞，沟沟壑壑全被抹平，白茫茫大地一片真干净。

追悼会上的答谢词，我因悲伤讲得磕磕巴巴，语无伦次。乐队奏着运送灵魂的曲子，跟在手捧花篮的送行队伍后面。脚板踩在积雪上，吱吱作响，既像呻吟，又像哭泣。我把被火焰浓缩的父亲抱在胸前，往山坡上走去，那里已经备好了墓穴。

路并不远，不一会就到了坡顶。父亲一生经历过众多的居所、床榻，然而那一切都是过渡的驿站、暂住的居所，只有这里才是他永久的终点。

三十五年前，体弱多病的母亲，独自睡进了那块向阳的坡地，就像漫长的冬夜，先你一步，上床暖热被窝。你现在也进入了亡魂的生活，是否还能认出并爱着母亲衰老的容颜？

雪还在纷纷扬扬地下，风裹着雪花，扑面吹来，我的眼睛无法睁开。只能闭眼站在墓地，让风雪替我去翻阅父亲生命的辞章。作为家谱的主修，父亲梳理过无数消逝的祖先，透过众多的碑刻、木雕；还有竖写的题笺、别册，多少风尘往事，都隐藏在人性暗隅的风景画里。风与雪在一同暗示，每一个人都一样，从出生之后，便只剩一件事，那就是——入死。

咣当一声，盒子放入了墓穴，碑石盖上，在水泥与大理石的咬合中，墓门被彻底封闭。直立行走的生命，已经退回低矮的洞穴，永恒的寂静，终将把大地的苦难填满抹平。众生归一，万世空廓。我猛然省悟，父母已去，此生只剩归途！

飞翔的菜地

在城里，我如一只忙碌的蚂蚁，奔跑在钢筋水泥的丛林。为了一家老小的生计，平时很少去考虑生存之外的事情。有时乘坐高铁，从茂盛的庄稼中如风穿过，望见豆粒般的农人在田野上滚动，我便周身温暖，满眼柔情。

大　地　之　声

子　非　鱼

疾风知劲草，残荷识雨声。

我跨过修河，越过无边的芦苇荡，踏着羽絮般的芦花，我看到了荒芜的滩头一群低飞的鸟雀。因水量骤减，沙砾与卵石在枯水季节获得一个露脸的机会，无边的衰草覆盖着一方水塘，水位很浅，刚可盈尺。

风乍起，水面涟漪四散，像老翁布满皱纹的脸膛，阳光在波纹下反射出粼粼亮光，很耀眼，也很炫目。冬天的水变得性情敦厚，安之若素，像一个没有脾气的弥勒，掩藏了春夏时节的狂乱和暴躁，收敛起喘息咆哮的噪音。这个季节的水与远山的落木十分相应，水土相守，为春天集结元气，储存力量，等待春意的水去放荡生命的灵动。没有各种昆虫和动物的喧嚷闹腾，没有水草的拔节，水便像处子一样安静起来。这样的水变得简单明了，玻璃一样透明，墓地一般清冷，就如人去楼空的深宅大院，也像伐去树木的秃顶空山。没有人影，没有鸟声，风过天宇，如神祇的声音，我看见的只有烟云散尽的空间。

天依然瓦蓝锃亮，倒映在水底，很悠远，也很恬静。本想看一眼那泓倒映过恋人倩影的荷塘碧水，想当年激情曾涨满一方秋池，但猎猎的风声里，入眼的不过是一口荒芜的水塘。好在春暖花开之时也盛满过虫鸣蛙鼓，也倒映过夹岸桃花，但在这寒意寂寥的冬日，是否还能幸会游水的精灵？

我绕池岸转了一圈，踏草有痕的脚印画出一个弧形，形态写意，如一弯新月。河右岸的云岩禅寺响起一串钟声，看山野河川地老天荒，在几块乱石之间发现了几尾半个手掌大小的红鲤鱼。红鲤鱼沉伏于水底，并不像跳过龙门的后代，倒如入定修行的老僧，于流光里延续地老天荒的残梦。水不动，鱼亦不动，像国画大师的水墨写意，保持一个以不变应万变的姿势，很久也不动弹一下，时间与空间似乎一起凝固。我伸手入水，山塘的水冰凉刺骨，红鲤鱼带着一种冬眠者的意念，迟缓而僵硬，没有冲浪的乐趣。

次日我带着网兜、捞斗、水桶再次朝水塘寻去，我准备给红鲤鱼一个温暖舒适的家。红鲤鱼几乎没有任何挣扎，被我顺利地捞进了水桶。家里刚好有一个闲置的鱼缸，那个鱼缸能算个奢侈品，姐夫在南方一个花鸟虫鱼市场花上千元购得，当时鱼缸里还游着一条发财鱼。发财鱼又叫大胖头，是一种热带鱼类，因头大脖子粗，外形有点像暴发户，所以叫发财鱼。买回家来的发财鱼待遇自然不低，好吃好喝供给伺候，可发财鱼生性娇贵，在鱼类家族中不是名门望族，也是大户人家。因不懂此鱼的习性，天冷后没及时增氧加温，发财鱼被活活冻死，可见"发财"二字在温饱线之下也同样不堪一击。

在我们的印象中，鱼本是耐寒之物，可这种鱼却生性畏寒，温饱二字须臾不能分离，经不起半点风浪，遇冷即死。发财鱼死了，这个鱼缸便成了前世佳人空置的豪宅大院，正等待着新的主人迁居入住。

我从储藏室把鱼缸搬出来，装备确实精良，有增氧泵、有升温灯、有微缩的珊瑚礁、有假山、有仿真水草、有鱼食饵料。红鲤鱼在新的环境里终于开始游动了，尾巴不停地摇摆，腮帮很有节奏地翕合，连眼睛也变得更加有神，再不是之前白眼上翻的样子。红鲤鱼进入如此舒适的环境，它没有理由不快活，就如嫁入豪门的村姑，简直是从糠箩筐跳进了米箩筐，吃喝光鲜，坐享安乐。

可接下来的情况令人不可思议，红鲤鱼并没有在鱼缸里养尊处优地繁衍生息，而是突然间郁郁寡欢起来。首先是粒食不进，沉在水底，或者浮出水面，一副很憋屈很痛苦的样子。我请教了养鱼行家，也查阅了相关书籍，照行家说的，照书上写的一一做到了，但收效甚微。尽管增氧泵刻不容缓在工作，可是红鲤鱼还是气息奄奄，接二连三地仰起了肚皮，几天后就死得只剩一半。

　　我想可能是鱼缸空间太小，水质太差。于是我赶紧把另外一些红鲤鱼放入大水缸中，换上清水，可是情况仍不见好转，依然不断地仰肚翻身。万般无奈中我想到了灵山的温泉，赶到温泉，把鱼置入水中，更糟了，鱼死得比原来还快。最后剩下四五条没精打采在沉浮，实在无计可施了，我只好照旧送回了那口水塘。红鲤鱼摇了几下尾巴，向水塘中游去，我猜不到它是否快乐。

　　转眼已是初春，我心存好奇，专程过去水塘前看过一次。水比深冬时节深了许多，塘底的水草开始拱出绿芽，那生命力顽强，善于繁殖，善于扩张的水葫芦在水塘的边角中冒出了毛茸茸的绿耳朵。水塘中央，有一截立于水面的枯树桩，颜色已经发黑，上面却站着一只爪子修长、嘴喙尖利的水翠鸟。它纤巧的身体，七彩的羽毛，红色的脚杆，充满动感。这是一种擅长捕鱼的行家，它长长的嘴喙像一把匕首，随时可以刺向猎物的心脏；一双大而有神的眼睛直勾勾地盯着水塘，只要有个风吹草动，它就会射向水面。来不及躲闪和隐蔽的鱼儿，说不定突然间就会祸从天降，那一刻我不知水中张皇的红鲤鱼是否还会感觉快乐。

出井之蛙

　　初夏时节，人们相约去村前清洗古井，水抽干之后，将一只碧绿的青蛙掏出了井口。青蛙鼓着双眼，把这个陌生的世界看了个遍，然后一蹦一跳地隐没在密集的草丛中。

古井旁原来青苔密布，杂草丛生，为配合卫生村镇建设，村里开展环境大整治，好多年没清扫过的古井，来了一次彻底清洗。首先铲除了四周的杂草，用水泥抹平了地基，灰头土脸的古井变得容光焕发，清清爽爽。

清晨我去井里打水，那只青蛙竟又回到了井边，它伏在井沿的水泥地上，把头仰向天空，下巴底端的白色气囊如鼓胀的气球，呱呱地叫着，像有无数的疑问和委屈需要诉说。

看到青蛙，我赶紧上前，准备将它捉住，可青蛙显得十分惊慌，围着井台不停转悠。我追着青蛙绕古井转了一圈，气喘吁吁地不仅没追上，反而把青蛙逼进了路旁的水沟。别看它是一只出井的青蛙，其实它颇懂人间世事，不仅知道自我保护，而且还明白一只青蛙应该坚守什么、远离什么。尽管井底只是方寸天地，但是同样能够映照天空的宽广。一滴水可以推测江河的博大，一颗露珠可以折射太阳的光辉，井下与井上，宽广与狭小，各有寓意。

那天晚上，青蛙在井边不停鼓噪，那种叫声显得特别奇异，一声比一声焦虑，一声比一声急切。我不明白青蛙为何会那样急切，那样渴望回到井下去。从小在井下长大的青蛙，或许习惯了井底生活——"井里蛤蟆井里好"，这是朴素的乡间谚语。

我听到那种叫声，有些烦闷，感觉这只青蛙藏着满腹的心事，那声调绝对不是稻田里欢快的蛙鼓，分明是忧心忡忡的喊叫！

当晚我就有了想法，决定明天要将那只青蛙放回井里。第二天我一早就过去打水，果然那只青蛙伏在井沿，双眼无奈地望着天空。我悄悄踅摸过去，以迅雷不及掩耳之势，一把逮住了青蛙。肉嘟嘟的青蛙在我手心里不停挣扎，不停鼓胀。突然不知从哪儿发出一种奇怪的叫声，那种叫声好像在责怪我多管闲事！讨厌我太过粗鲁，一出手就弄痛了它。

我仔细一看，青蛙果然负了伤，因为井口有一个一米左右的麻石圈，青蛙一个晚上都对着井圈不停地蹦跳，想直接跳入井中，但终究没能逾越那个高度。粗粝的麻石把青蛙腿上的表皮磨破了口子，露出淡红的肌肉，麻石上留下了点点斑痕。

我手握青蛙，正准备往井下扔去，身后竟然出现两位负责卫生巡查的管理人员，他们大喝一声，阻止了我。他们反对我把青蛙放回井中，说青蛙不卫生。听他们这么一说，我只好又把青蛙重新放入草丛，就在青蛙即将进入家门时，被一种外力拽了回来。

这天晚上很安静，我再没有听到蛙声。我想，青蛙可能找到了新家，或者转移去了别的地方。慢慢我也就把这事给淡忘了，生活中还有许多事情等着去处理，毕竟是一只青蛙，终究难以留住长久的记忆。

每天清晨我照样会去古井中打水，照样干该干的事。但是有一天我突然发现了一点什么，那天打水的人多，我在井前的空地上排队等候。突然发现有一大群蚂蚁从我的脚下逶迤而过，它们急切奔跑，像去赶赴一场盛宴。我的目光顺着蚂蚁队伍往前扫去，在蚂蚁的牵引下，我沿着井台的边缘向前，发现蚂蚁在一块石头后面停留不动了。我按图索骥，悄悄地跟了过去，很快看到了更多的蚂蚁。再往石头下面查看，终于看清了一样东西——那是一只青蛙的尸体。尸体上趴着密密麻麻的蚂蚁，这群小小的大力士，竟把青蛙的尸体托了起来，正在缓缓地向前拖动。这只青蛙尸体只剩下上面一半，下一半不知是已经腐烂，还是被什么动物咬走了。

我断定它就是从井里捞上来的那只青蛙，它面对眼前的万顷良田，遍地芳草，怎么就无动于衷？苦苦守着这口水井，直至生命的终结。

想着青蛙，我这担水挑得心不在焉，可能是两肩没有平衡好，沿途不断泼洒。回忆那只痴心不改的青蛙，不禁心生感叹！现在连人都见异思迁，朝三暮四，有头无尾，半途而废。然而一只青蛙竟然如此"恋家"，真让人不可思议。如果仅仅为了生存，凭它的体魄，跃入池塘，跳进田野，轻而易举，但这青蛙是何苦呢？莫非是它不适应大千世界的复杂变化和生存方式。也许在井底的日子，是一种最简单的生存方式，仰头看到天也就不过井口一样大，人也就是来打水的那么几个，同类与异类的相处关系简单而又透明，没有天敌。几只小鱼小虾从来不需要相互防范，没有纷繁复杂的争斗，享受着冬暖夏凉的居住环境。待在这个地方更显安全、更显舒适，农药、污水、化肥不会轻易流进来伤害它，嘴馋的人也没有来抓过它，懒惰的人不会为了一只青蛙跳进水井。都说最危险的地方最安全，但现在最安全的地方变得最危险了。凭人的生存方式推论，井底之蛙一定是渴望跳出井底的，想看看高远的天空，看看辽阔的大地，不甘心一生就消耗在一块巴掌大的地方。但青蛙至死也不明白，人们为何要将它赶出井底，那里到底是谁的家？

其实人也猜不透一只青蛙的心事，更不知道一只井底之蛙的理想。

青蛙最终尸骨全无，完全消失。十几天后，我去古井中打水，水上升到井台后，我心头猛然一颤，赶紧放下水桶，蹲下身子端详，水桶中竟然打起了好几只小蝌蚪。那一刻，我惊呆了，看到水中游动的小蝌蚪，横冲直撞，无比惊慌。我用手轻轻地把它们托起，小心翼翼地放回了井中。从那一天起，我对水波不兴的古井充满期待，期待夏秋过后，又一个春天如期到来。

月　光　曲

　　静夜，月挂中天似玉盘，我不由想起那个水汪汪的村庄。

　　我一直不知晓月亮的光辉来自太阳，玉盘一样晶莹剔透的月亮，它本身其实并不发光，它依靠太阳的反射，散发出如水的光亮。为此，我十分欣赏月光如水这个比喻，这个镜子般的感光体，用一种特殊的回馈方式传递出无限的寓意，它将世间所有的美好都溶于水中。

　　静夜，暗香浮动，月泻清辉风过处，我听到音乐在水中淙淙流淌，水声里那个叫阿炳的盲人渐渐浮现眼前。作为中国民乐经典，无数人听过阿炳的《二泉映月》，哪怕我们对阿炳的身世一无所知，但对他的《二泉映月》也早已耳熟能详。

　　我记不清第一次听《二泉映月》是哪一年，但我记住了那是一个皓月当空，月色如水的夜晚。一名怀才不遇的上海知青，怀揣二胡，独坐桥墩，忧伤的音符伴随流水，把月夜的情绪带向远方。所有的河水都流向大海，所有大海都倒映着月光。从此，我记住了那个夜晚的石桥、流水、音乐和月光。

月光与音乐是天生的绝配，虽然从文字中找不到《二泉映月》的诞生与月光有直接关系，但我始终认为月光是隐藏在曲中的旋律，每当闭目倾听《二泉映月》，我就会想起一轮明月满地霜的意境。一首名曲的问世不仅有某种偶然，应该还有更多的必然。阿炳虽然自幼喜爱音乐，天分极高，但是由于生活的艰辛，让这位伟大的音乐家，被生活倾轧，遭鸦片茶毒，本该灿烂耀目的艺术天才，滑向了泥淖，导致家庭潦倒，患上眼疾，双目相继失明，最后流落街头卖艺，为此，尝遍人生的屈辱和心酸……

音乐如月光一样倾泻大地，那流动的水波是对痛苦的补偿，对尘世的抚慰。作为情感最真切的表达，在阿炳留存的六首曲子中，让人感受更多的是月光的清冷，很少表现太阳的炽热。

《二泉映月》是阿炳的心灵书写和情感宣泄。他利用自己的创作天赋，把所见所闻、所思所想，转化为一个个扣人心弦、催人泪下的音符，使倾听者在如泣如诉的旋律中产生强烈共鸣。

让我意外的是，一首如此著名的曲子，最初竟然是一支无名曲。一九五〇年中央音乐学院杨荫浏、曹安和教授专程来无锡为阿炳演奏录音，录音后，杨先生问阿炳，这支曲子有无曲名。阿炳说："这支曲子是没有名字的，信手拉来，久而久之，就成了现在这个样子。"

杨先生又问："你常在什么地方拉？"

阿炳说："我经常在街头拉，也在惠山泉庭上拉。"

杨先生当时脱口而出："那就叫《二泉》吧！"

阿炳说："《二泉》不像一个完整的曲名，粤曲里有首《三潭印月》，是不是可以称它为《二泉印月》呢？"

杨先生说："印字是抄袭而来，不够好，我们无锡有个映山河，就叫它《二泉映月》吧。"

阿炳听后点头同意，于是《二泉映月》的曲名就这样定了下来。

一轮明月，映在清冽的泉水中；一轮在天上，一轮在水中，这种音乐赋予的意象，让月光有了无限情思。

千古一轮月，人间不了情。中秋之夜，明月作为团圆和美的主题象征，必定会配上动听的音乐。《月光下的凤尾竹》回荡着现代音乐的优美旋律，古典的《花好月圆》《彩云追月》《春江花月夜》展现着民族音乐的经典和辉煌。团圆之夜，唯有音乐能伴随明月，抒发内心，抚慰灵魂。

正因为明月带着独此一轮的唯一性，月亮才能成为一种世界性的艺术象征，它跨越了地域、种族、文化的界限。一九〇〇年，法国著名的音乐家德彪西创作了钢琴曲《月光》，据说这个作品是受诗人吉罗的叙事诗《月光比埃罗》的影响。诗中叙述意大利贝加摩地方有一个叫比埃罗的青年陶醉在象征理想的月光下，他因沉湎于物质生活为月光所杀。最后他认识到自己的错误，得到了月光的宽恕，重回人间。在《月光》这支曲子里，作曲家德彪西以清淡的笔墨、朴素的音调，给人们描绘出一幅万籁俱寂、月光如洗的图景。

　　贝多芬创作于一八〇一年的《月光奏鸣曲》是保持听众最为庞大的钢琴奏鸣曲之一。月光这个颇具文学色彩的标题，给人带来了无尽的遐想。《月光奏鸣曲》其实并非贝多芬自拟标题，有人认为"月光"一词来源是因为诗人德维希·莱尔斯塔勃，他把这首奏鸣曲第一乐章的音乐比作是瑞士琉森湖上月色的夜景，根据他的创意从而流传开来。

　　有人形象地比喻，德彪西的月光是饱满的圆月，整个天空只现一轮月。贝多芬的月光则是下弦月，弯弯如牙，稍带残钩。这曲子如果放到晚上来听，感觉更加明显。如果在闷热忙碌而有点烦躁的周一下午来听，那层月光清凉如水，使燥热的世界变得安静起来。如银似水的月光静静流淌，透明的羽翼无声滑翔，给人一种凉风带泪的舒畅和熨帖。

　　《月光奏鸣曲》诞生的过程，有点类似阿炳的《二泉映月》。有一个夜晚，贝多芬去往郊外散步，在一处林木掩映的平地后面，忽闻一阵琴声。贝多芬驻足倾听，发现琴声从一座简陋的木屋中传来，他在琴声的牵引下走向了木屋。说来真巧，木屋中传来的琴声，正是贝多芬所作的一首钢琴奏鸣曲。贝多芬非常感动，没想到在这样贫苦的乡下人家，竟有人弹奏如此艰深的乐曲，贝多芬既十分好奇，又万分感慨。于是他情不自禁地走近窗前聆听，忽然琴声止住，听到少女在叹息。她说："哎呀，不行！这段太难了，我弹不好。要是能听听贝多芬弹奏，那该多好啊！"

　　听到少女的叹息，旁边的男人说："哎！要不是那么穷，我一定会设法买张票，让你听听他的演奏。"

窗外的贝多芬听到这儿再也止不住情感的涌动，他急忙敲门走了进去。站在低矮逼仄的小木屋里，贝多芬满脸吃惊，出现在眼前的是一个劳作的小鞋匠，而破旧的钢琴旁，坐着一位盲眼少女，鞋匠是女孩的哥哥，两人相依为命。少女听到邻近的贵族家弹琴，便记住了"大音乐家贝多芬先生"的这首乐曲。

贝多芬没有自报家门，而是含蓄地说："我也是一个音乐家，想弹一首曲子给这位小姑娘听。"说完他就在这架旧钢琴上弹起少女刚才弹奏的乐曲，乐声无比美妙，一曲奏毕，盲眼少女感动得热泪盈眶。此时，忽然刮起来一阵夜风，风吹灭了烛火，屋里顿时一片暗漆。烛光熄灭后，皎洁的月光从窗外照进来，恰好投射到钢琴的琴键上。贝多芬为眼前这种奇特的景象深深地打动，那一刻，如同天意，他乐思泉涌，当即在钢琴上即兴弹出了美妙的音符，这就是最初的《月光奏鸣曲》。

曲调开始时，恬美幽静，如明月冉冉升上天幕，接着音符回荡，将银光洒向山野林莽；第二段里，曲调变得轻快活泼，好像淘气的精灵在月光下追逐嬉戏。最后，乐曲向着辽阔激荡的海洋，奔涌呼啸而去。贝多芬心如潮涌，他起身冲出门外，一口气跑回家，连夜把即兴弹奏的乐曲记录在五线谱上。在那个月夜，天空如洗，凉风习习，永恒的旋律在夜色里流淌，一首不朽的《月光奏鸣曲》诞生了！

满 庭 芳

惊蛰刚过，河岸的柳枝已露出芽尖，我抱着相机，蹲伏在河边，等待最后一趟乌篷。突然发现脚下一条红色的蚯蚓，正用力拱出泥土。蚯蚓抻拉着皮筋一样柔软的身体，它的表皮闪着泥土的光泽，一抻一缩，显得颇为费劲。蚯蚓努力了很久，后半截身子始终没能滑出，我赶紧退后一步，给它让出一条通道。

蚯蚓是泥土的耕耘者，药书上称为"地龙"，入药具有清热解毒、益肝祛风、止咳平喘、舒筋活络、通利小便的功效。它藏而不露，喜欢地底的世界。

蚯蚓从生到死，从不离开土地，它的一切与泥土相关，怪不得我在蚯蚓身旁闻到了春泥的芳香。而我作为农民的儿子，双脚失去泥土的滋养，长期接不到地气，皮鞋袜子把脚包裹得如灵魂一样苍白。

从河边返回，快近晌午，为避开车马喧闹的大街，我钻进那条久违的小巷。小巷像一口幽深的古井，存储着斑驳绵长的时光。在巷子深处，兀自横立一堵院墙，朱墙褐瓦，簇拥着一块木质招牌，上书"花餐"二字。我赶紧端起相机，对准招牌，在按下快门的瞬间，发现"花餐"二字在取景框里挤眉弄眼，我心里忍不住忽闪一下，随之脚步也跟着慢了下来。"花餐"，两个极为平常普通的汉字，猛然间组合在一起，像一对老夫少妻，有一种难言的暧昧。

巷子幽深，但并不空寂，两端分别连通不同的主干道，不时有来去匆匆的行人。在花餐的招牌下，我偷偷打量着过往的行人，发现大多一脸错愕，特别是一些中年男子，眉眼间掩藏着一种探究的欲望，甚至还有些想入非非。

突然身后响起踢踏踢踏的脚步声，我不由回头张望，只见一男子边走边打手机，脚步虽然匆忙，但一双瞪得溜圆的眼睛却在骨碌碌转悠。

巷子逼仄，出入者几乎擦肩而过。一位与我年龄相仿的汉子迎面走来，目光交会，相互扫了一眼，然后又迅速闪开，露出一种心照不宣的表情。路过草编门帘，侧目探望，瞟一眼春光乍现的花厅，想象犹抱琵琶半遮面的身姿。也许未到用餐时间，厅内一派清冷，除了几张仿古方桌，一排圆凳之外，别无他物。

我喜欢这种穿街过巷的感觉，每当走完一条幽深的巷道，便有一种豁然开朗之感。古老的巷道像一根直肠，穿巷而过的人就如食物，一步一步在肠子里蠕动。肠子一进一出，大部分时间都是通畅的，偶尔也会堵塞，那多半是因为大街上有城管行动。作鸟兽散的商贩成了受惊的小鹿，四处奔突，就如吃了不易消化的食物，出现了肠道梗阻。

有些熟悉地形的小贩，经验老到，练就了眼观六路、耳听八方之功，行动异常机警，只要有点风吹草动，一闪身就钻进了小巷。由此一来，巷口便成了最安全的地带，成了小贩必争之地。我回头察看巷口，果然蹲着几位小贩，抱着篮子，嘴里不停地喊着土鸡蛋！土鸡蛋！精明的顾客低头扫了一眼，摇摇头，走了。没走几步，在一位农妇跟前停下。农妇手提竹篮，满脸红润，像一朵刚开的山茶。她鞋面沾满泥土，额头渗着细汗，能看出热乎乎的气息，像刚赶过长路，周身沾着的风尘。农妇轻轻放下竹篮，目光从远处收回脚下，将一篮鸡蛋悄悄挪到身后。她低着头，神情犹疑，在城门市井中显得局促不安。农妇有些胆怯，因为她看到周围的小贩满脸怨怼，有两位还愤怒地朝她瞪起了眼睛。

农妇只好摆出另一只篮子。正是花开四野的季节，布满花蕾的菜凤闪着水灵的亮色，黄花绿叶飘出一股田野清风。农妇的衣襟微微敞开，发尖上挂着几缕花瓣，胸前留有两块奶渍，那是哺乳的痕迹。花香混合着奶香，使空气一下就变得温柔起来，在特有的芳香中，小贩的情绪好像被母性征服，在女人忐忑不安的表情中，所有人的表情都慢慢平和起来，我拿出相机赶紧抓拍了这个镜头。

　　花是植物的密语，万物花开的季节，那是植物心情最好的日子。可是对一朵花而言，人类总是显得不解风情：视觉落俗，听觉迟钝，嗅觉麻木，行为缺乏蜜蜂的细腻，举止没有蝴蝶的灵敏。我羞赧于自己肤浅的识字能力，对简单的"花餐"二字，竟然完全曲解，甚至用花餐去类比花酒，在巷子里暗自意淫。如此揣摩花餐，想象花事，真是有辱斯文！

　　花餐，顾名思义，是用鲜花佐餐，拿花儿说事，与人无关。在车马喧闹的街市，抛开已腻味的大鱼大肉，进入一家以鲜花为食的餐厅，闭目遥想，让人赏心悦目，唇齿留香，颇有望梅止渴之妙。以花入馔，在我国早已有之，餐菊这种古老的雅事在《诗经》《离骚》中就有过记载。清代《群芳谱》中说得更加详细，列举了五十八种花卉和野菜的食用方法。

　　我虽然离开乡村多年，可每到春天我就会梦回山野，倾听万物开花的声音。老宅的后园是一片花海，从年头至年尾，草木花卉轮番亮相。桃花、李花、枇杷花、柚子花、橘子花、板栗花、石榴花、枣花……这是一些与果实有关的花卉。而黄花、韭花、蒜花、芥菜花、油菜花、薄荷花、百合花、芹菜花、芙蓉花、南瓜花……这些是与蔬菜相关的花卉。无论是草本，还是木本，只要到了开花的季节，就连花下的枝叶也变得妖媚起来。我一直不喜欢落英缤纷这个词，那是风雨过后的伤感，花瓣飘零，剔红满地的愁绪与悲凄。后来读《红楼梦》，在黛玉葬花的场景中得到了印证，曹雪芹写下让人揪心的《葬花吟》，托物寓意，借花寓情，运用"葬花"二字，那神来之笔何等高明！

　　同样是一朵花，在不同地位、不同身份的人眼里，那花具备了另一种意味。习惯于春种秋收的乡里人，对鲜花的态度与城里人明显有别。极少务虚的乡里人对花的评判轻视形式，重于内容，极少把花枝编成花环，戴在成功者头上。无论多么艳丽妩媚的花朵，他们都不会矫情地去赞叹歌吟。他们更多的是关心花的用途：究竟适宜入食，还是入药。而城市居室狭小，可供花卉生长的空间十分有限，植于阳台窗台的几盆花卉，视为爱物，每日洒水松土，修枝整叶，连珍爱还来不及，谁舍得将它佐餐烹炒？谁会把它摆上餐桌？假如真把水灵鲜嫩的花骨朵掐进油锅，那无异于焚琴煮鹤，暴殄天物，再嘴馋的人也不会冒出如此愚蠢粗俗的念头！

　　在乡村，食用鲜花绝对算不上是一种奢侈生活，只视为草根阶层的享受，视作大自然一年一度的恩赐。植物学有记载，地球上百分之八十的植物都会开花。春华秋实几乎是植物共同的属性，每年开一次花，结一次果，往复轮回，直至枯竭终老。在植物世界里，只有无果的花，而没有无花的果。人们熟知的无花果，其实那是一场美丽的误会，它并不是无花之果。无花果不但有花，并且还有许多的花，只不过人们用肉眼看不见罢了。我们平时食用的无花果，并不是无花果真正的果实，而是它的花托膨大形成的肉球，无花果的花和果实藏在肉球里面。所以无花果"看似无花却有花"，这种花在植物学上属于"隐头花序"。无花果与其他植物一样，也是通过开花、授粉、雌雄配子结合而发育成果实的。

小时候听大人们讲过不少花神花仙的传说，比如"牡丹花上一只鹅，飞来飞去看外婆"，这种儿歌至今还清楚地记得，但真正将花神花仙具体化形象化，那还得归功于一部名为《花仙子》的日本动画片。这是改革开放后进入我国的第一部日本动画，亦被称为魔法少女类动画的元老级作品。该动画先后在美国、英国、法国、德国、意大利等众多国家播放，曾在我国海峡两岸暨香港刮起过一阵少女风潮，成为七〇、八〇、九〇后孩子童年记忆中最为深刻的记忆。《花仙子》宣扬人性的真善美，讲述继承了花仙血统的少女小蓓旅行世界各国，寻找能带来幸福与快乐的七色花的故事。看完《花仙子》，处在花季雨季的新一代都这么认为：如果能变成花仙或花神，那该是一件多么美好的事！

第一次知道花的作用是母亲重病期间。当时乡间的医疗技术还十分落后，在梨花满坡的时节，母亲进入了病危。为了抢救母亲，父亲托人请来一位老中医。银须飘飘、仙风道骨的老中医成了母亲最后一线希望。老中医伸指把脉，双目微闭，脸色凝重，从他的神态中可以判断，母亲病情已非常危急了。把脉后开出药方，让我们火速赶往镇上抓药。当时派我和姐姐一同去镇上抓药，可我们药还未抓回，母亲就已离开了人世。

站在母亲床前，姐姐搂着那一大包药，我捏着大包之外那一小包药引，姐弟俩抱头痛哭……

母亲永远走了，从此我记住了小包里的药引，记住了藏红花这个药名。很多年之后，我从一本图文并茂的医书上看到了藏红花的图片，知晓藏红花又名番红花、西红花，是一种鸢尾科番红花属的多年生花卉，也是一种常见的香料。属西南亚原生种，最早在希腊人工栽培，主要分布在欧洲、地中海及中亚等地。明朝时传入我国。《本草纲目》将它列入药物之类，是一种名贵的中药材，具有强大的生理活性，有镇静、祛痰、解痉作用，用于胃病、调经、麻疹、发热、黄疸、肝脾肿大等症状的治疗，我曾预想过，当年如果藏红花及时送到，母亲或许就能有救。

母亲过世后，外婆也一病不起。那天我和细姐翻山越岭，到十几里外的村庄看望外婆。开始劲头很足，一路上又蹦又跳，随着山势开始陡峭，渐渐感觉体力不支，后来更是又累又饿，干脆一屁股坐下来，歪倒在草丛中，再也不愿起来。细姐又哄又劝，可我就是不愿起身，一会说是肚子饿，一会说嘴巴干。细姐见我不愿走了，她也只好坐下来，陪我歇了一会。

正是映山红绽放的季节，山间的云雾刚刚消散，漫山遍野一片花海。细姐灵机一动，跑上前采来几束开得正艳的映山红，她熟练地摘下花朵，拔掉里面的花蕊，然后送到我嘴边，让我尝尝。开始我怎么也不敢尝，见她接连嚼了好几朵，而且嚼得有滋有味，我这才半信半疑，小心翼翼地嚼起来。没想到映山红真能吃，而且入口清爽，甜中带酸，既充饥，又解渴。不一会，我就吃完了一束，从此才知晓映山红不仅烂漫如火，而且还是一种挺不错的美食。

尝过鲜花之后，感觉一下子神清气爽起来，通往外婆家的路好像显得比先前平坦短促了许多。一路上听细姐给我讲哪些花能吃，哪些花不能吃。我记住了房前屋后常见的黄花、菊花、百合花、栀子花、鞋子花、芙蓉花、金樱子花、南瓜花、米汤花。当时这些花大多没有尝过，只知其形，不知其味。几年后父亲娶了继母，精于持家过日子的继母常常给我们来一顿山野美食，其中就有叫不上名字的花卉。

食花是一件颇有讲究，颇有学问的事，就像神农尝百草，后人所获的经验都是先辈们冒着生命危险得来的。任何美食都是以安全第一，不能被其漂亮的外形所迷惑。并不是所有的花卉都能入食，就像蘑菇，有毒和无毒极难分辨，如果仅从外形上看，有时毒蘑菇比无毒的还要素雅洁净，用手掰开芳香扑鼻，烹炒后鲜嫩可口，这种藏而不露的毒充满了险恶。

大自然中不乏恶之花。多年前，我在某科研所的植物园里见识了罂粟花。那是一种周身充满阴险与冷艳的花卉，它每一次的绽放都昭示一种罪恶。人们最初发现它具有药用价值的时候，它的魔性便得到了释放，就像《一千零一夜》里渔夫打开的魔瓶。据药典《本草》记载："功极繁茂，三四月抽花茎，结青苞，花开则苞脱，大如盆盏，罂在花中，须蕊裹之。花大而艳丽，有大红、桃红、紫红、纯紫、纯白色，一种而具数色。花开三日即谢，而罂在茎头，上有盖下有蒂，宛然如酒罂，中有白米极细。又名米囊花、御米花。"

这样的花卉让世界多了一种疯狂与恐惧，触之蚀骨冰凉。

还有一种闻着便会头疼的闹羊花，它生长在南方丘陵地区，颜色金黄，形状像喇叭，又名黄牯牛花。别看其貌不扬，它的花、叶、根均有毒，在开花前和花落后，嫩枝易被牛采食，其毒状如醉酒，只要食下数朵，一头健壮的大水牛立马倒地毙命。我亲眼见证过耕牛误食闹羊花中毒事件，那牛中毒后步态踉跄，口吐白沫，四腿乱蹬，其惨状足见此花的恶毒。还有看似素雅洁净的夹竹桃，它却会散发一种气味，闻之过久，会使人昏昏欲睡，智力下降；其分泌出的乳白色液体，如果接触过久，会使人中毒。说到这里不由想起根据詹妮特·芬奇的同名小说改编的美国影片《白色夹竹桃》，影片中让观众见证了既美丽，又充满危险的夹竹桃。

同样是描写花卉，迟子建的《花瓣饭》让人耳目一新，看到了花瓣中的温馨。我认为，《花瓣饭》是描写关于"文革"时期小说中最醇美感人的篇章之一。一个雨夜，三个孩子做好饭菜，等待父母回家吃饭，仅凭这样一个具体细微的平凡场景，却鲜明地表达了作者对于日常生活的艺术性思考。小说最后以那盘"香气蓬勃"的花瓣饭结束，将作品推到了极致。红的、粉的、黄的、白的，这种艺术的高潮，烹饪了世上最美的一顿晚餐。迟子建以其独有的细腻笔触刻画了日常生活对政治高压的消解，通过她高明的艺术化处理，发掘出困境中的感人亲情和温馨人性。

黄花菜是我们所熟知的一种美食，但鲜黄花菜不宜入食，食之会引发肠胃不适，肚痛腹泻，所以一般都不会鲜食。惯常的方法是将黄花采摘下来，用温水氽过，然后晾干，食用时取一两个鸡蛋，或少许瘦肉，一同下锅烹炒或做汤，也可用冷水浸泡之后与粉丝拌炒。黄花是产妇催乳的上等食物。

百合花、栀子花、芙蓉花等属清凉解毒的花卉，用文火烹煮，味道鲜美，清凉解毒。金银花一黄一白，如金似银，煞是美丽，焙干泡水具有清热解毒、疏散风热、利咽消暑、防流感、泻痢的功效。茉莉花制茶，味甘性凉，清香醒脑，抗癌降压。

鞋子花是一种较为少见的花卉，尽管至今没能弄清它真正的分类学名，但毫无疑问，它是乡土上开得最具诗意的花卉。我无法判断它是不是故乡的特产，总之离开故乡之后，从南到北，从没见过它的踪影。鞋子花因其形状酷似一只仙人的鞋子，所以被称为鞋子花。这种只有指甲盖大小的花朵貌不惊人，其清香美味足以让人怀想一生。我没有试验过鞋子花有无其他的烹饪方法，多少年我只坚信母亲留传下来的那种做法是唯一的，也是最地道的。鞋子花煎鸡蛋，那简直是一种美食绝配。在外漂泊的日子，每当想起鞋子花煎鸡蛋的香甜美味，就会使人馋涎欲滴，口舌生津，提醒我遥望故土，梦回深山。

南瓜花炒肉雅俗共赏，是一道难得的乡野名菜。南瓜花分雌雄两种，雌花显而易见，那是不能动用的，花蕾下端结着一只小南瓜。而雄花是授予花粉的父本，当蜂蝶代劳授完花粉之后，雄花就可以走上餐桌了。南瓜花采摘后，用温水浸泡，然后切成粗段，与肉末一同入锅爆炒，加入适量的姜蒜，然后入汤。喝着清淡可口的瓜花汤，心间流淌着植物的葱茏气息。

对于菊花，老家人更是情有独钟，不仅做菊垫、菊枕，而且还冲泡风味独特的菊花茶。家乡喝的菊花茶不是将整朵菊花晒干，而是在菊花怒放的时候，选用大叶或中叶的白菊，将菊花揉开捻散，去除花蒂，然后清水过滤，再撒上食盐，用罐腌制压紧、盖严备用。泡茶的时候，取一小撮腌过的菊花，加入茶叶、芝麻、黄豆、腌姜，用开水一冲，菊花如满天的星点，在水面上恣意绽放，一碗香气扑鼻的家乡茶便端了出来。

薄荷花气味清香，是炒田螺、烧黄鳝的上等配料，同时它又是止咳化痰的良方。当芳香进入体内，心间便多了一股暖流，发一身汗，感冒很快痊愈，这是食疗与药疗的理想配方。

蜜蜂是鲜花的知己，它们感情深厚，像一对热恋的情侣，永远诉说着甜蜜恩爱的故事。在湘鄂赣交界的一处大山中，我见证了鲜花与蜜蜂的另一种作用——蜂疗。一些患有类风湿、四肢麻痹、关节疼痛、口眼歪斜、面瘫的患者，因久治不愈，慕名寻访进山，在山清水秀的大山中吐故纳新，接受蜂疗。

蜂疗室像一个全封闭的蔬菜大棚，里面放养了大量的蜜蜂，这些蜜蜂在花丛中嗡嗡飞舞，它们的使命不是采花酿蜜，而是扮演治病救人的医生。患者裸露身体，在花枝间穿梭往来，不停骚扰蜜蜂，逗引蜜蜂进行攻击。

每天蜂疗结束，地上落满花瓣，这些花有些是荷兰引进的野蔷薇，听说香气可传五公里，蜜蜂闻着就会亢奋。为了吸引蜜蜂，让它主动扑向患者，医生在患者身上揉搓一层花粉，让蜜蜂拼死奔赴。不少患者被蜇得鼻青脸肿，蜜蜂更是尸横遍地。觅食的蚂蚁从洞穴中闻风而动，它们像清扫战场的义工，成群结队，拖走蜜蜂的尸体，品尝残存的甜蜜。在蚂蚁的洞穴前，说不定正有一只装死的穿山甲，伸出长长的舌头，等待蚁群上钩。

死去的蜜蜂不知晓这是人类有意设下的圈套，它们前赴后继，在花丛中一次一次冲向患者的身体，以浴火重生的姿态终结自己的生命。蜜蜂与患者同处一室，两者一起碰撞，一起疼痛，可是一样的疼痛，却产生不一样的结果：一个在疼痛中康复，一个在疼痛中消亡。上帝安排了平衡法则，在自然界设置的生物链上，螳螂捕蝉、黄雀在后的例子比比皆是……

乡野的花卉，远离娇羞，大都朴素而坚忍。稻花遍地的田野，没有一丝妖艳；瘦弱贫瘠的山坡，长着大片的荞麦，红秆子绿叶开出细碎的白花，这种细微平实的花卉，帮助多少贫苦者熬过了饥馑灾荒。

有一种藤条擅长攀爬，它叫薜荔，花形奇异，结下的浆果外皮翠绿，状如木瓜，切开取籽，可做凉粉。藤条柔韧，大如拇指，一般缠绕在古枫与香樟上，藤花从树顶垂挂而下，在树身上迎风飘摇，每一朵花里都有春光春色。夏天蝉声四起，乡民用竹竿绑着弯刀，割下浆果，酿出晶莹爽滑的凉粉。孩子们用木桶送到田头，给劳作的农人消暑降温。

有些花是用于眼观的，有些花是用来鼻闻的，有些花是生来食用的。就像满庭芳菲的园子里，花神花仙们飘然而过，哪个用来做妻，哪个用来做妾，好像是早已注定了的事。由于花卉因其形状和气味的各异，人们各有偏好。在入食的花卉中有一种是我的至爱，只是每年都得慢慢等待，等到天高云淡，秋风送爽的八月，它才次第开放。这种花不用说大家就已猜到，它叫桂花。桂花品种很多，有月桂、春桂和冬桂，还有四季桂。我独爱秋桂，它那种摄人心魄的幽香就像一个清秀的女子，吸引人不忍挪步。风动桂花香。一株迎风的桂花，它足以香遍一条街巷。如此淡雅精致的花卉，怎么可能不与食物联姻？！千百年来，桂花的食用方法可说是无法穷尽：桂花糕、桂花蜜、桂花饼、桂花糖、桂花酥，品类繁多，特别是用白砂糖腌制的桂花，那简直是上品中的上品。溶解之后的糖汁色如琥珀，味如甘饴，用来包馅子，包饺子，包汤圆，包粽子，做点心，那味道真有闻香下马，诱人口水之妙。

桂花的香是一种沉静的幽香，它持久而不放荡；淡雅而不妖艳，它随风而动，暗香深藏。粉白中透着淡黄，与糖融为一体，芳香嫩滑，色如美玉。在各种点心中只要加入一点，便能香入肺腑。

无论从视觉，还是嗅觉来看，人类对花卉都具有亲近的基因。五彩缤纷的鲜花从花瓶、花篮逐渐走向餐桌，不仅成为色香味俱全的菜肴，更给人以美的享受。火红的木棉，洁净的幽兰，芳香的茉莉、粉白的栀子，亭亭玉立的木兰，这些都是花餐佐食的佼佼者。

时下，用鲜花制作的美味菜肴在世界各地备受青睐。更有人在酒和饮料中放入鲜花，使饮品独具芳香，提高品位。法国人钟情于大波斯菊、秋海棠和紫罗兰。他们通常把鲜花捣碎，榨出汁液，混合在菜肴或糕饼里；也有的作为油炸食品或鱼的添加剂。在一些高级宴会上，人们非常喜欢品尝用蜂蜜渍过的小月菊，或是把刚刚摘下的鲜月季蘸着蜜汁来吃。

在香港，以鲜花为原料制作的食品和菜肴也很多。通常的吃法是将采集的花瓣作为制作沙拉的一种配料，有些香港人还将几种鲜花的花瓣制成花汁调入果酱中，然后涂抹在面包、饼干上吃，香味既浓郁又好吃。此外，不少香港人还特别喜欢将花蕾与肉一起煲成汤。

花餐是一种古老的传统，先辈向往餐花饮露，那不仅仅是一种高洁的生活方式，而且是一种亲近自然的朴实情怀。人食五谷杂粮，吃水果、品茶饮、服用中草药，穿丝绸棉布，人对植物保留着最原始的亲近与依赖。人虽然不属肉食动物，但在千百年的物种演化过程中，人体已适应食用肉类，可面对当下高发的肥胖症、高血脂、高血压、心脑血管疾病，提倡素食主义并非简单地追求潮流与时髦，而是确保健康长寿的需要。

对于一株美丽的花朵，要把它吃掉，好像有点儿不近人情，但鲜花变成美食，芳香了食客的身心，这应该是一种价值提升。享用花餐，吸收精华，每一个尝过花餐的食客，都经历了一次肠胃的沐浴，变得吐气如兰，齿颊留香。随花餐进入缤纷世界，扫荡满身蚀气，顿感神清气爽。回想花食，我不禁手拍脑门，猛然灵醒，自己与花早有情缘。

　　当大伙围桌而坐，享用一顿丰盛的花餐时，我们的牙齿就会尽量不去伤害动物，不再成为绞肉的利器。这样我们的舌头就懂得了慈悲，肠胃学会了修行，不再成为埋葬动物的墓场。

　　快去尝试一顿花餐吧！让精神与肉体搭建一座艳丽的花园，红的似血、白的如玉，黄的是金子，蓝的像钻石，万紫千红，煞是好看，简直是自然之神的盛餐。你看那些冠名"鸟语花香""仙女散花"的菜谱，让食客在餐桌上寻觅芳踪，在舌尖上品赏春色。面对如此精致美味的花餐，我们不仅想去动嘴，还会动心！

飞翔的菜地

　　这些年里，有一块似是而非的菜地，如影随形，我到哪，它到哪，让人无法摆脱。在此之前，我不会相信，现实中真有如此魔幻的事情，让一块子虚乌有的菜地变成影子，长出腿脚，一路跟踪，日夜缠绕。

　　作为农民后代，我内心确实有着深厚的耕种情结，即便离土离乡，也未能冲淡我对田园的念想，对庄稼的迷恋。无论走到哪，春种秋收的景象始终在脑海中萦绕，每当想起金黄的稻麦，满园的瓜菜，我就心驰神往，兴奋异常。也许是因饥饿的记忆，使我一直向往丰硕的果实。不管经历过多少春秋轮回，万物更替，唯有大地丰盈，仓廪充实，才能让人内心安稳，生活踏实。

　　在城里，我如一只忙碌的蚂蚁，奔跑在钢筋水泥的丛林。为了一家老小的生计，平时很少去考虑生存之外的事情。有时乘坐高铁，从茂盛的庄稼中如风穿过，望见豆粒般的农人在田野上滚动，我便周身温暖，满眼柔情。

栖身城市，空间逼仄，让我越发渴望天地高远，视野开阔。那些年，村庄、田野、河流、草原，经常在我的梦里交替出现，以致误把真实的图景视作梦幻的呈现。

有一天，我远行归来，忽见窗前绽放新景，于是快步奔向阳台。没想到一方狭小的阳台，竟然演绎出大地的辽阔。一盆蒜苗，一盆上海青，两团葱绿，生机盎然。

每天妻子晨练回来，第一件事便是浇水。天蓝色的洒水壶，盛满山间的泉水，妻子坚持用上等的泉水给菜苗沐浴。如云似雾的水珠，亲吻着干燥的叶片，很快缺水的菜苗就来了精神。洒完水再蹲下来观察，比对着瓦盆中充当标尺的竹片，看菜苗长高了多少，叶片有哪些变化。那种精耕细作的态度远胜乡村的老农，见她如此虔诚，我深受感染，于是阳台之上的两盆菜苗，成为夫妻的日课。无奈城市的阳台太过狭小，最多能视为耕作的仪式，当作对乡土的缅怀。凝视浓缩的乡土册页，狭小的盆栽像推演的沙盘，再勤勉也是纸上谈兵的劳作。

那是一个风轻云淡的日子，我跟随妻子穿街过巷，走进了一片簇新的楼房。上楼前，我们从一个拐角处穿过，发现楼下有一处装修别致的空间，门楣上有招牌写着：心灵驿站——蒲公英书吧。侧身门前，我探头朝里张望，不由停下了脚步。看见书吧内有一位大爷和一名小孩，一老一小，在埋头阅读。他们目光专注，相对而坐，轻翻书页的时候像有水波流过。我被这个承前启后的组合深深吸引，少年和老年，起点到终点，朝阳与夕阳，在这个空间里相互连接，彼此辉映，构成一幅意味深长的画面。

我对读书人素怀好感，对劳动者心生敬佩。在古老的乡村，晴耕雨读不仅是一种理想境界，更是一种美好回望。从劳动者的体质皆可看出，越勤劳，越强健。正如达·芬奇所言："勤劳一日，可得一夜安眠；勤劳一生，可得幸福长眠。"

电梯上行，楼层的数字不停跳跃，当电梯升顶，梯门洞开的那一刻，我目瞪口呆。想不到从底层到顶层的短暂距离，竟然呈现出两个截然不同的世界，我不敢相信城市与乡村可以如此切换。站在菜地边缘，我大口呼吸，目光穿过菜花，顿时恍然大悟，原来这就是传说已久的空中菜园。

我们来时，她那姐妹刚好在采摘，篮子里盛满了五颜六色的蔬菜。妻子一声喊叫，一张红扑扑的脸蛋立刻从菜苗中显露出来。体态丰腴的姐妹直起腰身，朝我们挥手。阳光闪亮，大美天然。只见晶亮的汗珠如油彩，从她的额角无声地滑落，那一刻，我忍不住发出了由衷的赞美：真好看！

阳光、汗水、菜地、果实，像一场化学反应，在城市的楼顶生成了崭新的事物。我猛然发现，之前我对"劳动"二字的理解是如此狭隘、肤浅和片面。甚至对于"劳动最光荣，劳动最美丽"的比拟也嗤之以鼻，认为这些华而不实的词语，顶多是一种自我安慰。直至看见菜地中汗水直流，衣衫湿透的姐妹时，才找到劳动的准确定义。我之前的肤浅是把劳动当成了空泛的名词，只有将劳动视为高贵的动词之后，才能产生美好的观感，找到真切的体会。

场景挪移，时空切换，我望着眼前的菜地，有一种梦幻之感。这哪是城市的楼顶，分明是乡村田园。在远离地面的楼顶，在密集的现代建筑中，一块如此茂盛的菜地，让人难以置信。微风吹来，如一团飘忽的云锦，有一种超越现实的感觉。就算有再丰富的想象，再高远的预见，也无法在楼顶构建一块乡土，在城里耕种一块菜地……

居于高楼，不说身心悬空，至少也是隔绝泥土，难接地气。然而有心人却在楼顶创造出别有洞天的世界。审视长势喜人的蔬菜，我深有疑惑：一个远离稼穑的市民，怎么能种出如此鲜活的果蔬？

窥探细节，菜地拾掇得非常专业。上等的泥土，一半沙壤，一半红壤，两半结合，便见新生。这种土既有良好的吸水性，又有强大的黏附性，是庄稼的温床。特别是品种搭配更见匠心，从谋篇布局，到时令长势，均有选择。不仅考虑到了十字花科、伞形科、百合科、葫芦科、禾本科、茄科、菊科、豆科等不同品种的生长特性，而且还合理划分了种植区域，每个区域都打理得疏密有度，美观精致。

分行隔垄的大豆、南瓜、冬瓜、黄瓜、丝瓜、苦瓜、番薯、土豆、茄子、辣椒、豆角、芥蓝、西红柿，五颜六色。看上去像一块七彩的画板，在泥土上错落有致地伸展。很明显在播种前有过深思熟虑，玉米和甘蔗选择了矮秆品种。担心苗情太旺，无法控制，一旦蹿向高空，容易被风刮倒，甚至飘落地面，危及路人。

背阴的墙角有个大水池，池中一半植了莲藕，另一半种了茭白。池外一处细瘦弯曲的空地，也没闲置，栽了芫荽、薄荷、小葱、大蒜、藠头、藿香。这些气味芬芳、个性鲜明的佐料，是烹饪的灵魂。花坛中央植了一排向日葵，花盘硕大，籽粒饱满。旁边还有两丛鲜红的鸡冠花，远远看去就像两位盛装而立的侍女，夺人眼目。

不可小觑这两丛其貌不扬的鸡冠花，它的出现恰似点睛之笔，让密不透风的楼顶有了乡野的况味。冠状的花形似一束燃烧的火苗，跳跃在色彩斑斓的果蔬中。目光穿过花丛，让人更加诧异，花蕊中竟然出现了斑斓的蝴蝶和忙碌的蜜蜂。高妙的自然连接万物，无人知道这些追花逐蜜的精灵来自哪里，然后又去往何方。

花丛的出现，让我对菜地再生好感。花的点缀，既像文章的闲笔，又如国画的留白，让一块高悬城中的菜地有了另一层美学。两个花丛足能说明，种菜人并非彻头彻尾的实用主义者，而是心存浪漫的田园公主，牧歌悠扬的梦中少年……

在回家的路上，我对妻子说，进城多年，我第一次被一片菜地惊艳。我不羡慕豪门大院的奢华，却向往绿意无边的菜地。以前从平房的院落里经过，遇见人家盆栽的茄子，盒种的辣椒，我就顿生亲切。耕种虽是一件古老的事情，但它永远都在生长耀目的新意。正如陶渊明在《归园田居》中所言："少无适俗韵，性本爱丘山……开荒南野际，守拙归园田……久在樊笼里，复得返自然。"

"性本爱丘山"这是陶渊明的人生基调，也是他一生的情感归宿。从他的文字中能读到朴实的田园诗意和浪漫的自然情怀。

一直以来，我无比渴望能有一块属于自己的菜地，在露水涓流的清晨，或夕阳西下的傍晚，带着妻子，躬身菜地，施肥、松土、除草、采摘，体会劳作的快感。

以劳作伴随情感，用汗水滋养果实，种菜是一种排遣，更是一种享受。可租居狭小，空间局促，仅靠几只瓦盆实现不了田园梦想，于是我把目光投向了城市的边缘，渴望在城市遗落的缝隙里，找到用武之地。

春天，万物生长，这个季节总有一种欲望勃发的感觉。为节省开支，年初我从城区举家迁移，搬到了城市边缘。在这个有苗圃、有瓜田、有菜地的村落里，我的视野瞬间开阔。山川、树木、溪流在脚下伸展，密集的高楼退居远处。生活在一半像城市，一半像乡村的地方，我欲望勃发，满是好奇。

那段时间，我和妻子像侦探，利用早晚散步的机会，走遍了住所四周的边边角角。在行走中，我发现很多搬山填河的工地，闲置未动，除了围上一圈铁皮挡板之外，未见任何动静。从豁口处进入，里面乱石成堆，杂草遍地。有天晚上，我和妻子走上了一处缓坡，发现脚下泥土松软，四周绿树环绕，山脚下还有一条小溪，能隐约听见流水的声音。

我从地上拾起一根树枝，插于路口，作为标记。这个地方有水有土，应该适合辟为菜地，妻子也有同感，我们停下脚步，四下打量。由于夜色太暗，对四周的地形看不真切。为了确认环境，次日一早我重回察看，发现这地方果然不错。依山傍水，土层厚实，尽管地面遍布灌木杂草，树上爬满荆棘藤条，但覆盖泥土的落叶，已化成熟透的腐殖层，是一种理想的黑土。

从老家带来的锄头，像蓄谋已久的卧底，跟随我进入城市。一直在纸箱中沉睡的锄头，终于被我唤醒，在喧嚣的城市派上了用场。重见天日的锄头，在处女地上披荆斩棘，每一锄头下去都能享受到翻垦的痛快。新鲜的泥土反射着潮湿的亮光，从山边经过的行人，不时停下来注视我手中的锄头，我第一次听到了路人对一把锄头的赞赏。

汗如雨下的翻垦，耗费体力，我没能持续多久就作了结束，因此开辟的菜地不大，但想要播种的品类却不少。我以为万物毗邻，互促互长，花色斑斓，品种丰富才是理想的状态。苋菜、血皮菜、空心菜、四季豆、辣椒、西红柿、茄子、丝瓜、南瓜、苦瓜，十几个品种的菜苗在这片新开的菜地里争相破土。

刚开垦的生土，还很板结，加上持续干旱，浮浅的土壤完全干枯，土面一片龟裂。稀稀拉拉的菜苗像个病人，面黄肌瘦，营养不良。本想施用一些改善土壤的农家肥，可初来乍到，人生地不熟，找不到农家肥。只能将就着用空油瓶接点尿液，再到农资店买点化肥。施用过后以为苗情会迅速好转，谁知一夜之间如遭霜雪。望着病恹恹的菜苗，像被秋风扫荡，一片萧瑟。我伤心不已，满腹疑惑，这菜苗为何会突然死去？扒开土层，很快查明，原来因施肥不当，细小的根须被尿液和化肥烧死，首次种菜惨败而归。

原以为种菜是一项纯粹的体力活，坚信祖父说的"人勤地生宝，人懒地生草"是永不过时的真理。农人只要辛勤劳作，就能种出茂盛的庄稼，收获丰硕的果实。然而实践证明，耕作仅靠勤劳还远远不够，不仅难有可喜的收成，甚至稍不注意就会前功尽弃，颗粒无收。

遭遇极端天气、病虫草害，必须及时应对，农事在经验中深藏学问，想完全弄通弄透并不容易。有了一次失败的教训，我深知百行都有技巧，万事皆有学问。种菜不仅是一件体力活，更是一桩技术活。

露地蔬菜的种植不像塑料大棚，可以打乱次序，违反节令，颠倒时差。露地菜依附自然，必须遵循气候的指令，什么时候种什么菜，有着严格的规律。

年初的春菜没种好，只好抢抓机会，再种秋菜。白露已过，秋分来临，种秋菜的季节到了。翻地、起垄、平土、点穴，秋阳下，我将芹菜、萝卜、芥菜、菠菜、甘蓝好几样种子撒进了土中。适宜的气候，良好的墒情，种子快速发芽。

眼看着菜苗一天天生长，趁着周末，我赶过去除草松土。可刚走到路口，我就傻了眼。只见木板上贴着白纸黑字的公告，宣布这片闲置多年的地块即将启用。政府要建一个安置小区，要求菜农从公告之日起，三日内自行处理地面作物，逾期将强制清理。

再看地块的外围，车来人往，机声隆隆，厉兵秣马，山雨欲来。我知道不可再做无用功，于是扛起农具，黯然神伤地离开了菜地。临走时，无限留恋地望了一眼碧绿的菜苗，那些菜苗不知变故，依旧在风里欢快地摇摆。

这些年，看到青苗被毁、菜地被挖，总算让我明白了一个道理。菜与地，地与人，都讲缘分，有缘定会相遇，无缘终将分离。在城里不宜谈论农事，锄头在这里并非工具，而是道具，只适合记忆收藏。

处在计划赶不上变化的年代，永远猜不到下一步的走向。两年后因老父生病不能自理，我只好带着家人回来照顾。这个时候我才发现，梦中的菜地并未走远，它已随我回到故乡。

老家后院有一小块菜地，父亲住院时婶娘种了一畦韭菜，当时那畦韭菜长得青葱嫩绿，路人见之无不心动。也许是见我们家中无人，晚上竟有人偷偷割走一半。我们回家时，割过的韭菜已长出了新绿，而另一半没有割过的韭菜，竟如过气的生命，叶枯苗黄，怆然老去。

我望着韭菜，发现它成了某种象征。韭菜生来命贱，喜欢被割，而且越割越长。怪不得"割韭菜"能成为网络热词，那些割过几茬的韭菜，反而水灵灵，青葱翠绿，比从未割过的老韭菜旺盛得多。

看着眼前的韭菜，我不由想起诗人张二棍的诗歌：

说说韭菜吧。这无骨之物 /一丛丛抱着，但不结党 /这

真正的草民 /用一生的时间，顺从着刀子 /来不及流血，来
不及愈合 /就急着生长，用雷同的表情 /一茬茬，等待。

透过诗歌的画面，我仿佛看见无数的刀刃，正在收割韭菜。
思绪飘远，脑海中思索着韭菜的命运。直至婶娘把韭菜炒蛋端
上了餐桌，我才回过神来。

一株菜的生长周期很短暂，一个人的生命行程也不漫长，
就像人到中年的我，望着已入暮年的父亲，突然消亡，终于明
白，这就是轮回。为便于照顾老人，我们把父亲接到了县城，
几个姐姐和我轮换值守。白天我去单位上班，周末和晚上则由
我照看老父。

父亲居住一楼，对面有一个大型物流城，物流城后有一片
山地，山上可以看到不少的菜地。当时正好菜花盛开，山岭上
一片金黄。抬头望见黄绿相间的菜地，看见菜地里忙碌的身影，
我便手痒起来，内心越发蠢蠢欲动。

在照顾父亲的空余，我到山边找了一块狭长的空地，这块
空地听说曾栽过菊花。不知是主人搬迁，还是兴趣转移，我接
手时那空地早被抛荒，菊苗虽然还可隐约看见，但已是草盛菊
苗稀。

很有意思，这块地的两头分别长着两棵挺拔的大树，一棵
是松树，另一棵还是松树。瘦长的地块如描绘的图纸，延伸出
流畅的线条。我从山下望去，那地块如一弯出岫的新月，悬挂
在两树之间，形如古画，颇有情趣。

田间劳作是一件身心舒畅的事，对于久居樊笼者更是一种

治愈。在月下劳作，到山野放飞，犹如田间舞者，从自然中收获不尽的愉悦。

我发现田间劳作可传递美好的情绪，能感染地上的庄稼。人在菜地，有时会听到山顶传来乡野小调，野性的小调让人忍不住从菜苗间直起腰来。循着风的方向，追随声音，仰头眺望，目光回溯山顶，想象那歌者该有哪种样貌。

我一直感觉，五谷丰盈的大地，有着佛性的模样，物化的果实，外表坚硬，内心柔软，流淌出无尽的慈悲。这一年的种植，风调雨顺，喜获丰收，无论是上一季栽种的茄子、辣椒；还是下一季播种的包菜、芥蓝，全都长势喜人。

丰收的菜地令人着迷，每次采摘都能见到妻子如花的笑脸。多少年没有成堆的收获了，当金黄的玉米棒子，如珠如玉，成串地挂上屋檐时，我触摸到了植物的坚韧，感受到了果实的母性。大地的馈赠不索回报，让我心生感激。从耕种的细节里，我已真切地体会到故土深恩，在这里每一片草叶、每一株蔬菜、每一枚果实都饱含乡情，都面带微笑。

作为体制内人员，种菜只是我的业余爱好，尽管在八小时之外从不影响工作，但还是不敢理直气壮，犹如"地下工作者"，只能偷偷摸摸进行。

一个拿财政工资的人，即便利用节假日和工余时间，出门种菜仍显得不务正业。在同事和领导眼里有种干私活、赚外快，贪图小利，与民争利的感觉。

在单位里，我平时对自己的种菜行为秘而不宣，哪怕偶尔被同事遇见，我也会设法遮掩。有人问起此事，我便佯装不知，答非所问，有意王顾左右而言他。正因为种菜之事不敢公开，直至后来施工方通知领取青苗补偿，我也只能放弃，不敢认领。

那块月牙形的菜地寄托了我一腔热情，以为这块诗意的菜地可以一直拥有。但我却忘记了智者的忠告：人在土上生，土中长，在土里消亡。人类终将归属土地，土地永远不属于个人。

深秋的傍晚，夕阳西下，我像将军检阅部队，从瓜棚下匆匆走过。审视着粉白的冬瓜、金黄的南瓜，心头有如流泉漫过，那种瓜得瓜、种豆得豆的喜悦油然而生。

谁知喜悦中的变故来得那么迅疾，偌大一片山林，几乎一夜之间，山野河流全部纳入生态公园的范围。铺天盖地的铁丝网，宣示了生态红线的主权。曾与我深度交集的菜地，像山间云雨，飘忽而去。

我自省外到省内，从大都市到小县城，发现寻地艰难，日益紧俏的土地成为稀有资源。从南到北，我在苦苦寻找理想的菜地，可是哪怕寻找一小块菜地也没有可能，于是种菜之事再度搁浅。

那段时间疫病流行，父亲感染后病情突然加重，经历十几天的紧张救治，最后还是没能抢救回来。处理完父亲后事，我被调进了偏远山区。刚进山时，我并未想到种菜这事。为排遣郁闷，每到周末，我只能独自行走。有时顺着河流，有时沿着山径，不紧不慢，往前行走。

在空山不见人的僻地，山川河流是永恒的主场，鸟兽虫鱼是不变的主角。越往山里走，越有褴褛披身的感觉，植物的色彩在四季中变换，无论阴晴雨雪，始终山鸣谷应，万物回响。我深知山林辽阔，寓意深远，一滴水、一片叶、一缕风、一朵云，足可称作生命的信使，完美折射天空的光芒。

穿行在信号屏蔽的山里，我以一个配角的心态，混迹其中。每走一步，都得借助太阳的参照，河流的指引，才能辨识前进的方向。人虽有聪明的大脑，却存在众多局限，在前行的旅途中，人无法做到像鸟兽一样精准定位，也不能达到卫星一样智能导航。有时分明从源头出发，可一回头却再也找不到源头，而一只鸟和一棵树，可以一直不离不弃，心怀执念，年年岁岁，上演生死爱情。每次仰望树顶那只精致的鸟窝，我就明白了鸟兽也有山盟海誓的信物。安放在树梢之上的鸟窝，那是藏娇的金屋，也是订约终身的钻戒。

远离喧嚣的山林，是一个天然的封闭系统，有强大的过滤功能，滤掉无数杂音。只有在这种安静的时间与空间中，我们才会意识到山水邈远，自然辽阔，让凡尘之心，抵达更高的境界，即使偏居一隅，也能借山林而观天下，望流泉而知兴替。

一个后中年时代的人，腿脚迟缓，肉身笨重，爬了一段山路便开始喘息。站在一处缓坡上，刚准备停步歇息，突然山谷里传来咯嗬咯嗬的叫声，我知道那是藏而不露的锦鸡，在发送求偶的信号。山林云遮雾罩，脚下草木飘香，无人打搅的山野，很适合鸟兽纵情欢唱，繁衍后代。

走在山里，我更愿意倾听和注视。老鹰掠过丛林，流泉跃下山冈，藤条攀附大树，露珠滚落草尖，花蕾挨着花蕾，果实亲吻果实，如此迷人的瞬间，谁又愿意错过？

进山的第二年，我与一位有相同爱好的同事，在散步时发现一片荒芜的沙洲。一条小河从沙洲中直穿而过，一边是碧绿的桑园，另一边是丛生的野草，那一刻我们萌发了耕种的念头。

涉过小河，钻入高过人头的草丛，我们找了一处地势较高，土层厚实的地方动手。我俩挥舞着锄头、茅刀、田刨。轮番上阵的气势，像一种古老的仪式，我猛然间想到了《诗经》里"千耦其耘，徂隰徂畛"的劳动场面。上古时期的"耦耕"方式，由二人合作翻掘土壤，并肩而行，开沟挖垄，或耒耜翻地，一推一拉，无限壮阔。

可是两个从不劳作的男人，身体虚胖，面色苍白，手脚无力。我们拼尽全力，最终还是败于杂草。铺天盖地的杂草野蛮生长，像一个巨型网罩，将锄头牢牢缠住，根本无法深入土层。在与野草的纠缠中，我们汗如雨下，气喘如牛。

淤泥堆积的滩涂，形成了厚实的潮土，开垦出来的土壤乌黑发亮，脚板踩在土上，能感到贴心的疏松。细腻绵软的土壤，足见肥沃，让人联想丰乳肥臀的女人。我决定先试种一茬萝卜，播下的种子很快出苗，从没施过肥，更没喷过药，只是中途过去拔过两次草，萝卜完全是自由生长。

秋冬时节，苗情长势加快，水汪汪的萝卜拱出了土面。在这松软如饴的土壤中，想拔一株萝卜特别方便，喜欢哪一株，只需轻轻一拉，毫不费力，连根带苗，轻松到手。试种成功，我有了底气。我和同事正在准备拓宽菜地，突然有消息传来，有一条跨省高速公路正在规划，听说高速路口要从这片沙洲上经过。几位村民便打起了主意，他们想将荒地改为耕地，两者的补偿标准相差巨大。于是请来挖掘机，把这片沙洲进行了翻耕平整。

翻耕的沙洲，非常开阔，附近的村民一下增加了上百亩旱地，大家可以放开膀子，大干一场了。我和同事获知消息，扛着工具第一时间赶了过去。开始以为村民对公职人员种地会有反感，谁知他们非常热情，一位姓王的村民，作为牵头人，带着我们满河滩走。他告诉我们，喜欢哪儿就种哪儿，随意挑选，种多种少，不受限制。

这些年，我跨越城乡，一路漂流，一直想寻找一块理想的菜地，始终没有如愿。走过千山万水，终于在这个小山村里获得了一块属于自己的菜地。望着脚下的土地，我感受到了有地可耕的快乐，萌生出一种地主的豪情。

清晨，河滩上热闹非凡，男人女人在地里比赛似的挥舞锄头，抢种庄稼。如此热闹的场面，不知多少年没有见过。

从这天早上开始，下地劳作已成为我工作之余的开心事。大伙在地里嘻嘻哈哈，有人不时讲个荤段子，开几句玩笑，一个上午眨眼过去。大家在劳作时全都汗流浃背，但并没有感到丝毫的辛苦和劳累，开开心心地把农活干完。

　　自从有了一块菜地，如同孕妇，我的内心变得踏实起来。望着菜地无比开阔，长期闭门不出的压抑状态在劳作中迅速消弭。没想到一块菜地竟有这般的治愈功能。

　　最让人开心的是种菜时我与村民交上了朋友，在现场分享他们种菜的经验。记得有一次刚下过雨，空气像洗过一样清新，我趁着停雨的空隙，信步来到菜地，给苋菜拔草。

　　我拔到一半的时候，有位大爷从菜地边经过。他停下来告诉我，赶紧停止拔草，雨天不能触碰苋菜，一碰就会死。

　　大爷的话没有来由，我听了一脸纳闷。当时只是半信半疑，不过我还是停止了拔草。几天过后，天气晴好，我特意去菜地查看，不看不知道，一看吓一跳。大爷的话真的已经应验，那些因拔草而触碰过的苋菜已面目全非。之前鲜艳欲滴，生机盎然的叶片，布满白斑锈迹，有一部分已经枯萎腐烂。

　　原来雨天里的苋菜特别娇弱，在雨水的侵袭下，叶子和茎秆表层被破坏，遇高温快速腐烂。所以下雨天，露水未干的早晨，不宜触碰苋菜，一碰就会发病枯萎。

　　还有种菜时，我不懂得取舍，想尽量多种一些品种，于是将不同的蔬菜一起混种，结果它们冤家路窄。特性不一、科类不同的蔬菜互相影响，结出的果子弯曲变形，品质极差。

　　有一次，一位经验丰富的菜农对我说，种菜要分隔地块，不可胡乱混杂。黄菜花、白菜花，黄花白花是冤家。生菜和西兰花混在一起，会造成长势不良；黄瓜和西红柿不能种在一块，种在一块会分泌一种物质，互相较劲，抑制生长，导致开畸形花，结畸形果。辣椒和豆角也不能种在一起，混种会使辣椒发生炭疽病和立枯病；黄瓜和南瓜也是一对冤家，它们虽然都开黄花，但两种花影响彼此授粉，导致叶片发黄，自然落果……

菜农很关注蔬菜品种，他们种的大部分是自家的老品种。有一次两个老农发现我种了几株秋葵，这种外来品种他们可能是第一次遇见，既好奇，又警惕，担心是外侵物种。

他们站在地里研究了一番，一个说是洋辣椒，一个说是小番茄。我告诉他们，这个叫秋葵，原产非洲，是清朝末年一位留学日本的湖南学生，从日本带回的种子。秋葵营养丰富，是有益健康的绿色蔬菜，因其性淡，归于肾经、膀胱经，能消除疲劳，改善肾功能，俗称"植物伟哥"。

听完我的介绍，两个老人都来了兴趣，伸出手有点迫不及待的样子。我给他们每人摘了几颗，让他们带回去尝鲜。两个可爱的老人，手拿秋葵，相互对视，面带微笑。他们尽管都上了年纪，但对于新生事物仍充满兴趣。

露水蒙蒙的早晨，我提着袋子，踏进菜地，望着藤条上垂吊的瓜果，满是兴奋。由于路途较远，周末才回家一次，摘来的蔬菜，只能存放冰箱。我以为存于冰箱的蔬菜已经终止生命，可几天过后，发现这些蔬菜并没有因为采摘而死亡。不管用冰箱保鲜，还是常温储存，这些果菜居然还在生长。尤其是秋葵、豆角、黄瓜、空心菜，它们的生长特别明显，一两天之后就已变老。开始我对这种变化保持怀疑，采摘下来的果蔬，失去了养分输送，应该生命终止，除了腐烂变质，不可能继续生长。可事实上它们真的还在生长，而且是以衰老的方式在生长。

几年的种菜经历，让我明白了许多之前所不知道的事情。特别是一次草害预警，使我明白植物之间的较量。还是之前那两位老人，他们急匆匆地跑来提醒，我地里的豆苗中出现了菟丝子。

我对中药有所了解，对菟丝子这名字并不陌生，知道它是一味中药，具有补肾养肝、温补脾胃、益精血、强筋骨、抗衰老、强记忆等功效。当时我不明白，老人说起菟丝子为何会那么紧张，他们见我无动于衷，再次提醒我赶紧动手灭除。

我只是迟缓了十几天时间，损失就成倍扩大。原来这无根无叶的菟丝子是一种野蛮的害草，特别喜欢寄生于豆科植物上，为此称作"豆阎王"。这种植物中的吸血鬼，只要它爬上了枝叶，宿主便在劫难逃，最终带来的必定是毁灭性的后果。不要说弱小的庄稼，就连参天大树都难以招架，毫无办法。在菟丝子的包围下，臣服跪地，任由它寄生滋长，吸光养分，默默枯死。

我之前并不理解菜农的一些做法，他们隔三岔五就背着喷雾器，到地里杀虫打药，在地块的边缘喷施除草剂。只有见识过菟丝子的厉害，才会理解农民的警惕和提防。不过读过《寂静的春天》之后，我还是坚持不用化肥、农药，有收成更好，没收成也无所谓。我享受的是种菜的过程，需要的是挥汗如雨的快感。

　　我在种菜过程中不仅学到了很多技能，而且还有了不少知心朋友，特别是与群众的关系变得日益密切。走进村里家家都是笑脸相迎，到处都在呼朋唤友。进屋喝茶聊天，无话不谈，有时村民家里摘了新鲜蔬菜，一定要送我一点，让我一起分享收获的喜悦。

　　劳动是一种调节剂，它有黏合、润滑、滋养的作用。平时能一起下地劳动，才能和群众打成一片。我明白了一个道理，如果机关干部长期穿着皮鞋袜子下村，跟着车轮转，隔着玻璃看，永远无法消除干群之间的距离。

　　种菜能结交朋友，了解民情。上年遭遇百年不遇的洪灾，乡村损失重大，沿河一带的田地被大水冲洗，整个沙洲面目全非。河流改道，河床漂移，再加上曾一起种菜的同事调离山乡，中途我也准备放弃种菜。没想到在修复沙洲、平整菜地时，村民们热情地邀请我一同前往。尽管大水早已过去，可来到杂物横陈、乱石裸露的河滩，依旧还能感受到洪水排山倒海、无法阻挡的力量。夷为平地的河堤，连根拔起的大树，让人感叹沧海桑田，自然变迁。曾经铺展在河东的大片滩涂，在一场大水的推移下，如同长出了翅膀，飞到了河西。在我们有限的生命中，能见识多少大地上的事物？原来老辈人常说的"三十年河东，三十年河西"，纷繁人世，变化之快，说的就是这个道理。

　　感谢他们把我视作种菜队伍的一员，我二话没说，立即参与。修复滩地时，我其实没出多少力，但是大伙认可我的态度，他们夸我同甘共苦，有始有终。

一个夕阳西下的傍晚，完工之后，我望着失而复得的菜地，无比感慨。在他们热情的鼓动下，我连放弃菜地的话都不好意思说出来。到了春暖花开时，菜农们再次邀约，他们送给我种子，送给我菜苗。面对火一样的热情，我无法拒绝。

我知道他们为何毫不见外，因为已经把我视为同道中人，为此，我必须坚持。在他们的期待中，我再次扛起锄头，走向菜地，翻地下种。我知道只要踩准了季节的脚步，跟上了耕作的节奏，就能享受春种一粒粟，秋收万颗子的喜悦。

在如此快乐的劳作中，我应该珍惜这段美好时光，在八小时之外，把这块菜地种好，让春种秋收的耕作连接我即将到来的退休生活。我相信，只要还有耕作的愿望，还有种菜的爱好，无论身处何方，心中都会留有一块菜地，眼里萌生一片绿意。

美　食　帖

公元前二〇六年岁末，秦朝都城咸阳郊外的鸿门，摆好了一场浩荡的盛宴，这场被后人反复谈论的鸿门宴，没有留下一道传世的菜名，席上究竟吃的啥，无人知晓。不知是史家的有意遗漏，还是历史本身的悬念迷障，就这样，一顿历久弥新、穿越时空的远古盛宴，只给后世留下一种云遮雾罩的想象。

我认为醉翁之意不在酒的鸿门大宴，它更像是一个巨大的历史的隐喻，除了酒之外，肉应是必不可少的食物。谁为刀俎，谁为鱼肉？不仅有肉，甚至刀工的讲究、厨师的烹法、肉品的色泽、食者的用意都成了宴席的寓意和象征。

中国饮食有丰富的想象，犹如取类比象的汉字，神形兼备，回味悠长。首先从食材的选用上就颇具匠心。再加上吃哪儿补哪儿、以形补形的理念，使中国饮食多了一层食疗的寄寓。比如小孩子不够聪明吃动物脑髓，老人健忘吃核桃，肾脏不好吃猪腰子，小孩遗尿吃猪尿脬，男人性功能不全吃牛鞭、驴鞭、马鞭、鹿鞭，老人腿脚不好吃猪蹄牛蹄羊蹄，胃不好吃猪肚牛肚羊肚……

对食物的想象，最夸张的莫过于甲鱼。在所有的水族中，甲鱼是一个不伦不类的家伙，从对它的称谓中就能看出人们的态度。广东人称水鱼、湖南人称团鱼、江西人称脚鱼、江浙人称甲鱼、北方人称老鳖，还有些地方称王八。这种曾经烂贱如泥的鱼类，自从传说可以抗病防癌之后，野生甲鱼的身价扶摇直上，从底层逆袭，成为水产中的贵族。可是再怎么贵族，它也有一文不值的时候。在一些偏远乡村，至今还有人认为孕妇不可食用甲鱼的说法。如果食了甲鱼，生孩子时会像甲鱼一样，头藏在母腹中，一伸一缩，久久不能产下……

我最初听到这样的传说，差一点笑得喷饭，那个伸缩自如的龟头，有强大的再生功能，它从孕妇的口中进入，再从孕妇的子宫中复活。这种大胆狂放的想象，尺度超大，不切实际，没想到在民间会有如此诡异变形的流派，在老实巴交的乡土文化中，生长出超乎现实的荒诞异果。这种荒诞魔幻的风格相互交织，就如《西游记》中女儿国的子母河，只要喝了那条河里的水，无论男女全都怀孕……

可以看出，中国饮食始终坚守浪漫主义的底色，它大胆奇崛，热烈奔放，其美好的想象和丰盈的内涵举世无双。抛开饮食方面的悠久历史，趣闻掌故不谈，仅仅在色香味形的烹饪追求，在琳琅满目的食材选用方面，就让异国他乡的食者望尘莫及，为之惊叹。

为让穿肠而过的美食能够留存长久的记忆，老祖宗特意创造了一串活色生香的词语，即使在远离美食的困顿时期，也能由此生发出望梅止渴的联想。山珍海味、齿颊留香、咂嘴舔唇、垂涎三尺、庖丁解牛、出神入化、炉火纯青、游刃有余、别具匠心、饕餮大餐、风卷残云、大快朵颐、回味无穷，通过神奇的字词组合，仿佛每一个汉字都有了闻香下马的味道。

中餐的菜名也是想象奇妙，用尽了夸张、比拟、变形的修辞，虽然字里行间隐藏着吊诡的意味，但在善意的谎言背后，引发出食欲之外的好奇。比如"轰炸伊拉克"，将热汤浇在刚做的锅巴上，哗啦啦一阵爆响，如同空袭；热气袅袅蒸腾，咕嘟咕嘟的声音多像一场轰炸，为此，这道菜又叫"平地起惊雷"。"波黑战争"（菠菜炒黑木耳）、"关公战秦琼"（西红柿炒鸡蛋）、"霸王别姬"（甲鱼炖乌鸡）、"绝代双骄"（青辣椒加红辣椒）、"穿过你的黑发我的手"（海带炖猪蹄）、"母子相会"（黄豆芽炒绿豆芽）、"雪山飞狐"（白虾仁撒上红虾皮）、"红灯区"（辣子鸡丁）、"玉女脱衣"（黄瓜段去皮）、"悄悄话"（猪舌炒猪耳）……

美食之美，未必全在色香味形，有时想象之美大于味道。中国人在饮食上花了很多的心思，让无数的餐桌花样百出，别出心裁。

中餐的斑斓之态既可显现厨师的技艺，又能从侧面说明食客的刁钻。一条鱼、一只鸡、一个蛋；煎、蒸、炸、煮，能搞出 N 种吃法。相比之下，西餐就显得贫乏单调得多。模式化生产，精准计量，连菜单也只有一页，最多是正反两面，还包括饮料、甜品。名气越大的西餐厅，菜单越显简短，就像西方文化，虽然追求深刻，触及哲理，但目标过于集中，缺少丰盈多姿的枝蔓作为修饰。

中餐则完全不同，菜单变为菜谱，配上精装的封面，像一本厚重的美食大典，每翻一页都香气扑鼻，引人馋涎。点菜的过程虽是画饼充饥，但想象中的美味已在舌尖缠绕，让人目光流连，眼花缭乱。面对多重的选择，让食者陷入两难境地，因此，中餐的点菜成了一件颇有难度的事。

饮食与文化是双轨并行的车轮，透过烟熏火燎的记忆，在饥不择食，渴望温饱的年代，很难看见饮食背后的文化，它被遍地的饿殍，被尘世的饥荒和果腹的草根而遮蔽。

饮食一旦离开文化的属性，就像乌云翻滚的黑夜，熄灭了人间烟火，散发出孤独、死亡、血腥的气息。为此，历朝历代都恐惧饥荒，把温饱视为人间最暖心的风景，把"民以食为天"的朴素真理当成仰望的星空。

只有在衣食有余，远离饥饿的时候，人们才能从风平浪静的现实中回归生活的常态，恢复饮食的端庄和典雅。

遥想叫花鸡的美好传说，它让饥饿的乞讨者喜出望外，有了绝处逢生的境遇。西湖醋鱼让宋嫂的厨艺扬名天下；东坡肉的价值不仅享有一道名菜的人间盛誉，而且在时光的长河中千年不落，熠熠生辉，在隔世的守望中，成为中国美食文化的集体记忆。

在中国餐饮史上，两宋是一个历史性的转折点，中国人的食物开始从匮乏单调，走向丰盛多样。良种引进、农田开发、精心培育，从大自然中获得了更丰厚的馈赠。摆脱了饥饿威胁的人们有了更闲适的时间来琢磨饮食，研究烹饪之道，发明各种美食，满足舌尖上的享受。今天厨师们风行的烹、烧、烤、炒、爆、熘、煮、炖、卤、蒸、腊、蜜、葱拔等烹饪技术，无不是繁盛于两宋。

我曾读过一篇谈论中西方饮食的文章，那位看不出性别、看不出国籍的作者，用一种倾向性的笔墨渲染西餐。作者对中餐馆的喧嚷嘈杂、划拳行令的吵闹十分反感。其实中餐也有雅致的一面，比如郑板桥的妙联："白菜青盐糙米饭，瓦壶天水菊花茶。"还有孔子曾讲："食不言，寝不语"。嘴里嚼着东西时不要说话，到了该睡觉的时候就按时睡觉，不要发出声音吵到别人。虽然吃的是糙米饭、蔬菜汤，也一定要先祭拜天地诸神，就像斋戒那样恭敬严肃，心怀虔诚。就连席子摆放不端正，都不能坐。在举乡饮酒行礼后，要等老人起身，先行出去，自己才能出去。这些都是孔子倡导的礼仪，他讲究的礼仪与西餐的要求十分相似。比如吃西餐要求坐姿好，身体端正，手肘不能放上桌面，不可跷足，与餐桌的距离以方便使用餐具为宜。餐台上已摆好的餐具不可随意移动，将餐巾轻轻放在腿上。使用刀叉进食时，左手持叉，右手持刀，用刀时，刀刃不可向外。每吃完一道菜，将刀叉并排放在盘中。不用刀时，也可用右手持叉，但需要做手势时，就应放下刀叉，不可手执刀叉在空中挥舞摇晃，也不能一手握刀，另一只手拿餐巾擦嘴；更不可一手端着酒杯，一手用叉取菜。每次送入口中的食物不宜过多，咀嚼时不能说话，更不能发出声来，以此来表现用餐者的教养和礼貌。中餐也有类似的讲究，比如不能拿筷子指人，更不可用筷子打人。夹菜时只能从外往内，从上往下，不可掏底翻搅，甚至是穿过客人的手臂，越界搛菜。

当然，中餐与西餐自然会有不同之处，毕竟是两种文化之下的产物。比如中餐用圆桌，西餐用方桌，一圆一方，包含不同的民族习俗。中国人到餐馆吃饭是一种重要的社交行为，不管是请客的，还是被请的，都不把自己当外人，吃喝玩乐非常随意。大伙聚在一块图的就是这个热闹，如果像个哑巴一样，那饭会吃得没有一点乐趣，显得不够热情。

做东的人忙前跑后，召集大家，围满一桌，谈天说地，推心置腹，这是最有效的交流和沟通。吃饭次数和喝酒多少，成了衡量交情深浅的重要依据，为此热闹就成了不可或缺的事情。而西餐厅虽然也是交际场合，但极少呼朋唤友，兴师动众，一般都是一家人小范围用餐，甚至是一对一交流。西式分餐与中式共餐也有差别，中餐主人要谦让，给客人夹菜、劝酒，不停互动，而西餐各负其责，互不相扰。两者的内部环境也完全不同，与明亮耀眼的中餐厅相比，西餐厅总是灯光暗淡如昏黄的烛台，一张方桌宽不过一米左右，对面客人伸手可及。交谈时四目相对，真挚专一，不说在公共场合，就是在家里，他们也同样讲究用餐仪式，在他们眼里，安静专注，一张餐桌足可体现一个家庭的品位和教养。

如果按照用西餐的方式来进食中餐，那就会让人吃得约束拘谨，找不到欢快的感受，就算摆上了满桌的美味佳肴，食者会感到味同嚼蜡，毫无兴致。

个性总是存在于差异之间，饮食文化的核心并不在于吃什么，而在于吃的感觉，吃的方式与方法。在吃饱之外，饮食成了一种社会活动行为。不管是珍馐佳肴，还是粗茶淡饭，一旦进入肠胃之后，食物就变成了生物学和营养学的问题，而那个过程终将成为念念不忘的记忆。

西方人对健康饮食的要求重在量化，他们在菜单上会标明哪样菜含多少卡路里。他们的厨房更像一间工厂，配有很多标准设备，有很多计量、温度、时间的控制。厨房的布局也是按流程设计，像机器操作，不讲究个性，一切都是标准化、程序化。而中餐的厨房就大不相同，推门进去，火光冲天，厨师排列成行，在旺火的灶台前运铲挥勺，居于一旁的是摆满各种调料的灶台，哪个该放，哪个不该放，具体放多少，全凭厨师的经验和感觉。这种感觉只可意会，不可言传，那种沉潜在骨子里的厨艺是冰冻三尺非一日之寒的结果。正因为没有呆板的标准，没有约束的程序，才让中餐在自由挥洒中迸发出强大的生命力，让每一道菜都常吃常新。

与模式化的西式餐饮相比，大雅大俗的中国饮食有着浓厚的烟火气息。它既是登堂入室的阳春白雪，又是烟熏火燎的下里巴人。人们说喜欢怎样的饭菜，就会有怎样的性格。同样一顿饭，既能吃出绅士般的翩翩风雅，也可以吃出地动山摇的热血情怀。

在那个饥馑缠绕，渴望美食的年代，阅读《水浒传》无疑是人生一大快事。最大的梦想就是此生能享受一回大口喝酒、大块吃肉的人生豪情。肉是美食家津津乐道的食物。酒能兴奋，肉能安抚，两者互为爱恋。民以食为天，衡量幸福生活的标尺起点就是美食。梁山好汉最显著的生活特色就是大口喝酒、大块吃肉，这种场景常常被山上好汉用来标榜生活的美好，以此来吸引山下各路英雄豪杰。

第十一回，王伦劝杨志入伙以遏制林冲时说："不如只就小寨歇马，大秤分金银，大碗吃酒肉，同做好汉。"

第十四回写吴用到石碣村游说阮家兄弟"撞筹"时，阮小五说起梁山王伦那伙人"论秤分金银，异样穿绸锦，成瓮吃酒，大块吃肉"时，表现出一副垂涎三尺的口吻。

有人做过统计，《水浒传》一百二十回中有一百一十四回写到喝酒，八十三回写到吃肉，"肉"字出现了三百六十八次。如此集中描写酒肉的作品，恐怕在中国古典文学作品中找不到第二部。

作者在书中对酒肉的大段描写，并不是想让吃不到酒肉的人心生羡慕，而是把酒肉作为一种精神，一种象征，让身处传统束缚中的人们向往那种无拘无束、快意恩仇的江湖豪情。吃是生活的美学，也是人生永恒的主题，即使在我们这个衣食无忧的年代，看到那种风风火火的酒肉情结，心中也会为之舒坦，暗生波澜。

绕开《水浒传》中的酒肉好汉，从《红楼梦》的描述中进入另一种情境，看到的却是别样图景。贾府那种精美、典雅、高贵的日常饮食是稀有物品，那是贵族家居生活的重要部分。贾府上下有严格的饮食规矩和礼仪讲究，表现了封建文化的等级制度和饮食秩序。比如饮食过程讲究吟诗作对，追求风雅，不能有低级粗俗的表现。

《红楼梦》中关于饮食的描写共有二十二回，有趣的是这些饮食描写都以建筑为依托，从而更加生动地再现了贾府的生活主题。比如第十七至十八回的"荣国府归省庆元宵"，第四十一回的"栊翠庵茶品梅花雪"，都是将饮食和建筑上升为主体，红楼饮食成为庭院生活的中心内容，以至于出现为饮食而饮食，以饮食而炫耀地位的趋向。

《红楼梦》中的饮食十分讲究，烹饪精致，只要从名字上就能看到。全书出现的各类饮食有一百五十种之多，真可谓是钟鸣鼎食之家，其中包括主食、副食、羹汤、小吃、点心、水果等。

不知是作者的想象，还是现实的描摹，贾宝玉爱吃的东西竟然是胭脂。胭脂是女人的化妆用品，以现在的胭脂来看，含有化学成分，绝对不可食用。但古代的胭脂大都用蜂蜜加玫瑰熬制而成，可以食用，此处应该没有夸张的笔墨。贾宝玉闻到女子身上的香气，就想去吃女孩子嘴唇上的胭脂，这既合乎宝玉的性格，又体现出作者奇特的想象。第二十四回写道，贾宝玉距离鸳鸯很近，闻到鸳鸯身上的胭脂味，说道："好姐姐，把你嘴上的胭脂赏我吃了罢。"可见贾宝玉对于胭脂的喜爱到了何种痴狂的程度。

"琉璃世界白雪红梅"一节，是全书的高潮部分，齐集十二钗，大观园的欢乐达到顶峰。严冬行乐，一群大红斗篷映着渺渺茫茫的大雪，轰轰烈烈的新年，正是烈火烹油、鲜花着锦之盛。书中出现的菜单除小菜之外，皆是热性进补之物。早饭摆出来，头一道菜是牛乳蒸羊羔，贾母说这是老年人的药，没见天日的东西，小孩子吃不得。看来滋补性很强。羊羔应该是落了草的小羊，贾母说"没见天日的东西"是指羊胎。以前人家食鹿，有鹿胎鹿羔之分，鹿胎是还没出世的。用牛奶来蒸羊肉，不知会不会腥膻腻人。比如王夫人，更年期妇女因为激素不调，好犯胸闷恶心，所以老吃斋；比如贾母，到老来反而喜欢熟烂甜腻、肥甘可口的烂肠之食。人世忽如寄，寿无金石固。不如饮美酒，被服纨与素。渐渐日薄西山，更明白及时行乐的必要性。

红稻米粥，不知是否"御田胭脂米"煮成。凤姐是小产引起的病，只能吃些清淡滋补的食物。全书里最疼的其实还是宝黛，精致菜肴都想着他们，从小好好学习、天天向上的贾府幼苗贾兰，虽然平时老太太也颇疼爱，不过是送一碗平平常常的肉。鸡髓笋只有名字，不知做法如何，凤腌果子狸比凤鸡的高级程度，简直是封疆大吏比之七品芝麻官。只是林妹妹的肠胃和神经，是否能受得了生猛野味……

一部《红楼梦》吃到这里，其实已经曲终筵散。再往下各寻因果，各奔前程，远嫁的远嫁，凋零的凋零。荣华富贵轰然倒塌，纵有寥落歌舞，也尽是强颜欢笑。痴缠的抱恨而终，看破的青灯古佛，锦衣玉食抵不过大江东去。

再看描写真实世情的《金瓶梅》，运用大量篇幅介绍了暴发户之家与平民百姓的饮食生活，被读者称为研究明朝饮食文化的好样本。书中第三十四回，西门庆与应伯爵吃的是一顿便餐：四碟苹果、泰州鸭蛋、辽东金虾、香喷喷的烧骨、干蒸劈晒鸡。第二道为：烧鸭、水晶猪蹄、猪肉、腰子，以及一条蒸鱼，入口即化，骨刺皆香。

一顿两人便餐就如此奢华、如此铺张，大规模的宴请就更不言而喻了。第二十七回，西门庆与潘金莲在葡萄架下小憩，下人们送来了下酒菜："一榼是糟鹅胗掌，一榼是一封书腊肉丝，一榼是木樨银鱼鲊，一榼是劈晒雏鸡脯翅儿，一榼是鲜莲子儿，一榼新核桃穰儿，一榼鲜菱角，一榼鲜荸荠。"

如此豪华的下酒小菜，就算放到今天也称得上盛宴。《金瓶梅》从饮食的描述中给读者留下了巨大的想象空间，足见明朝晚期的暴发户和官员们，他们的生活是多么奢侈无度。

诗酒是美食的翅膀，在历史的天空中飞翔。苏轼的《猪肉颂》、李白的《将进酒》、孟浩然的《过故人庄》、范仲淹的《江上渔者》、陆游的《游山西村》、白居易的《忆江南》，那都是对美食、美酒的深情礼赞。

对于迁徙者来说，南北流动，味蕾移情，行走的美食，川菜到了广州，粤菜到了北京，湘菜到了上海，美食的想象正在刷新下一代的记忆。

万变不离其宗的中国饮食，在不断继承、创新和发展，它的步履从未停滞，所谓的"家乡风味"更多的是留存于心底，珍藏在记忆中。饮食随着人的流动而流动，随着地域的变化而变化，这种流动与变迁呈现出纷繁芜杂的表象，常常让人把他乡认作故乡。

所谓的家乡风味在许多人的记忆中时而定格，时而混杂想象，处于变化流动的潜在层面；在家乡与他乡之间交替闪现。家乡风味以丰富多样的形式变换着自己的"脸谱"，随时注入新的元素，随时依据人们的需求调换口味。

饮食话语在不同场合中扮演的角色与表述的内容、意义完全不同。很多时候，"家乡风味"带给我们更多的是情感和理智、记忆与想象之间的矛盾，这种矛盾出现在不同群体、不同阶层，也可能发生在不同场合、不同时间、不同地域环境的同一个人身上，甚至可能出现在同一个人同一场合、同一时间、同一地域环境中。即便如此，人们依然义无反顾选择对这一特殊味觉的体验、记忆、回味与想象。

鲁迅在《朝花夕拾·小引》中就说过他对"家乡风味"的味觉体验："我有一时，曾经屡次忆起儿时在故乡所吃的蔬果：菱角、罗汉豆、茭白、香瓜。凡这些，都是极其鲜美可口的，都曾是使我思乡的蛊惑；后来，我在久别之后尝到了，也不过如此；惟独在记忆上，还有旧来的意味留存。他们也许要哄骗我一生，使我时时反顾。"鲁迅对儿时故乡饮食的复杂情感，对很多人而言，都非常熟悉。我们在保留了对家乡风味的味觉和情感记忆的同时，却从未停止过对它的想象。而且正是这种想象的丰富与多变让家乡风味始终处于流动和变化之中。遥隔多年，母亲已故，在心里妈妈的厨艺和家乡的风味总是最美好的，假如岁月重回，一旦尝到，那份美好将永远消失，所以有些美好只适宜珍藏，只适合想象。

从张岱《食蟹》、李渔的《饮馔部》到袁枚《随园食单》，再到《孔乙己》的茴香豆、老北京的豆汁儿，无不飘散着文人的风味。那些食物并非为充饥而饱食，而是情感的需要。家乡风味的内涵及外延也是在这种自我和他者相互、多重的想象中得以调适、形成。两个来自不同地区的人走到一起，在饮食特别是各自的家乡风味上，他们都会对彼此存有想象。人们在生活中，常常习惯从身份来想象其对应的饮食，并尝试从饮食来认同和强化其身份。将家乡风味作为一个切入点，我们可以看到其间"想象"的多重性和复杂性。这里既有你对自己的想象，还包括你对别人的想象和别人对别人的想象。

飞机、高铁让人们的腿脚变长，在迁徙日趋频繁的生活中，家乡风味在人们的记忆和想象中始终处于流动状态。人们在外出就餐或者在家做饭，都会对各地风味饮食存在偏好，在餐饮市场上，各种标签式的风味印象与风味餐馆在现代化的都市出现并弥散开来。"北京烤鸭""四川火锅""兰州拉面""武汉热干面""长沙臭豆腐""哈尔滨红肠""桂林米粉""沙县米线"……类似的风味饮食五花八门，让人应接不暇。这些风味饮食以特有的形式同时出现在某一城市或某一街区，发挥其复杂而多重的作用和功能。从某种意义上说，包容并蓄的城市接纳了各种各样的饮食，这些风味饮食已经成为一些地区饮食文化的象征符号。保持着某一地域的生活文化信息，为人们对这个地域的认知和想象提供了无限可能。

如诗如画的美食难以抵挡，连武林高手也控制不住欲望。金庸笔下的郭靖和黄蓉这对小情侣初遇北丐洪七公，黄蓉为了让洪七公给郭靖传授武功，以美食来诱惑他，先用一只叫花鸡投其所好，接着烧几样拿手好菜吸引他"食欲大动"。这几样菜分别是四色炙肉条，名为"玉笛谁家听落梅"；一碗用斑鸠肉、樱桃、笋丁、豆腐做的名曰"二十四桥明月夜"。尤其是这"二十四桥明月夜"，先把一只火腿剖开，挖了二十四个圆孔，将豆腐削成二十四个小球分别装入孔内，扎住火腿再蒸，等到蒸熟，火腿的鲜味全部渗到了豆腐中。洪七公一尝，自然大为倾倒，看来连英雄也难过美食关……

在追求健康美食的时代，人们期待遇见一种清爽美味，让食物素颜而美，让身心因食而愈。轻盈的食材，轻松的烹饪，清淡的味道，轻健的身体，轻快的生活。这些看似轻松的生活方式，却鲜有人愿意尝试，因为浓郁的美味无处不在，诱惑着人们以各种各样的理由去放纵自己的舌尖味蕾。每一个善待自己的人都是妙手巧厨，用心操持生活和美食，带着一颗成熟滚烫的心去探索美食的奥妙，让储存美食的肠胃永远年轻。

孔子说："食不厌精，脍不厌细。"对于一个厨师来说，不辜负每一种食材，不辜负每一刻的自己，不敷衍每一道工序，抱着敬畏之心致敬传统，创造出真正的珍馐佳馔。

多年前，我在南粤一个以荷花驰名的小镇参加活动，那一桌以莲荷命名的菜肴究竟是啥味儿，我一样也没有记住，唯独压轴的一道菜让人过目难忘。那是一座以红烧猪大排搭建的鹊桥，莲子为柱，莲藕为廊，桥下有潺潺流水，水上有荷叶船篷。硕大的菜盘里，一桥飞架，一头站着一个用白萝卜雕刻的男子，一头站着一个用红萝卜雕刻的女子。那男子叫白衣秀士，女子叫红颜知己，这道意味深长的菜，传神细腻，想象丰富，直至席毕人散，大家都没有动过筷子，除了用手机拍照之外，谁都不忍下手去破坏这般美好的人世，去切断一生一世的情缘。

中国饮食如一泻千里的浩瀚长河，在华夏大地上奔腾流淌。在水波里回想人间美食，深邃辽阔，无边无际。在文化的滋养下，在风土人情的守护中，产生了无数的传说和故事，涌现了难计其数的超级大厨和隔空闻香的美食家，让独特的饮食风情成为有颜色、有呼吸、有温度的古老遗存。

中国美食在传承与创新的不懈努力中，呈现出广博的地理民俗，连接浪漫多姿的文化记忆，在血脉一般悠长的历史进程中，萌生出民族的智慧和美好的想象。在中国，饮食不仅是果腹充饥的一日三餐，而是千古不绝的传统美学，是隔世遥望的人间风景。

墨 水 长 河

墨 的 风 雅

一滴墨水，落在纸上，如风飘逸，满纸烟霞。

万千变化的水墨，像蝌蚪在画轴上游走，如斑纹从扇面中溢出。墨色，迎风起舞，随水而动，让一些平淡无奇的风物顿生华彩，使寂静无声的纸页妙趣横生。

面对众多速朽的事物，落笔有痕的墨水，用艺术装点历史的颜值，它穿越滔滔的生命长河，在以柔克刚的纸上，飘荡千年风雅。

沉潜的墨水，如胶似漆，自带光亮，它既有对颜色的坚贞固守，又能顺应水的豪放与浪荡。水墨如镜，指明来路，照亮归途。墨中见天地、见生死、见雅俗、见性情……

凝结在凡尘俗世的墨，带有双重属性，它既可让人千古流芳，也可使人遗臭万年；墨水照见忠奸善恶，是非功过，岁月风云，它曾见证莲花一样出淤泥不染的高洁，也亲历过染缸一样越描越黑的陷阱。墨水如漩涡大浪，亦真亦幻，载沉载浮。

回望被纸笔唤醒的墨水，其形态如密封窖藏的陈年老酒，在醉人的酒香中，构建出汉语的盛宴。审视被岁月发酵的墨水，如一场神奇的化学反应，在时光的容器中升华沉淀，生成崭新的事物。

墨的制作隶属非物质文化遗产，但墨本身却坚守着物质化倾向，它从肇始之初就成为一种文化遗存。那些描金刻物、隔世而望的墨锭，用沉稳的色块保存着人类记忆，让历史的根脉在正确的轨道上轻歌晓畅，行云流水。

隐忍的墨，被反复锤炼锻打，留下了心事重重的面色。它经历了无数兵燹战火，遭遇了改朝换代的命运更迭，在险象环生的困境中成长为一个古老的传说。这个与墨有关的传说，带着特有的气息，从一个地方飘散到另一个地方，从一个朝代流传到另一个朝代……

墨水，一条浩荡的江河，蜿蜒流淌，历久弥新。它在汉字的版图上栉风拔节，沐雨生长，构筑了无数华美的宫殿。

墨储满了一生的情感，它以内化于心、外化于行的品格，照亮一张纸的命运和前程。我作为黄庭坚的同乡，每当从他家乡双井经过，总会引发一些新的思考。当看到飞檐翘角的高峰书院，看到古色古香的木雕牌楼，我的心底就如波浪翻滚。一生坎坷、抑郁而终的黄庭坚，恐怕做梦都没有想到，在他离世九百多年后，那幅六百余字的行书《砥柱铭》，竟以总成交价四亿三千六百八十万元人民币的天价拍卖。落槌成交的那一刻，收藏界地动山摇，而"骑牛远远过前村"的双井，却禅心依旧，波澜不惊。

随物赋形的墨水，有时如泣如诉，有时慷慨激昂；有时直指要害，有时满纸柔情。墨水最幸福纵情的时刻，莫过于听命于笔尖的调遣，服从于手指的控制，用情感呈现真实的自我，以美学的方式表达人世的喜怒哀乐。

墨色深沉，既洞见君子，也隐藏小人，有时墨水会被外力扭曲，会被利益绑架，或遭良心贩卖，背叛真相，成为指鹿为马、无中生有的诬告和陷害。失控的墨水，如刀斧暗箭，满纸血泪，一路呜咽。

"沧浪之水清兮，可以濯我缨。沧流之水浊兮，可以濯我足"，屈原滴落的墨水一片蔚蓝，形如天问。"仰天大笑出门去，我辈岂是蓬蒿人"，李白的墨水桀骜不驯，率性而为。"安得广厦千万间，大庇天下寒士俱欢颜"，杜甫的墨水悲天悯人，忧国忧民。"两句三年得，一吟双泪流"，贾岛的墨水哽咽伤怀，煞费苦心。"种豆南山下，草盛豆苗稀"，陶渊明的墨水田园归隐，自然天成。"明月几时有？把酒问青天"，苏轼的墨水哲理深邃，孤高旷远，千古追怀。"字字看来皆是血，十年辛苦不寻常"，曹雪芹的墨水心血耗尽，满纸辛酸。古往今来，每一滴墨水都包含了巨大的信息，每滴墨水都照见各自的人生。

贯穿历史的墨水，融入了巨大的文化信息，它像魔法师的道具，给世界营造了乐趣和神秘。我们后来者虽然无法见到古人，但能见识古人的笔墨。从不同风格的墨迹里，可以揣测他们的情怀和个性。怀素的用墨手法超凡脱俗，从惊世骇俗的《自叙帖》里能看见一万株芭蕉的颜色，"绿天庵"里的蕉叶，随风起舞，飘散着远古的墨香。

米芾的《珊瑚帖》，线条流畅，气韵跌宕，神采飞扬。在他跃然纸上的笔墨中难掩激动，流露出幸得宝物的狂喜。

颜真卿的《祭侄文稿》，完全是另一副表情，因常山太守颜杲父子一门在安禄山叛乱时，挺身而出，坚决抵抗，以致"父陷子死，巢倾卵覆"，所以颜真卿在祭悼其侄颜季明时才会纵笔豪放，一泻千里，字里行间满是悲愤激昂。

如果说文如其人是内在的精神表达，那么字如其心则是外在的形态体现。在起伏沉浮的生命历程中，书家通过浓墨与淡墨，枯笔和湿笔的对比，运用不同的墨色抒发不同的感情。"墨分五色"那是用墨的层次感，更是已入化境的用墨体现。

王献之的《奉对帖》是被公主逼婚，无奈之下离婚后写给前妻郗道茂的信，表现了他的愧疚之心和悔恨之意；而《不谓帖》却流露了他对家门不幸所带来的巨大悲伤。同样是这些墨水，却有千古难解的万千变化，其内在气质和神韵，让中华文化有了更多的精髓和精彩。

奔腾不息的墨水，在文明的进程中，抒情写意，推波助澜，扮演着极为重要的角色。它启蒙心智，唤醒大众，在真理的追寻中，让草根有了逆袭的可能。

画龙点睛的墨，泾渭分明，以其溶解于水的柔性，点染满目星斗，描摹漫天的河汉。

静如池水，动如飞瀑。墨是一种物质，也是一种精神，它承载着东方唯美主义的神韵。因其犀利的个性，内敛的锋芒，浸染出中华文化的底色。

古代对于写字视为学问的开始，现代人的学问早与写字无关，甚至在某种程度上好像学问的高低与字的好坏形成反比。

也许是应试教育对于书写的轻视，致使许多学生从启蒙时起，写字就没有下过寒窗功夫。话说有一帮精英聚会，为了提升与渲染聚会的品位与气氛，几位牵头者决定布置一下场面。比如写几副对联，作几首助兴的诗。一番忙碌后，找来了笔墨纸砚，可是当要提笔书写时，个个都摇头晃脑，没人敢为。论学历不少是硕士、博士，可是对于书法绘画，题诗作对几乎还未脱盲。此时难堪已挂上了脸面，后来还是掌勺的厨子挺身而出，他提笔一气呵成，让一群精英既深感汗颜，又为之叹服。

在这种场合，舞文弄墨成了一种全新的考量。黑如乌金的墨，在暗处发光，大美无言，意在"颜"外的黑色，特别适合艺术的渲染和浪漫想象。笔与墨是一对生死情侣，它们在白纸铺陈的生活里，日日如新，永不厌倦，续写出一场感天动地的旷世情缘。

相濡以沫的笔墨，似蓝田种玉，注定要经历一场漫长的爱恋，它们在纸上相吻，在砚田拥抱。水动风摇，一片锦绣，笔落纸上，就像犁铧插入泥土，满目皆为春色。

一黑到底的墨，触物有痕，它深谙"万色生于黑，而万物发于道"的艺术玄机。凝固的墨，带着隐士情结；流淌的墨，具有献身精神。

墨是心灵的显影，如果没有黑白分明的墨色来反衬对比，再高贵的纸也没有灵魂。每一滴墨水都带着生命的动态，在变化万千的墨色里，不由想起郑板桥为八大山人题写的："横涂竖抹千千幅，墨点无多泪点多"的句子。

墨像修行的高僧，既有过风平浪静，也见过金戈铁马，知晓人生离不开起伏顿挫。作为中华文化的源头，墨的问世如同天意，黑白两色，太极阴阳，如此简单的颜色，却囊括了天地万物的永恒和极致，创造了高深的哲学命题。墨用一种无法掩盖的颜色，捍卫了自身的个性和本色。

风情万种的墨，它的出场备受瞩目；才子佳人，注定是一出大戏。

那是东晋永和九年（353）的暮春，对于中国书法史来说是一个特殊的年号。正是"江南草长，群莺乱飞"的季节，按照当时的习俗，初三是个上巳日，古人都要到水边举行一种祭礼，叫"行禊"，意以消污秽，除不祥。时任右军将军、会稽内史的王羲之，偕家人及子侄辈，同时又邀约了自己的一批友人来到风景如画的兰亭。可说是群贤毕至，精英云集。面对盎然的春意，名士俊彦开怀畅饮，放喉歌吟，无拘无束。这一天，四十一人共得诗三十七首，编为一卷，曰《兰亭集》。作为活动的发起人、东道主，王羲之自然会义不容辞、责无旁贷地担当起为诗集作序的重任。

晋代是一个智者复活的时代，鲁迅先生谈到魏晋风度时曾指出，这是一种"集体觉醒"。在这样的氛围中，王羲之想到了序言应该如何写了。万物随季节而变化，人生赖宇宙旋转而时移。看千山竞秀，万壑争流；光阴斗转，时序交错，从自然万物中回到人类自身。他想到人的生命，想到了快乐与痛苦，想到了生与死，也想到了后人将如何看待这群饱学之士……

情感在内心掀起波澜，有如春潮拍岸，于是他挥毫泼墨，一口气写下了传颂千古的《兰亭序》。

文与字的绝妙结合，一篇三百余字的美文，却有二十个不同形态的"之"字。"之字最多无一似"，它像一根五光十色的彩线，把珍珠一样的文字串联起来，成就了精美绝伦、举世无双的艺术珍品——"天下第一行书"。那一刻天地必定一片华彩，从此，一代又一代人仰望惊叹！

由此，永和九年，兰亭序，这两个关键词横扫天下，耀目千载，成为中国书法史上一块难以治愈的心病，一座无法逾越的高峰，困扰着多少文人墨客寝食难安。也许当初右军大人根本没有料到，这篇我手写我心的序言，能穿越一千六百多年的漫长岁月，引发了一场旷日持久的纸上恋爱。

一代又一代人，临摹竞技，如醉如痴。时至今日，依然激情未减，毫无厌倦。我相信即便是狂傲自负的书家，对于这种天意般的杰作，也会暗自敬佩，心服口服。

很多人或许都不了解，后人所见的稀世墨宝《兰亭序》，那只是唐人的一个勾摹本，王羲之的真迹早已作为唐太宗的陪葬品埋入昭陵，留给后人永远的追怀和感叹。

一代帝王，在生命终结时可以扔掉天下江山，却不愿丢下一副墨宝，可见中国书法有何等魅力！

墨 的 源 流

墨是一部博物史，也是一本文物志，它背后有无数的星光，有起伏的情感，有绵延的故事。

砚台研磨，墨如凝脂。被时光煎熬的墨水，像镜面一样于暗处发光。在长河的上游，水墨如风，传递着孔子、孟子、荀子、老子、庄子、墨子、韩非子等众多先贤的端庄气度。

我一直固执地认为，墨色里隐藏着青铜的颜色，墨水中激荡着石头的坚挺。当雨后的彩虹在天边蓦然闪现时，我对那种奇异的颜色百思不解。在赤橙黄绿青蓝紫这七种色彩里，为何不见黑白两色？

如果彩虹是苍天的绘画，那么神奇的画家就不可能出现这种粗心的疏漏。直至某一天，漆黑的墨水溅上我白色的衬衫，那一刻，终于如醍醐灌顶，瞬间透亮。原来《心经》中所说的"色即是空，空即是色"就是这种状态。要想认清世间变幻莫测的万事万物，就得用心去观察和辨别。许多时候我们的听觉、视觉、触觉、嗅觉都不一定可靠，那些浮在表面的东西很有可能是一种假象。唯有深入其中，才能看清事物的本质，找到最后的真相。

原来统管一切的黑色，具有王者之气，黑色是视觉的最后归途。当所有的颜色混杂一团时，黑色便应运而生；而一尘不染，一物不剩的地方，那就是纯净无瑕的白色。

我曾经不理解变化万千的围棋为何要做成黑白两种颜色，原来专供对弈的黑白棋子自有深意。黑白表示阴阳，万物由阴阳而生，二者相生相融，不可混淆，一旦黑白颠倒，必定一片乱象。

黑白还象征黑暗与光明，围棋执子，双方你来我往，相互围攻，蕴含的不仅是战略技巧，同时还暗示着宇宙万物，包含了天地阴阳，动静变化。

黑白是相互之间的对立，也是相互之间的统一。欣赏过《晓雪山行图》的人都知道，那是南宋画家马远的珍稀佳品，也是黑白世界里的传世杰作。面对那样的画作，除了眼前一亮之外，还会忍不住发出一声惊叹。

那是南宋的一个清晨，大雪封山，一位山民赶着两头身驮木炭的毛驴，在白雪皑皑的山间艰难地行走。山民衣着单薄，弯腰缩颈，从画面上可以感受到雪地里逼人的寒气。用枯笔勾勒的毛驴、竹筐、木炭及人物的衣纹，散发出冰雪的孤寒。作为雪中的山野，以带水的笔墨如斧劈皴，呈现冷硬的棱角。远处的山石用淡墨大笔扫过，近处的树枝则以焦墨勾描，那种黑白交融的层次感，让墨水在纸上萌生出远古的梦幻。马远出神入化的用墨手法，点染出一个巨大的想象空间，就像一个炉火纯青的魔法师，让南宋的一场漫天大雪，下得天地混沌，四野苍茫，绵延不绝。

取类比象的汉字，特别适合用墨水和毛笔来抒情写意，笔与墨有着血脉般的亲缘。中国的书写用墨，起源甚早，具体起源于何时，尚无确切定论。考古学家在殷墟发掘出来的甲骨上，发现有毛笔书写的朱文墨书，经化验检测，那些红字和黑字的颜料为朱砂和黑墨，为此，推断天然墨出现在殷商时期。

商周过渡时期遗存的竹简、木牍、缣书、帛画、彩陶等，都能看到古人熟练的用墨痕迹。据先秦及两汉时期的文献记载，古人用墨范围甚广，除了写字绘画之外，墨还有更多的用途。如《庄子》记载："匠人曰：'我善治木。'曲者中钩，直者应绳。"

木匠使用墨绳取直，墨斗中那根拈指一弹的墨线，就是衡量是非曲直的准绳和法则。为此，准绳向司法、建筑等领域不断拓展，广泛应用，延续至今。

墨在上古时期，关乎信仰，乌龟作为通灵之物，认为它有超强的灵感，能探测空间所处的吉凶方位。所以古人盛行用龟占卜，以龟涂墨爬行，观察墨迹来占卜吉凶。商代的甲骨文就是用龟甲或牛肩胛骨记录的占卜文字。在占卜前，先用墨在龟甲上描画，描画的图案根据占卜的需要来确定。描画好图案后再用火烧龟甲，烧灼后观察裂纹在图案上的走向，推测人事的吉凶。人们把这种古老的方法称为龟灵占卜法，而在整个占卜过程中，墨就像神灵的语言，给人指引和暗示。

墨带有政治色彩和法律意志，黑色在品行上代表污点，在诋毁某些人和事的时候，称作抹黑。古代有一种黥刑，又叫墨刑，此刑在周朝被列为五刑之一。主要是在犯人脸上或者额头上刺字或刻图案，再染上黑墨，作为刑罚的标记。

墨刑的详细记录出现在秦汉时期，秦末汉初名将英布就受过黥刑，所以英布又叫黥布。在当时，某个人一旦受过墨刑，相当于被钉上了人生的耻辱柱，一辈子都会受人嘲讽。但是与其他残忍的酷刑相比，墨刑又显得温和，至少不会影响受刑者的身体行动。这一点统治者也十分乐意，既不伤筋动骨，影响劳作，又可对犯人鞭笞惩戒。为此，春秋战国时期很流行派黥面者去从事苦役。

自清代光绪年间彻底废除黥刑之后，人们的身体回归了自然和完整。可是世事难以预料，谁也没有想到，如今街头随处可见文身男女，他们在脖子、肩背、手腕、臂膀、大腿、小腿，甚至更隐蔽的胸脯、肚腹等私密处文上生猛的图案。这些时尚男女在追求个性的时候，不知是否明白，身体发肤，受之父母，被他们视为人体之美的文身，在古代竟是惩罚罪犯的手段。当然事物总在不断发展和变化，而墨的颜色却始终未变，它以不变应万变的从容，固守着原初的墨色。

溯源而上，毛笔、纸张、砚台，它们是与墨锭并肩而立的"文房四宝"，看上去它们都有来路、有出处。从湖笔、宣纸，到端砚、歙砚、洮砚、澄泥砚，每一件都是根脉深厚的遗存。然而，有关墨水的来历，发明的过程，似乎更难以确认。明朝末代潞王朱常淓所著的《述古书法纂》有载："邢夷始制墨，字从黑土，煤烟所成，土之类也。"

朱常淓借用十七个汉字的排列组合，让"邢夷"名垂青史，被后人膜拜为"制墨祖师"。然而对于这个"邢夷"的后续记载却明显缺失，好像在文字的汪洋中，"墨祖"故意急流勇退，最后隐身而去，下落不明……

历史像一条幽长的隧道，短暂的个体生命无法看清它内在的纵深。《述古书法纂》中的寥寥数语，对于邢夷的背景未有任何涉及。十七个汉字如同谜语，锁定了无限可能，究竟是作者在实证实物面前如实记录，还是道听途说的虚构臆想，这一切已无从查考。

正如《追风筝的人》的作者，美籍阿富汗作家卡勒德·胡赛尼所说："时间很贪婪——有时候，它会独自吞噬所有的细节。"

从庄子的"受辑而立，舐笔和墨"到曹植的"墨出青松烟，笔出狡兔翰"，都是对墨的感慨追怀。再看《齐民要术》《墨经》《墨谱》《墨苑》《天工开物》《墨史》，那就是一条从远古流来的墨水长河。

墨 的 迷 津

如果说文人是一叶漂在墨水里的扁舟，那么宋徽宗就是一艘吃水极深的画舫游船。他在绵延不绝的水墨长河中，扬帆竞发，乐而忘返。

这个被后人称为"一流文人，三流皇帝"的赵佶，对墨水的痴迷无以复加。在他心里，指点迷津的墨，如梦中情人，勾魂摄魄，欲罢不能。

在宋徽宗这位超级墨客的心里，墨水像一个能量巨大的旋涡，在世俗的水面上掩盖了至高的皇权，墨的重量已超越了江山的重量。

赵佶的人生简直是一趟梦幻之旅，相对于辽阔的疆土来说，他更趋向于云端里的梦想。身为万人之上的北宋皇帝，在水墨的长期浸淫中，把琴棋书画这个副业替换成了帝王治国平天下的主业。

艺术自古就是茶余饭后的消遣，歌舞戏曲里的才子佳人，只可假设虚拟，不可迷醉当真。皇帝本该有皇帝的样子，可宋徽宗却是那样的另类，也许一切都是命运的安排。相传在赵佶出生时，父皇梦见了南唐后主李煜，这梦看来有点宿命的兆头。

后来天下人都说，赵佶简直就是李煜投胎再世，然而恃才傲物的赵佶倒不这么看，他认为自己文采风流，天赋神授，更胜李煜一筹。特别是自创的瘦金体书法，天骨遒美，屈铁断金，他自有傲骄的资本。

在书界能独创字体者，皆属天赋异禀。赵佶的瘦金体确实不简单，在书法史上是一种风格独特，极具个性的字体，与晋楷唐楷等传统书体区别明显，赋予了新的美学。

相传秦桧受宋徽宗瘦金体启发，创造了宋体。秦桧因受宋徽宗喜爱，被破格任用为御史台左司谏，负责处理御史台衙门的往来公文。在处理公文中，秦桧发现这些来自全国各地的公文字体五花八门，难以辨认，很不规范。为了使公文有一个统一的字体，书法功底深厚的秦桧在瘦金体的基础上，创造了一种独特的字体，这种字体平稳工整，简便易学。最初他用这新创的字体誊写奏折，随即引起徽宗的注意，遂下令让秦桧将其书写的范本发往全国各地，要求统一按范本字体书写公文，很快得到了推广。这种字体逐渐演变，后来成了雕版印刷使用的宋体，现在电脑中使用的仿宋体也是由瘦金体演变而来。

从瘦金体的字形结构上可以看出，受黄庭坚的影响很大。宋徽宗很喜欢黄庭坚的书法，据说他曾让人传话给黄庭坚，只要跟苏轼划清界限，就可官复原职，重享荣华。黄庭坚淡淡一笑，回答：好的，他是我的老师。

黄庭坚的书法笔画不受拘束，以大撇大捺、长笔舒展而见功夫，他写出的横画倾斜不平，竖画虬曲不正，一反前人横平竖直的平淡、呆板结构。宋徽宗观黄庭坚书后大叹："黄书如抱道足学之士，坐高车驷马之上，横钳高下，无不自如。"这样的赞美应该是发自心底的感叹。

我常想，一个帝王的字，本可以写得雍容华贵，气势磅礴。可是宋徽宗的瘦金体偏偏瘦骨嶙峋，毫无金碧辉煌、张扬霸气之势。当我的目光注视着那一行行竖排的文字时，就像走进了秋天的山野，空茫寂寥，鸣雁高飞。清冷、孤寒、纤瘦，让人感到山的萧瑟和水的寒凉。

吟风弄月的宋徽宗多才多艺，他擅长诗词歌赋之外，还精于笔墨丹青，是独步花鸟、形神兼备的绘画高手。后来还专门设立翰林图画院，培养出大批画家，亲授王希孟技法，助他完成巨制《千里江山图》。同时还将宫内书画藏品编纂为《宣和书谱》和《宣和画谱》，成为后人研究古代书画史的重要资料。宋徽宗还精于茶艺，撰写了中国茶书经典之一的《大观茶论》，为后辈研茶者反复引用。

宋徽宗爱天下一切至美之物，设立花石纲，强征天下美石。

将美石统统收入五万平方米的奇石园林——艮岳。收纳天下古董珍玩，编纂《宣和博古图》，收录皇室珍藏的古董。诞生了五大名窑之首的汝窑，烧造出"雨过天青云破处"的稀世美瓷。

他除了珍爱美物，更热爱美人。徽宗有后宫嫔妃万余，但能让他真正动心的只有李师师。他抚琴，她起舞。婉约的词人为她留下"遍看颍川花，不似师师好"。

那些看似难以预料的世事，其实一切早有伏笔。接着北宋天下大乱，先是宋江举旗造反，接着方腊起义，镇压起义后，徽宗联金灭辽，没想到灭辽后，金人南下，直攻汴京。大宋王朝一败涂地，时值靖康二年，史称"靖康之耻"。徽宗和儿子钦宗双双沦为阶下囚，昔日的帝王，成为今日的囚犯，这是诛心的国耻。可这还不算，金国准备了别出心裁的受降仪式，名为"牵羊礼"。胜者为王，他们对败者哪有礼义可言？"牵羊礼"实为一种侮辱，将俘虏扒光衣服，像羔羊一样被铁链拴住，牵在马后，意为任人宰割。

公元一一二七年底，金帝将徽、钦二帝，连后妃、宗室、百官数千人，以及教坊乐工、技艺工匠、法驾、仪仗、冠服、礼器、天文仪器、珍宝玩物、皇家藏书、天下州府地图等一概押往北方，汴京被洗劫一空。

据说，徽宗听说金银财宝被掳掠一空时，仍然一脸镇静，毫不在乎，可当听到心爱的皇家藏书遭受劫难，被金兵悉数卷走之后，他终于忍不住身体颤抖，仰天长叹，涕泪直流……

公元一一三〇年七月，宋徽宗父子再次被流放，随行男女女仅剩百余人。流放期间，徽宗仍然喜爱诗词。读唐代《李沁传》，感触颇深。

公元一一三五年四月，宋徽宗经受了丧家犬般的囚禁生涯，终因不堪精神折磨而客死五国城（今黑龙江依兰）。

据说他死在冰冷的炕上，被人发现时，全身僵硬，满脸乌黑。寒风扑面，秋叶飘零，一个亲近文采墨色的帝王，他用自己的死来捍卫宋朝的本色。

墨 的 芳 华

源远流长的墨水，驻春有术，容颜不老，它传承了汉字的长寿基因。跨越朝代，飞越时空，在历史的长河中自由往来，不停穿梭。

墨是中国文化的符号，水墨洇散，在黑白两色的纸上，怒放出一个五光十色的世界。游弋在波光粼粼的文化长河中，倒影清晰，如诗如画，让墨水有了绚烂的底色。

在书写的王国里，汉字有两座世界高峰，那是墨水的渊薮。在远离现代印刷术的年代，畅行天下的馆阁体，成为两书的时代标配。有谁能计算出，两千一百六十九名抄写高手、三点七亿汉字的《永乐大典》；三千八百多名抄写文人、八亿多个汉字的《四库全书》，用去了多少墨水？也许根本不用计算，在中华文化的大厦中，已经用两部鸿篇巨典树起了墨水的丰碑。

墨水是一种调和剂，它像滋养生命的血液，在艺术的天地中开启了书画同源的先河。纵观世界美术史，多少人沉迷于斑斓的色彩，陶醉于颜色的光亮。只有坚守传统的中国画家，纵情于墨色，在黑白、浓淡、枯润的笔尖上表现墨水的万千变化。他们打通视觉屏障，将时间和空间融为一体，创造出墨生万物的视觉世界。

面对时光贪婪的胃口，多少舞文弄墨的高手，在岁月的利齿中烟消云散，化于无形。而在指尖挥洒出来的墨色，竟然穿越了无数的刀光剑影，跨过了恶浪滔滔的激流险滩，始终在历史的丛林中安然无恙。墨水注定比血肉之躯活得更强健、更长久……

轻重、快慢、提按、虚实、曲直、顺逆的用墨，那不是对技法的神化，而是对笔墨的诗化。笔与墨相互排列，巧妙组合，有机统一，笔以墨为血肉，墨以笔为筋骨，笔与墨密不可分，二者皆为"立其形质""分其阴阳"，最后以"成其山水"。

中国画的笔墨，有着自足抽象的美感力量。古人说点如高山坠石，有人论黄宾虹笔下的一根线条如折钗股，那是笔墨的功力。

笔墨遵循内在的秩序，散发外在的力量。画家用墨如同音乐家控制节奏，观宋代范宽的山水画《溪山行旅图》，米芾的《米氏云山》等，都是用墨的节奏、秩序的范本，千百年之后，依然可以感到摄人心魄的笔墨之力。可见，到了一定境界的笔墨就不再固守单一的技法技巧，而是再现生命的力量。无论是八大山人的孤寂冷傲，还是倪瓒的荒凉僻静，都是画家情感世界的外化。黄公望的《富春山居图》，扑面而来的大地气息是何等的超拔飘逸，笔墨中流淌着一种永恒的生命力量和自然情怀。

当年齐白石那一滴无意滑落的墨水，如神来之笔，长成了一只神奇的牛角，成就了一幅传世经典。在中国五千年的文明积淀中，抒情写意的墨水完成了一次又一次精彩接力。

墨水从竹片、木匾、纸张上流过，它在寻找新的爱恋。瓷与墨是一对旷世绝配，两者的结合，非同凡响，珠联璧合。

丹青浸染，在修行的路上，水墨将白胚点化成另一种生命风景。

在瓷都名家工作室，在非遗展示厅，我看到了素雅、恬静的丹青艺术如风一样满堂奔跑。此情此景，不禁让人联想到那首好听的《青花瓷》，歌中描述的瓷器妖娆多姿，骨子里散发出高贵的韵味。

在抵达泥土与火焰的现场，客人可以挑选自己喜欢的白色胎坯，交给画家描绘。白胎像一群含羞的少女，静静地立在墙体一边，好像在等待有缘者的到来。当水墨遇上瓷器，就像种子落入大地，子宫开始孕育新的生命。白色的胎坯到了艺术家的手上，就像魔术师的表演，点石成金，脱胎换骨，墨成了点睛的圣物。

行至后厅，突然闪现出一幅画面，在一方陡峭的石壁下，盘腿而坐，双目紧闭，这就是达摩面壁修行的生活。我知道画家早已成竹在胸，面对喜好各异的客人，他时而运笔沉思，时而停笔远观，轻柔勾勒，点染墨色。当人形渐显，轮廓再现时，画家手中的笔墨开始恣意挥洒。先是眉头紧蹙，然后嘴角上扬，一种难以捉摸的情绪在他身体中如血涌动。墨水里有了感悟，一笔一画将达摩托出了水面，以虔诚之心，再看洁白的瓷胎，面目安详，满是禅意。

在成品展厅里，有一幅烧制好了的水墨金鱼图让人暗自惊叹。透过"黑白"两色的对比，让传统精华得以淋漓尽致。落款配上灵动的金文字体，在飘逸中传递着动人的古典之美。虽然只有寥寥数笔，但传神的勾描呈现了金鱼流淌的生命。画风采用了疏可跑马的章法，空出的大片留白，构建了神形兼备的想象空间，让丰盈的审美意象瞬间生成，谁不为这般出神入化的笔墨深深叹服。

早年读明代文人高濂的《山窗听雪敲竹》，见"飞雪有声，惟在笔间最雅"的句子，不甚理解，感觉那是文人酒足饭饱之后的闲适抒情。如今人到中年之后，细品名家笔下的《雪竹图》，心境大变。山窗寒夜，淅沥潇潇，仿佛真的听到了下雪的声音！这种奇妙并非词语的夸张，而是感官的实录。

水墨无骨，这是它的致命短板，再亮眼的墨色，也得借助他者来描摹塑造，方显墨的本色。无论竹简、羊皮，还是纸张、画布，那上面纵情的笔墨，全都经受不起火的考验。再精致的墨宝，在火的吞噬下，瞬间就将灰飞烟灭。而亲吻瓷器的墨水，一旦留痕，就能产生水火相容的奇迹，在烈焰的锻造中获得永生。

水墨生成的青瓷一尘不染，在考古的通道上，泥土和水墨拼接出恒久的记忆。胎记一般的瓷画，即使在地底埋没多年，依然保持端庄的颜色，哪怕摔打成一地碎片，依然像闪光的珍珠。墨水，这条奔腾的长河，终于找到了永恒的流向，找到了理想的归宿。瓷上留痕，那是墨水熬成的舍利。

唐宋的荔枝

古树挂果，人们纷纷赶来品尝荔枝，这种重生的荔枝显得珍贵，它可是一千多年前的本地味道，站在古树下，看着它们世代同堂的盛景，品尝着鲜美的荔枝，仿佛与先祖隔空相遇，唇齿相依，舌尖上弥漫着隔世的鲜甜。

青春期的武侠梦

对于一个痴迷武侠的乡村少年来说，二十世纪八十年代称得上是一个神游武林的传奇年代。那些手握利刃，身背宝剑的游侠，如同不食人间烟火的天外来客，他们的身影闪烁着神奇的光芒，让人恍恍惚惚，如在梦中。

刚上初中的孩子阅历尚浅，还没有形成正确的价值观，很多时候都处在单纯的幻想之中，对于目迷五色的新生事物无比好奇。男孩子除了留长发、着花衣、穿喇叭裤之外，最热衷的话题就是谈论武侠，那些环环紧扣的武侠小说成为青春期的精神大餐。

二十世纪八十年代，武侠小说在大陆逐渐盛行，从老一辈的梁羽生、金庸、古龙，到中生代的卧龙生、司马翎、诸葛青云、欧阳云飞、司马紫烟、上官鼎、云中岳等，在武侠小说的天地里呼风唤雨，刻画出无数的武林高人。

虽然新老武侠作者的写作风格有明显差别，但也有不少相似之处。当年温瑞安的《神州奇侠》与《四大名捕》称得上是金庸之后最受欢迎的作品。作者因为是后起之秀，能充分借鉴前辈的优点。比如融合了金庸的宏大、梁羽生的意境、古龙的悬疑、柳残阳的杀伐、陈青云的诡异于一身，他的作品让年轻读者大呼过瘾。

回望当年那帮痴迷武侠小说的伙伴，与现在贪恋手机的孩子是多么相似。那时的武侠小说被学校列为"禁书"，学校的告示栏里时常有高年级同学偷看武侠小说被值日老师逮住，在告示栏内通报处理结果。无论校长、班主任，还是科任老师，全都与家长结为同盟，不厌其烦地给学生念"紧箍咒"。劝导学生不要看武侠小说，精力要用到课本上。学校把偷看武侠小说的学生视为过街老鼠，人人喊打，学生痴迷武侠小说是一种极不光彩的事情，从老师到同学都视为不良行为。

禁果总是诱人的，从来都是偷吃的果子格外香。少年的好奇心驱使我们，越是不让看的书，越要千方百计去偷着看。有时在散学的路上，学生怀里会揣着翻得毛边卷角的破书，见缝插针地看上几行，对面相逢，见人就躲，随手就藏，被高潮情节牵扯的欲望，真的是欲罢不能。

由于书源有限，当时拥有武侠小说的同学只是极少数几个，小镇上没有像样的书店，真正的书店要到县城才有，但是去县城的机会如同过年，少之又少，有些学生直到高考那天才第一次进入县城。当然即使有机会去县城，也无钱购买，只能过一下眼瘾，做一种无望的单相思。由于武侠小说垄断在少数几个学生的手上，他们是同学眼中的富家阔少，可以互相交换阅读，看完后再共同探讨，他们站在信息的高处，时时炫耀。无书交换的同学必须接受人家提出的各种苛刻条件，有时是代写作文或日记，有时是买零食，总之要有所表示有所付出才能借阅。借来的书必须抓紧时间看，大部分学生只能利用夜晚有限的时间偷看，一看就是几个小时。好不容易等到周末，算是有了看武侠小说的机会，趁上山放羊的空儿，横卧草地，由于看书入迷，羊群一转眼就跑到别家的庄稼地里偷吃庄稼去了。为此，回家被父母骂得狗血淋头，甚至挨一顿棍棒是常事。在学校更是紧张兮兮，有时怕老师发现，偷偷躲进被窝，用手电筒照着看，结果双眼备受摧残，视力直线下降。从二百度、三百度、四百度，到后来的八百度……

时至今日，中小学老师和家长对武侠小说仍有偏见，认为学生不应该迷恋通俗的武侠小说，那是普通老百姓茶余饭后的娱乐消遣，难登大雅之堂的烂俗之事。只有阅读传世经典的学生，才能成为未来的栋梁，才有希望抵达成功的彼岸，登上思想的高地。

有一位七〇后知名评论家，年少时酷爱武侠小说，特别对金庸的作品简直是了如指掌。但是在精英扎堆的学术圈里，对于正襟危坐、道貌岸然的学者，他不敢随便透露自己曾经的武侠情绪。

懵懂少年，武侠成瘾，成为那个时代的通病。从《龙虎斗京华》到《书剑恩仇录》、从《射雕英雄传》到《天涯明月刀》、从《楚留香》到《天观双侠》……这些经典武侠作品中的正反人物，如同神仙，让人着迷；一招一式，一情一景，全都深深烙印心中。

侠客柔情、江湖恩怨，在少年的脑海中反复回荡。那些横刀立马、笑傲天下的江湖英雄，是少年心中的标杆。他们行走如风，无拘无束，快意恩仇，让多少人心驰神往，热血沸腾。

一九八二年初秋的一个早上，村里一个叫春伢儿的孩子突然失踪，十五岁的孩子，突然失踪，家人发疯般地四处寻找。后来全村出动，可找遍了方圆十几里的山野河川，一无所获。四十多天过去，春伢儿从远方铩羽而归，衣衫褴褛，满脸污垢地出现在村口，那个样子如同逃荒的难民。显然他没有找到梦中的少林寺，四十天的煎熬，少年明白了梦中的江湖并不存在，衣食住行的真实生活，逼迫他狼狈而归。从此，小小少年收起了飞翔的翅膀，放弃了美好的侠客梦。

春伢儿的经历只让他个人落回到现实的土壤，还有更多的青春少年，积蓄着旺盛的斗志，高峰值的荷尔蒙让他们浑身躁动，但现实总是以不同的方式对少年的梦想进行挤压。

无论是清晨，还是黄昏，他们寄情于未来，在父母分派的农活中萌生想象，将武侠江湖的残梦转移到成套的武侠图书中，把牧羊的小道幻化成血腥的江湖……

当读完金庸、古龙、梁羽生的武侠小说后，电影《少林寺》已经横空出世，紧随其后的武侠电影、电视、录像，如一股飓风，席卷了辽阔的乡村。

时至今日，我们仍然记得万人空巷争看电影《少林寺》的盛况。逼仄的院落已经容不下先睹为快的观众，高高的墙垛上、屋顶上、摇摇欲坠的树枝上，全都吊满了大大小小的手臂，灯笼一样闪烁着发亮的眼睛。

《少林寺》热播之后，很快推出了一部短片，记得片名叫《武星——李连杰》，介绍这位上海武术队的小伙子是如何苦练功夫，一举成名的。我从短片中受到启发，偷偷模仿李连杰，用一些破布和黄表纸包住屋后一棵板栗树，清早起床，对着板栗树练习拳脚。

在我们这代人的印象中，最早的武侠片是《少林寺》，但是据年长者回忆，还有比《少林寺》更早的武侠影片，如1976年台湾拍摄的《火烧少林寺》，刘晓庆主演的北京电影制片厂拍摄的《神秘的大佛》，山东电视台摄制的《武松》。再往前追溯那就是京剧、川剧、豫剧等等，戏里的武生、刀马旦，在舞台上腾挪翻滚，舞刀弄枪，动作行云流水，熟练的打斗，恰到好处的拼杀，在举手投足间显露出扎实的童子功。那些从传统戏曲中发散出来的余韵，如血脉般流传到《智取威虎山》这一系列样板戏中。

在台下看演员的动作都有扎实的功夫基础，体形矫健，眼神犀利，能看出从事过漫长的专业训练。当然这些武打片段只是一些装饰般的点缀，真正形成视觉冲击，扣人心弦的动作片还是在《少林寺》出现之后，这部堪称大陆武侠启蒙式影片，牵动着无数青少年的神经，所有关于武侠的心灵躁动、青春梦想、理想期待，无不是从那部电影开始，那首柔美抒情的《牧羊曲》至今荡漾在几代人的心间。

有了《少林寺》这个成功的例子，后面的功夫片就如同雨后春笋，扎着堆往外冒。一时间，《南北少林》《少林寺俗家弟子》《武当》《武林志》《南拳王》相映成趣，形成你方唱罢我登场的热潮。

迷醉在武侠世界的少年，只要是武侠题材的，几乎不加选择，一律观看。当跟风赶潮、良莠不齐的武侠电影一哄而上之后，我们从囫囵吞枣、如饥似渴的粗放期，开始向更高的追求过渡。初期观看只为视觉上获得满足，随着观影次数增加，渐渐有了自己的感悟，有了个人的评判标准，学会了对武侠电影区分高下，划分档次，观看时也开始有所选择。就如最初认为古龙的武侠小说不过瘾，因为主人公奇遇太少，武功招式不多，而且故事也不够曲折精彩，所以很快就放弃对古龙小说的阅读。随着时光的流逝，年龄的增长，后来才发现，原来古龙是有意追求这种风格，他想区别于之前的武侠表达方式，运用如诗如画的手法来描绘，这是若干年后才明白的道理。

从书本到影视，从少年到青年，畅游在武侠电影的黄金岁月里，让人兴奋和满足。有一部让人印象深刻的武侠电影叫《白发魔女传》，这部影片设计狂放，神奇的轻功让武林高手飞来荡去，那种大胆的想象让武侠电影上升到一个全新的境界。

二十世纪八九十年代，粤语歌曲风靡大陆，不管懂不懂粤语的，几乎人人都能哼唱几句，这种影响力得益于武侠影视的传播。特别是一代武侠宗师霍元甲的出现，让那些武侠传奇的追随者至今还在津津乐道，每当听到怀旧老歌《万里长城永不倒》时，就有一种时光倒流、重回当年的感觉。

如果说《少林寺》属于武侠电影的开篇之作，那么《霍元甲》则是武侠电视剧的巍峨高峰。《霍元甲》突破了就武侠论武侠的窄小格局，让观众体会到了，原来影视在武侠打斗动作之外，还可以表现那么深厚的民族情感和历史内涵。

当《霍元甲》获得巨大成功之后，随之推出了《陈真》《霍东阁》，还有《再向虎山行》。因为有《霍元甲》的辐射影响，到了《陈真》播放时开始轰动。由于当时农村有电视机的人家极少，镇上也只有少数几家。有一位供销社的营业员，为了满足大老远跑来的村民观看，把十七英寸的黑白电视机搬到了门外的空场上。因接收信号太弱，满屏的雪花点时常覆盖精彩的打斗场面，声音图像极不稳定，有时扣人心弦的激战画面会突然消失。

为了确保正常收看，摆放电视机的方桌旁，竖起一根长长的竹竿，顶端支着金属的天线架子。那个架子由两名青壮年负责掌控，信号不好时，就及时转动竹竿，通过调整方位来改善电视画面。

随着剧情的推进，高潮迭起，更多的村民在口口相传的诱惑中涌向镇上，细小的电视机被趋之若鹜的观众团团围住。特别是年轻人，他们撂下农活，早早收工，来不及收拾自己，穿着满是泥浆的衣裤，潦草地扒拉几口冷饭，急匆匆地往镇上赶。

由于电视机屏幕太小，可容纳的观众十分有限，除了里面少数靠前的几排人可以观看，站在圈外的人根本看不到电视机的踪影，最多能听到人缝中飘来的一点声音。当电视里传来噗咚噗咚的激烈打斗时，外围那些焦灼不安的人，踮起脚尖，左冲右突，再也抑制不住一睹画面的亢奋，像决堤的洪流向电视机前奔涌。

由于毫无征兆的骚动，杂乱的场面瞬间失控，最先发出尖叫的是女人和孩子，在推推搡搡中有人踩丢了鞋子，有人摔倒在地上。

前面那些目不转睛、专心观剧的青年，根本不知道后面发生了什么，突然间就被涌来的人流冲撞出去。血气方刚的青年正沉浸在武侠画面中，被人从后面突然一推，如梦方醒，顿时变得毛焦火躁。他们个个揎拳捋袖，像反攻的勇士，转身猛扑上去，对着几名带头推搡的青年大打出手。偏偏对方也是有备而来，拳头相向，难分难解，一会儿双方都打得鼻青脸肿，连旗帜一样高挺的电视天线也被撞倒在地，那场面可算是武侠动作的活学活用。

为了安全起见，自从场上斗殴之后，镇上几户有电视机的家庭都变得小心谨慎，仿佛外面循声游走的是一群暴徒，没人敢去招惹。每晚电视中刚开始新闻联播，主人就屋门紧闭，把电视机搬离窗口，声音调到最小，连窗帘也拉得严严实实，生怕漏出去的光影惹来疯狂的看客。

　　由于再没有谁愿把电视机搬到空场来，那些远道而来的村民像一群饥饿的困兽，在街头巷尾瞎转悠，直至电视播完才无精打采，失望而归。

　　到了《霍东阁》播放，情况有所好转，村里少数人家开始有了电视机。我们家就买了一台十二英寸的电视机，虽然黑白的，但那个小小的屏幕不失为最美的风景。村里人每天晚上都会不约而同地聚到我们家来看电视。正是播出《霍东阁》大结局的那天晚上，村里的变压器发生故障，全村停电。我们一群小子急着抓耳挠腮，无奈之下与表哥、表弟还有几个同伴把电视机扛到了五里之外的镇上。当时细姐在镇医院旁边开了一间南杂小店，兼做缝纫。我们把电视机扛来时每晚两集的《霍东阁》已经放完一集。匆匆插上电源，打开电视机，拉开天线，正好片尾曲豪迈地唱响。听到歌声，细姐隔壁的理发店女孩过来敲门，她想来看看《霍东阁》的大结局。就在细姐开门的瞬间，外面一群人疯牛一样冲了进来。由于外面的人来势太汹涌，把居中摆放的货架掀翻在地。当时只听到嘭咚一声巨响，表弟赶紧护住了摇摇欲坠的电视机，但货架还是砰然倒地。酒和罐头摔碎一地，细姐见状，跌坐在地，抱头痛哭。那些推倒货架的人感觉不妙，转身逃得无影无踪……

　　资讯匮乏、娱乐单一的乡村，让人们对文化生活如饥似渴。于是有一种介于电影院和家庭电视之间的平台——录像厅应运而生。那个年代，录像厅成为大城小镇的时尚标配。

由于粗制滥造的国产功夫片扎堆拍摄，一时间从偏僻小镇，到县城、省城，满街都是录像厅，不分昼夜流水席一般地轮番放映。有时从街头走过，老远就能听到摆放在巷口的大音箱里发出噗咚噗咚的打斗声，丁丁当当的刀剑声，还有夸张的喊叫声。

喜欢看录像的观众循声而去，在那些记不住片名的录像中，许多情节与场景都毫无印象了，只有少数几部至今还隐若记得，如《自古英雄出少年》《海灯传奇》等。那个时候把进录像厅当成一件时髦的事情，无论饭店、车站还是医院旁边，都开有大小不同的录像厅。那个时候的人们，把录像厅当成了重要的消遣场所。

回忆过往，至今还能想起那些场面，在幽暗的通道里，录像厅老板翻着一双死鱼般的眼睛，嘴里叼着香烟，即使是阳光灿烂的白昼，他也是一副昏昏欲睡的样子。无人经过的时候，老板就是一只耷拉着脑袋的瘟鸡，但是只要门口响起脚步声，他就会猛然抬头，一脸警觉地盯着来人。每当他低头打盹的时候，总会有一些想逃票的小子轻轻上前，蹑手蹑脚地溜进去。可是老板像有双隐形的眼睛，逃票者前脚刚进，他立马就醒了。醒来的老板秃鹰一样，瞪着一双犀利的眼睛，然后把手伸出来，让逃票者赶紧掏钱。

录像厅由于长期封闭，黑咕隆咚，既不见阳光，又不能通风，所以里面的空气异常污浊。有些规模大点的录像厅，为了方便观众，在厅内配了卫生间。那种尿臊味、烟味、汗味混杂一块，让过剩的荷尔蒙在暗处恣意飞扬。

在这种只有声音和画面的空间里，每个人都盯着屏幕，白痴一样不管其他，被稀奇古怪的打斗追杀、莫名其妙的爱恨情仇所麻醉。实在闷久了，可以到门外的侧厅里打一阵台球。这种颇具中国特色的录像厅在长达十几年的时光里，霸占了影视渠道，成为城镇业余生活的重要阵地。

录像厅的放映内容随着时代发展不断变化，从最初的武侠、动作，再到枪战、言情、神话，把电影、电视剧混于一谈。随着录像厅的增加，竞争加剧，除了软件设备的较量，还有硬件设施的比拼。有些位置偏僻的录像厅开始动起了歪心思，比如在放映中途有意插播一部三级片，甚至大胆的老板还会播放毛片。有一次，我与同学利用中午休息时间偷偷进入录像厅，结果那个点正好遇上播放三级片，而且播放的老板竟然是一名中年妇女，播放的过程她自始至终在场，忙进忙出，若无其事，可见她的心态已历练得静如止水了。

有些开设在大街要道上的录像厅，仍然坚守武侠路线，在观影常客的心中，时常会闪现一个身穿长袍、头戴斗笠、手握长剑的侠客，孤独地行走在青山绿水的画面里，出没在高山峡谷的林莽间……

武侠电影的不遗余力，可以看到制作人员的变化。一九八四年有一部青春气息的动作片，也许是"青春"二字满足了青少年的喜爱，片名叫《岳家小将》。《岳家小将》的插曲《小小百合花》，演唱者是因《牧羊曲》而闻名的郑绪岚，与《牧羊曲》

相比，似乎有很大差距，但是仍然得到不少朋友的追捧和喜爱。同年还有一部叫《木棉袈裟》的动作片被搬上银幕，可惜男主角徐向东、女主角林秋萍表现平平，远不如李连杰和丁岚。意想不到的是反派角色于荣光成了一大亮点，于荣光在这部电影中收获最多。插曲也特别好听，在很多家用的录放机中都热播过这首歌曲。

随着一代观众的成长告别，武侠影视的走向也出现了变化。从风靡一时的录像厅中抽身而出，回过头去审视，一部至今让人奉为经典，而且念念不忘的电视剧占据了那一代人的记忆高地。很多人都知道，那就是一九八三年版的《射雕英雄传》。

时光是淘洗万物的高手，当庞杂无序的往事纷纷远去，沉淀下来的事物就成了美好记忆。老歌更好听，陈酒最香甜。提起一九八三年版电视连续剧《射雕英雄传》，不由让人联想到一九八七年版《红楼梦》，是否内容形式都堪称完美经典，这些并不重要，重要的是在那一代观众的心里已经建立了不可动摇的地位。

如果说之前的武侠电视剧是匍匐在尘埃里的尴尬地位，那么《射雕英雄传》推出之后，武侠电视开始出现扶摇直上，凌空飞翔。

《射雕英雄传》的热播，让金庸的武侠小说在大陆再度热销，确立经典的机会已经到来。一部好的影视作品真的能萌生理想，产生内在的冲动，很多后来创作武侠小说的作者，就是在那一年播下了理想的种子，有了未来的志向。

《射雕英雄传》之后推出的《神雕侠侣》《天龙八部》《决战玄武门》等几部电视剧，其实水准都非常接近，但是仍然没有超越《射雕英雄传》的影响力。汤镇业饰演的段誉，陈玉莲饰演的小龙女，梁家仁饰演的乔峰，至今仍然印象深刻。

在那个黄金年代，我深深地记住了演员郑少秋。尽管他之前饰演过不少武侠形象，但是真正让他名噪天下的还是楚留香。现在回过头去看，无法判断是郑少秋演红了楚留香，还是楚留香成就了郑少秋，连原著作者古龙都曾抱怨，台湾同胞只知郑少秋，而淡忘了古龙，仿佛郑少秋本来叫楚留香。自从楚留香一演成名之后，郑少秋在港台古装剧中成为无可替代的"大侠化身"。

二十世纪八十年代，周润发的影响力从《笑傲江湖》之后直线上升，当年那些擅长追逐热点的记者追问周润发，接下来是否会在古装剧中一试身手？足智多谋的发哥没有像李亚鹏、任贤齐之辈，他坦言相告，在古装剧里永远超不过郑少秋。多少年过去，风流倜傥的郑少秋，眼流清波，手摇纸扇，在镜头前谈笑风生，让江湖中的楚留香站上了无法企及的高峰。

与港台相比，在这一阶段大陆的武侠影视剧出现了明显差距，从编剧到演员，再到制作均乏善可陈。不过《金镖黄天霸》倒是成了一个另类，黄天霸那种踏着兄弟血迹走入官场的权谋经历，让人心中难受，真应验了北岛所写的"卑鄙是卑鄙者的通行证"。多年之后，再看张艺谋执导的《英雄》，突然脖子间漫过飕飕寒风，两部影片在某种程度上竟有内在的相似之处，只是大多数观众没有察觉。

时光匆匆，屈指数来，那些走马灯一般飘过眼前的武侠影视如漫天光影，至今能记住名字的还有《书剑恩仇录》，这是金庸亲任编剧的作品，充分尊重了原著精神，使这部电影的格局、气魄和视野非一般武侠片所能相比，片中随处洋溢着历史人文气息。因此，当年观看这部影片时，人气爆满，期许无限。

公映于一九八六年的电影《英雄本色》是一部让人耳目一新的片子，吴宇森的表现方式出现了提升。《英雄本色》是一部不负众望的片子，吴宇森在沉默多年之后，在暴力与友情中找到了突破口，这是多年失意积攒的力量，三个男人在吴宇森的镜头下展现出超常的爆发力。

当时光的脚步进入二十世纪九十年代，一切都出现了变化，比如录像厅这个影响中国长达十几年的观片方式，因盗版碟片的大量涌现，那些曾经烟雾缭绕、人头晃动的录像厅逐渐关闭，悄然退出历史舞台。

谁也意想不到，盗版拷贝在中国城乡影院风行的时候，一个崭新的武侠时代再次来临。中国武侠电影在这个低迷的暗夜中，无声地跨入一个划时代的流金岁月，让人意外和吃惊。《新龙门客栈》《双旗镇刀客》《东方不败》《黄飞鸿》这些永远载入中国武侠电影史册的影片，犹如一道强光，将暗夜照亮。浪漫、沧桑的气质像一幅幅天马行空的油画，呈现在众人眼前。不知是一种什么力量在推动，那集中发力的几年时间里，为将近十年的武侠电影开创天地，重振雄风。

漫漫黄沙，偏僻客栈，大漠孤烟，苍凉雄浑的氛围；青袍、斗笠、高帽、马队，女扮男装的剑客、深沉大气的书生、美丽风骚的女老板、武功盖世的大太监；纵跳自如的轻功、千奇百怪的杀人利器、庖丁解牛般的刀法，这些经典的画面，永远留存在一个资深观众的心里。

武侠在那段远去的岁月里对人的影响巨大，当时武馆、武术班、武术学校遍地开花，由于痴迷武侠，放弃学业，家里无法管教，陷入困局。一九八一年、一九八二年出生的两个外甥；一九八五年出生的表弟，他们都成了赣中、湘南某全封闭武术学校的学生。大外甥为了逃离武校的严格管理和训练，在一次室外教学中有意将踝关节扭断，以此来获得回家治疗的机会。

武侠把这一代孩子的身心彻底搅乱，当他们从想入非非的幻觉中落回到现实土壤时，终于明白，不食人间烟火的侠客如天边的彩虹，只是一种虚拟的梦想，它正好与迷茫青春合上了节拍。

唐宋的荔枝

　　荔枝是水果王国中最耀眼的存在，如果说芒果是神化的产物，那么荔枝就是诗化的结晶。回想早年启蒙式的阅读，想象着火枣、仙豆、红杏、蟠桃、交梨、人参果这些神话中的奇花异果，一旦落回现实的土壤，它们便显得虚幻缥缈，远没有荔枝那种攸关生死的传奇。

　　苏东坡称荔枝为"天生尤物"，他一生与荔枝结下了不解之缘。明代张潮对尤物一说有过更具体的描述："笋为蔬中尤物；荔枝为果中尤物；蟹为水族中尤物；酒为饮食中尤物；月为天文中尤物；西湖为山水中尤物；词曲为文字中尤物。"而在大唐的宫殿中，杨贵妃无疑是帝王的尤物，当果中尤物遇上人间尤物之后，顿时天地颤抖，山河摇荡。

　　世人视稀有之物为宝贝，荔枝能冠以尤物美称，主要是因无法在北方生长，而且在常温中很难保鲜。"若离本枝，一日而色变，二日而香变，三日而味变，四五日外，色香味尽去矣"。

在没有飞机、高铁，没有冷藏技术的古代，荔枝如盛夏的冰雪，难以保存，它在高温中像易逝的梦幻，悄然变质，色香消融。

为让荔枝长出翅膀，飞进远方的宫廷，早在汉代就出现了"十里一置，五里一堠，奔腾险阻，死者相继"。

关山重重，征途漫漫，荔枝成为滴血的贡品。一站接一站地传递，风驰电掣，一路狂奔。风雨夹击，危如累卵，在汗流成河的驿道上重重栽倒，奔马与骑手，一同倒毙。无数风险和困厄随时压来，狂奔者无法停步，可纵有快马驿站的加急递送，还是难以保证荔枝能完好无损，鲜活如初……

时光穿梭，在汉语的长河中，人们找到了另一种神奇的存储方式，文人墨客借助唐诗宋词的魅力，赋予荔枝持久的保鲜功能。吟咏者知道，在诗词的长河中，不乏描写水果的篇章："葡萄美酒夜光杯，欲饮琵琶马上催"；"玄都观里桃千树，尽是刘郎去后栽"；"庭前八月梨枣熟，一日上树能千回"。这些看似鲜亮的水果，一旦与荔枝相遇，顿时黯然失色，通体无光。

白居易的《荔枝图序》、杜牧的《过华清宫》，无不显现出当时劳苦大众对荔枝的膜拜之情。荔枝因绝代佳人的青睐而身价百倍，名列果中之王。

仰望历史的天空，那些流淌的诗文、闪光的金句，照亮了形似宝石、亮如星座的果实。跨越朝代的荔枝，穿越时空，垂挂在岁月的枝头，光芒四射，鲜美如初。

在庞大的水果世界里，形态各异的果实充满了象征和隐喻，无论从音形字义，还是颜色气味，我们始终无法忽略那两颗珍贵的荔枝，它们在诗意铺陈的大地上，妆容华美，一身锦绣，给凡尘俗世的人生增添无限想象。那两棵珠光宝气的荔枝，互为镜像，彼此映射，穿越时空，一棵生长在唐朝，另一棵生长在宋朝。

在广东茂名茂南段一处古荔园中，存活着一棵一千九百三十多年的荔枝古树。在这棵古树面前，我们就如迅疾而过的流星，长不过百年的肉身等同于眨眼之间的事，哪怕再高傲自负的狂人，只要到了这棵古树下就得头颅放低，行为收敛，让口若悬河者哑口无言。

这棵历经东汉、三国、西晋、东晋、南朝、北朝、隋朝、唐朝、宋朝、元朝、明朝、清朝的古树，像一位活着的老寿星，它以荔枝的名誉证明物种的古老，用鲜嫩的果肉传递隔世的美味。

古树成仙是小时候最经典的睡前故事，一茬接一茬的孩子把传说听成了信仰，把古树奉成了神庙。对于以年轮为序的生物来说，越是古老的东西越显得弥足珍贵。人没有全知全能的视觉，作为天地之间的匆匆过客，每一具凡尘肉身都无法活在时间的法门之外，一棵古树替我们完成了几生几世的修行。

岁月奔流，朝代更迭，一千九百多年的漫长时光，让一棵古树已然成精。只有这种成精的古树，才有傲视天下的资本，它经历过我们未曾经历的事情，见证我们无法见证的历史。多少灰飞烟灭的前尘往事，全都埋藏在古树的心里，它无言无语，不喜不悲。

千年寿星与众不同，它向上张开的枝丫如同巨鸟的翅膀，有一种飞奔翱翔的欲望。古树被飞鸟感染，它向往蓝天，向往辽阔，每当飞鸟从树枝上一跃而起射向蓝天的那一刻，古树激动得浑身颤抖。在鸟与树的长久爱恋中，飞鸟拍翅而起，扑棱棱冲向蓝天那一瞬间，成为一棵树最高光的时刻。树在心底感谢飞鸟，是这种前赴后继的飞鸟，替它完成了一棵树无法遂愿的梦想。

生长在粤西南大地上的荔枝古树十分自省，当人们在谈论天外有天、人外有人的话题时，古树也在传递树外有树的自然信息。

一棵扎根泥土深处的古树，除了听到身旁的声音之外，它从飞鸟的鸣叫中可以获取远方的消息。在林木葱茏的岭南生态圈之外，还有一处可以与之叫板的山林，那就是沃野千里的天府之国。那里古树名木众多，在蜀地之南的宜宾金沙江畔悬崖峡谷上下，便有五株树龄千年以上的荔枝母本古树伫立在此，至今老而弥坚，岁岁开花，年年挂果。

说起这些荔枝古树，还真有点神奇。五十多年前，宜宾荔枝沟的荔枝古树，每年能挂果三千余斤，此后，这些古树逐渐出现衰老迹象，不再开花挂果。令人意想不到的是，就是这些歇果几十年的荔枝古树，近年间突然返老还童，其中有四株一夜之间繁花绽放，满血复活。怀春的古树，果满枝头，再现风姿。

古树挂果，人们纷纷赶来品尝荔枝，这种重生荔枝显得珍贵，它可是一千多年前的本地味道。站在古树下，看着它们世代同堂的盛景，品尝着鲜美的荔枝，仿佛与先祖隔空相遇，唇齿相依，舌尖上弥漫着隔世的鲜甜。

收藏着时光的古树是拥有生命的文物，一枝一叶都留存着故土乡愁、城市根脉和历史深处的记忆。人们通过活着的文物触摸遥远的历史，亦用科技的进步守护古老的基因。古树像人一样，也会衰老，也会生病，需要有行家把脉问诊，定期体检保健。在科技的支持下，如今对古树管理保护的理念、模式、手段都不断创新，通过养护复壮、扩繁保护等方法，让千年古树重现生机。

在粤语的版图上，荔枝的历史就是岭南文明及文化与中原地带的交流史，也是中国与外国文化的交流史。荔枝作为华南地区的特色美味水果，已有两千多年栽培历史，广西浦北和六万大山南面的合浦县廉州镇堂排村就曾出土过西汉的荔枝皮、荔枝核。研究者发现，中国最早记载荔枝的文献是西汉司马相如的《上林赋》，文中称荔枝为"离枝"。

公元一世纪后期，荔枝仍然是稀罕之物，内地无人可见，因此东汉杨孚把荔枝列入了《异物志》，并正式命名为"荔枝"。

荔枝作为中国原生水果，普遍认为它源自中国南部山野林间。《西京杂记》有载，刘邦称帝时，收到南海尉赵佗自岭南进奉的荔枝，很高兴，还报之以蒲桃。公元一一六年，刘彻攻破南越，取岭南荔枝百株移植至陕西，建造"扶荔宫"一所，后因气候不适，终止移植。

灵性之树，连接天地，历经千年风雨，早已皮粗肉糙，老态龙钟。纹路纵横的古树已经身枝变形，但依旧憨态可掬，远远看去如同一尊笑口常开的弥勒，扎根大地，笑看风云。

荔枝与岭南的关联源自杜牧的那两句流传甚广的诗："一骑红尘妃子笑，无人知是荔枝来。"在后人的眼中，杜牧笔下的荔枝来自岭南，而天府之国的研究者却并不认同，他们除了从白居易的《荔枝图序》中读到了"荔枝生巴峡间"这样的铁证，另外还搜罗到了各种不同的史迹，进一步证明杨贵妃喜爱的荔枝不是来自岭南，而是来自巴楚。追溯来历的惯常方式既要有实物和古迹，还需有诗文佐证，最好的方法就是陈寅恪先生所说的以诗证史。

《浪斋便录》："唐世进荔枝贡自南方。"

《杨妃外传》："以贡自海南。"

《涪州图经》："涪州有妃子园荔枝，盖妃嗜生荔枝，以驿传递。"又曰，"洛阳取于岭南，长安来于巴蜀。"

到了清代，两广总督阮元在《岭南荔枝词》中一锤定音："新歌初谱荔枝香，岂独杨妃带笑尝。应是殿前高力士，最将风味念家乡。"这是岭南的证据。

"忆过泸戎摘荔枝，青峰隐映石逶迤。"这是杜甫夔门出川之后时常想念戎州荔枝的心情。"白发永无怀橘日，六年怊怅荔支红。"这是黄庭坚被贬谪戎州时，吃到鲜美荔枝后感叹，思念自己过世的母亲却无法品尝鲜美的荔枝。"星球皱玉虽奇品，终忆戎州绿荔枝。"这是陆游离开戎州后，始终难以忘怀的佳果风味。

古道无言，古树不语。荔枝在唐朝天宝年间开始进入历史上最繁盛的时期，在那段光芒闪烁的年代，运送荔枝的具体线路，成为官方学界和民间关注的焦点。

那个年代交通落后，从遥远的岭南运送荔枝到长安有五千余里，即便是快马加鞭的八百里加急，也需要七天左右的时间，路途颠簸，到达时荔枝早就不新鲜了，而从巴蜀急送就便捷了很多。解密荔枝古道，当年速递荔枝的具体路线究竟在哪儿?

明代《蜀中广记》对荔枝有过大致的记载：涪州（妃子园）—垫江—梁平—大竹—达州—宣汉马渡关—平昌岩口乡—达州万源—巴中通江—再入达州万源—陕西镇巴—陕西西乡子午镇，进入子午道抵达长安。

通过遗产学、考古学、交通史、文学史、文化遗产保护规划等多方面的资深专家团实地踏访考察，在众多河流、峡谷、悬崖中发现了大量古道、古桥这些作为道路本体，进一步证实了荔枝古道确实存在。此外，古道沿途的唐代瓦片、摩崖石刻、古驿站遗址等历史遗存，尤其是达州境内多处唐宋摩崖造像，以一条连通的直线，进一步印证了荔枝古道在达州境内的走向。唐代由南往北，向长安进贡荔枝，其来源有川渝、两广、闽南三种说法，而川渝距离最短，古蜀道便成了宜宾荔枝通往长安的必经之路。

据古代驿马日行七百里推算，荔枝从宜宾运抵长安，最快五日可达。因此，有人推论杨贵妃当年食用的鲜荔枝，应该产自戎州，而非岭南。

千载古树把旧时的风味留存，千年古道把古人的足迹印刻，古道与荔枝并行不悖，成为后人触摸历史和文明的凭证。

长安荔枝凝固成历史的标本，引发人们对运送行走的追索，由此挖掘出蜀道这一重大主题。从春秋战国的"巴蜀苴秦地缘"，到"五丁开道"，在北栈四道和南栈三道的时空中，金牛道上的秦人"西举巴蜀"的战略中，发展秦统一六国这一重大历史事件进程中的影响。蜀道作为一种精神象征，它穿越秦岭、巴山，如身体的神经和血管分布于川陕之间。千年之前，诗仙李白发出"蜀道之难，难于上青天"的旷世感慨，让后世之人记住了这条崎岖险峻的道路。但它又并非指某一条道路，而是一个遍布于古代巴蜀地区的驿路交通体系。蜀道文化是中华文化的重要组成部分，为中华民族大统一迈出了关键一步。"一部巴蜀史，半部在蜀道。"古蜀道留下太多鞋履、马蹄和车辙的痕迹，历史璀璨，人文荟萃。作为保存至今的人类最早的大型交通遗存，古蜀道是中原和西南地区经济、政治、文化交流的纽带。一株古树，挂满荔枝，镌刻在山崖上的踪迹，既是当年贸易的缩影，也是古蜀道"栈道千里，无所不通"的见证。

日月流转，沧海桑田。古蜀道上昼迎朝阳、夜伴星月的跫音远去，影子斑驳，但蜀人不畏艰险的勇气被印刻在此，雨打风吹，不曾漫漶。

遥想被权力推动的唐朝荔枝，为博取那个集万千宠爱于一身的妃子回眸一笑，上升为一种特殊的贡品，它在无数的血泪中跨越南北极限，在红唇玉齿的吮吸中，入史成诗，名扬天下。

在中国文学史上，苏东坡无疑是一位与荔枝结缘最深的文人，让人念念不忘的不仅是他赞美荔枝的诗句，还有一树亮如繁星的荔枝。

公元一〇六八年，三十三岁的苏东坡结束了丧父之后的三年守孝，他离开故乡眉山时，在家手植一株荔枝树苗，与友人约定，等树长成即归眉山。

时光飞逝，一晃已是一〇八九年，五十四岁的苏东坡第二次来到杭州，他在《寄蔡子华》一诗中写道：

故人送我东来时，手栽荔子待我归。

荔子已丹吾发白，犹作江南未归客。

江南春尽水如天，肠断西湖春水船。

想见青衣江畔路，白鱼紫笋不论钱。

霜鬓三老如霜桧，旧交零落今谁辈。

四川虽产荔枝，但不在眉山，眉山气候潮湿，日照时间偏短，并不适合种植荔枝。可是想象不到三苏祠竟是一个神奇的地方，九百多年前苏东坡亲手栽种的荔枝树，曾经挂满硕果，这株名为"苏宅丹荔"的古树，奇迹般地延续到了九百多个春秋。当地老人回忆，二十世纪八十年代这株荔枝树还是活着的，尽管已经老态龙钟，但偶尔还能结出一两颗荔枝。到了二十世纪九十年代，古树就像寿数已尽的老人，病蔫蔫地打不起精神，后来慢慢枝干叶枯，走向了衰老和死亡。

古树死了，人们无比遗憾，后来三苏祠的工作人员将枯死的树根挖出，打磨成根雕，作为三苏祠的镇馆之宝，供游人观赏，每当游人站在树根面前就会触景生情，对东坡先生心生敬意。

为了铭记和纪念，有心人又在原址上重新种上了一株荔枝树。经过十几年的精心呵护，如今那株新植的荔枝树又是枝繁叶茂，硕果累累。树木有灵，它延续了苏东坡的千古乡愁。

乌台诗案后，时已四十三岁的苏东坡被贬黄州，漂泊黄州落脚定惠院，借寺庙以栖身。晚春的一天，他漫步院内，来到院东的土山边，猛然发现一株本是西蜀独有的海棠花。想不到黄州这种荒僻之地竟出现了海棠这种名贵花卉，苏东坡不禁以物及人，想到了自己的境遇，于是写下了"江城地瘴蕃草木，只有名花苦幽独。嫣然一笑竹篱间，桃李满山总粗俗。也知造物有深意，故遣佳人在空谷。自然富贵出天姿，不待金盘荐华屋……"

宋宣仁太后驾崩后，哲宗亲政，因政敌构陷，五十七岁的苏东坡再次遭贬，这一次贬到更远的岭南。岭南一带在宋朝属于荒蛮之地，是罪臣流放的偏僻之处。好在苏东坡心态良好，他似乎早有心理准备，因此他接受了异乡和远方这两个词语，践行了诗与远方这种超常的行为。苏东坡在惠州做到了"以出世的态度干入世的事情。"

在岭山，被放逐的苏东坡保持着豁达的心态，流露出丰富的感情。一个漂泊异乡的人，首先必须有身体的安顿，然后才有精神的相通和心灵的热爱。只有热爱那里的土地、人民、文化，才有可能把异乡当成故乡。

苏东坡在惠州经历了两年多的时光，尽管他一直处于被监视的状态，但幸有朋友相伴，精心安排，使他游历了不少地方。在九百多天的行踪里，苏东坡文思泉涌，他创作了四百多篇诗文、序跋，如果把书画作品算进来，总数多达五百多件，几乎隔天就有作品问世。在惠州是什么力量在驱使他笔耕不辍，佳作连连？我认为是荔枝，冰雪般的荔枝。

唐朝张九龄是中国历史上第一个当上宰相的岭南人，也是著名文学家。他在《荔枝赋（并序）》中，对荔枝的产地、外形、味道、营养及功效都做了详细的介绍："南海郡出荔枝焉……状甚环诡，味特甘滋，百果之中，无一可比……心愗可以蠲忿，口爽可以忘疾……"他盛赞百果之中没有一种能与荔枝相比，仿佛还没有碰到牙齿就要消融，琼浆玉液也比不上，而且吃了荔枝能平息心中怒气，满口清爽，令人忘记不适。

张九龄这篇文章是公元七三〇年贬任桂州刺史、充岭南道按察使期间所作，他借荔枝虽然珍贵稀有却不能物尽其用，表达了有志之十虽有才华抱负却无处施展发挥的心情。

岭南这片温润的土地捧出了果中尤物，让苏东坡在荔枝林中来回徜徉，在恍若故乡的景物中，忘却了沦落天涯的孤独和伤痛。诗人虽然遭贬，但仍是当时文坛领袖，地方官员和百姓对他都非常景仰尊重。特别是惠州太守詹范，十分仰慕东坡。公元一〇九五年二月，詹太守邀请苏东坡过府赴宴，苏东坡写下了《二月十九日携白酒鲈鱼过詹使君食槐叶冷淘》一诗。

詹太守为了表达对苏东坡的关怀，冒着违规的风险，让他住进了合江楼。当时的合江楼是专门用来接待最高财政机构官员的宾馆，苏东坡作为罪臣，显然不配入住，但在詹太守的安排下，他还是住下了。后由于有人"举报"，被迫搬离，最后再次搬入，苏东坡在这里先后住了一年零一个月，写下了《寓居合江楼》等脍炙人口的诗篇。

在惠州苏东坡过了一段闲适松弛的日子，由于贬官不得签阅公文，正好免除了他的案牍劳役。为此，他有时间走出官府，进入民众生活，"杖履所及，鸡犬皆相识"。他找屠夫买肉，与邻里攀谈，这些人都成了他的朋友，那一时期的作品地气充盈，自然鲜活。

公元一〇九四年四月十一日，苏东坡的荔枝诗盛大登场：

南村诸杨北村卢，白华青叶冬不枯。

垂黄缀紫烟雨里，特与荔枝为先驱。

海山仙人绛罗襦，红纱中单白玉肤。

不须更待妃子笑，风骨自是倾城姝。

不知天公有意无，遣此尤物生海隅。

云山得伴松桧老，霜雪自困楂梨粗。

先生洗盏酌桂醑，冰盘荐此颗虬珠。

似闻江鳐斫玉柱，更洗河豚烹腹腴。

我生涉世本为口，一官久已轻莼鲈。

人间何者非梦幻，南来万里真良图。

诗人对荔枝赞不绝口，意思是比荔枝早熟的杨梅、卢橘只不过是为了给荔枝报信探路，曾为妃子至爱的荔枝，在诗中成为身着绛襦红纱的海山仙姝。这样的果中尤物生在了荒僻的岭南，究竟是不是天公有意为之？如今为了这个鲜美的荔枝，先生斟上桂花酒，佐以鲜美的江鳐河豚，实乃完美之至。

苏东坡初至黄州时，曾一语双关地感叹过"自笑平生为口忙"，被贬岭南，本是因祸从口出，却也因此而能一饱口福。

岭南六月，味美鲜嫩的荔枝正在上市，苏东坡一边品尝着美味佳果，另一边就想到集万千宠爱的杨贵妃，为了让她吃上新鲜的荔枝，差点亡国。而审视当朝一些官员谄媚皇上，争宠买新，弄得朝廷乌烟瘴气，一时竟忘了他的罪臣身份，挥笔写下了千古名篇《荔枝叹》：

十里一置飞尘灰，五里一堠兵火催。

颠坑仆谷相枕藉，知是荔枝龙眼来。

飞车跨山鹘横海，风枝露叶如新采。

宫中美人一破颜，惊尘溅血流千载……

《荔枝叹》一经传诵，便引起惠州百姓的共鸣；知道身处逆境的先生，他心里依然关注着百姓疾苦。

公元一〇九六年，苏东坡再次与荔枝唇齿相亲，他感到岭南之地的惠州不仅风光秀丽，民风淳朴，而且还有如此诱人的荔枝佳果，可以作为终老的好地方。于是他情不自禁地写下了荔枝诗里最著名的《惠州一绝·食荔枝》：

> 罗浮山下四时春，卢橘杨梅次第新。
>
> 日啖荔枝三百颗，不辞长作岭南人。

从西汉司马相如的《上林赋》开始，到东汉王逸的《荔枝赋》，历朝历代写荔枝的诗文歌赋难以计数，但是只有杜牧和苏东坡的荔枝诗被人们牢牢记住，尤其是"日啖荔枝三百颗，不辞长作岭南人"这两句，成为世代流传、老少皆知的名句，让人印象深刻，过目不忘。分析诗意的时候，我们知道苏东坡这是采用了夸张的手法，一个人日食三百颗荔枝，这确实有难度。荔枝属于温性水果，多吃很容易上火，有些人吃多了会舌苦咽痛、口腔溃疡、牙龈肿痛，甚至流鼻血。所以岭南地区有一句流传甚广的俗语："一颗荔枝三把火"。苏东坡对惠州方言不熟悉，从发音上听，以为人家说的是日食荔枝三百颗。诗人的美丽误会与后人的推理想象，再次赋予了诗作的新意。

苏东坡的一生，善于把对外部生活的感悟转化为精神世界中的财富，即便处于潦倒不堪的生活状态，他依然坚持做人正直与尊严，葆有一颗纯真的赤子之心。同样是喜欢荔枝，唐朝的贵妃把荔枝吃出了生死血泪，而北宋的苏轼却吃出了诗意风雅，吃出了爱恋温情。

漂流的窠巢

"穷不搬家，富不迁坟"，对于一个居无定所的人来说，我有过深刻的体会。

无论在乡村，还是城市，搬家都是一件令人生畏的事情。只要想起搬进搬出的过程，就像一场驱之不散的噩梦，随时折磨我的肉体，困扰我的精神。

回望风雨飘零的日子，搬家成了我此生最恐惧的事情。这些年里，搬家就像一道魔咒，一刻不停地勒住我的命门，牵扯我的神经，让人无处逃离。

生如浮萍，漂泊无依，我的家实在搬得太多、搬得太远、搬得太无可奈何，以致沉默不语的影子都在摇荡喊叫……

颠沛流离的日子如同超长的电影镜头，汇聚成一条波峰浪谷的河流，让人无法看清未来。多少个月黑风高的夜晚，我耷拉着酸胀的脖子，收拢倦怠的羽翼，沉陷在咣当作响的铁架床上，僵尸一样无力动弹。

灰头土脸的出租屋，对应着我破败不堪的内心。每搬一次家就让人矮下一截，在低入尘埃的生活中，我只能绕开高门阔院，回避傲慢身影。在充斥异味的斗室里，甭想奢谈精神世界，就连烟熏火燎的肉身也无法安放。

贫贱的租居生活毫无保障，因租金变化、拆迁改造、环境整治、消防检查，频生变故。那种毫无征兆、猝不及防的搬家如同驱离，极伤自尊。不管出于何种原因，只要房主一声令下，我就得立马滚蛋。

面对生活的无助，我掂量到"安居乐业"这个词藏着如山的分量。一个屡战屡败的人，难免心灰意冷，可是一觉醒来，发现身上还有无法推脱的责任和义务。于是只能擦干眼泪，翻身起床，继续奔波。

多少次因搬家在梦里惊醒，我真的不想再搬了，可现实一刻不停地挤压催逼。裹挟在时代洪流中的微小个体，一切由不得自己选择。随着孩子高三临近，陪读一旦结束，第四十次搬家即将整装待发。

不知是选择错误，还是宿命安排。我从十二岁那年经历首次搬家以来，竟然对搬家有了悲情的预感，只要搬家的齿轮一旦转动，从此，摇晃的钟摆便无法停留。

在乡村，最害怕的事情莫过于搬家，无论贫富都是一件畏惧的事情。一动百移的搬家是一桩难事，每搬一次都是一种损失、一次折腾、一场消耗。老人们常说："上屋搬下屋，要少三笤谷。""上河迁下河，白米去一笤。"可见搬家不仅辛苦劳累，而且还会有意想不到的消耗和损失。比如有些东西突然破碎，有些东西下落不明，有些物件不知所终。

首次搬家的距离其实并不遥远，只需跨越一条河流，穿过一个村庄便能到达。可是从河的这一边，搬到河的那一边，看上去难度不大，实则是跨越天堑。

那次搬家可说损失惨重，元气大伤。从此，搬家的恐惧在我心里留下了无法抹去的阴影。

开始一切都很顺利，谁知就在仪式行将结束的时候，接连出现意外。首先是两个小伙子步态不稳，一个趔趄将祖父的红漆棺木连人带物重重摔倒。棺材落地，这显然不是好兆头。接着祖父把一头母牛和一头牛犊牵到了河边，由于河上的石桥过于狭窄，牛犊恐高胆小，不敢上桥。为了将母牛和牛犊牵引过河，祖父找来几根竹竿，横在石桥两旁，再在竹竿上铺好稻草。这种伪装看上去让石桥变宽了，其实这种形同虚设的变宽只是幻觉。对于不知深浅的牛犊来说，两边的稻草成了引诱的陷阱，它一脚踏空，栽落河中。掉落河底的牛犊，与凸起的岩石猛烈撞击，两条牛腿齐齐折断。

救牛心切的祖父，竟然不顾安危，从河岸边哧溜一声滑了下去。

匆忙下河的祖父，毫无防范，在激流中几个趔趄，仰面摔倒。不识水性的祖父，像一截树木，被水流冲走，牛犊没能救起，祖父差点溺亡。

危急关头幸亏几个后生在下游，他们拼力相救才把人捞起。要不祖父将随水而去，无法回头。灌了一肚子河水的祖父虽然死里逃生，可是从此变得精神萎靡，一蹶不振，一年不到便撒手而去，从此，属于祖父的那个时代彻底终结。

搬家不顺的家人，像水土不服的植物，出现病恹恹的样子。这个时候偏偏祸不单行，祖父离世的阴影还未散去，五十三岁的母亲突发心梗，在一个寒冷的冬夜，还没等到我这个唯一的儿子在外归来，她就永远闭上了眼睛……

那一年，五十一岁的父亲经历了父丧妻亡的悲伤，整个人迅速苍老，一夜白头。

一向优柔寡断的父亲，那次竟然做出了人生中最果断的决定。他带着一家老小，离开祖祖辈辈居住的山村，举家迁往镇上。

对于父亲的决定，从家人到亲友都感到意外。亲人尸骨未寒，我们就匆匆离开这块胞衣之地，等于是对祖先的背叛和冒犯。

搬迁最大的阻力来自祖母，她性格倔强，脾气暴躁，平时说一不二。可是父亲去意已决，祖母的反对首次失效。百般无奈之下，她只得屈从于儿子的安排，不过一双小脚的祖母，拒绝乘坐汽车，她用一双小脚来对抗儿子的背叛。

颤颤巍巍的老人，一手拄着拐棍，一手挽着包袱，看上去不像搬家，更像逃难。清早出门的祖母，在乡道上寸步挪移，直到夜幕四合才到达镇上。

这是一次颠覆式的搬家，对于一个农耕世家来说，最难面对的是"断舍离"。祖父遗留下来的箩篓、地箕、风车、犁耙、锄镐、谷桶、柴刀、斧头、锯子、水缸、瓦瓮，这些和族脉相连与耕作有关的物件，统统遗弃在老宅中。

迁居镇上，离老家虽然不远，但明显有了心理上的距离，当时还没有意识到这就是城乡的距离。每次回去都发现老家多了一些变化，多了一些隔膜，除了瓦屋漏雨，泥墙衰败，世代耕种的菜地杂草丛生。让人疑惑不解的还有果园和树木，祖父栽种的枣树，母亲栽种的梨树，父亲栽种的板栗树，自然生长的枇杷树，竟然全都枝枯叶黄，无精打采。

来到镇上的祖母，脸色僵硬，沉默不语，饮食无味，走神发呆。她在父亲面前隔三岔五就使点性子，发点脾气，不时逼问父亲，住到吵闹烦心的镇上有什么好？此时的祖母就像老家的果树，在情感抽离中快速衰老……

几年后父亲娶了后妈，细姐也已出嫁。看似牢不可破的家庭，为了不同的目标各奔东西。女儿四岁那年，我带着简单的家当，从镇上搬到了县城。

对我来说这是人生中一次真正意义上的搬家，也是冲破城乡壁垒的首次跨越。老家距离县城不足百里，可这百里之路却隔了几生几世。村里不少老人一辈子没去过一趟县城，而我却举家进城，当时令老乡们刮目相看。

当时的县城还没有开发，房源稀缺，居住紧张，听说人口密度超过香港和澳门。老城一面临河，一面靠山，由于先天发育不全，找不到拓展空间。在县城居住的五年里，我先后六次搬家。从没有厨房、厕所的铁皮房到阴暗潮湿、蟑螂满地、老鼠成灾的老祠堂，真切地体会到了一个底层人进城的艰难不易。

记得那是一个暴雨如注的夜晚，租屋被秋风骤雨所破，雨水打湿了衣物被子，鞋子小船一样在水面漂浮。蛇形的闪电，轰响的雷声，把女儿吓得瑟瑟发抖。那一刻我向天发誓，哪怕流汗卖血我也要在县城买下一套属于自己的房子……

进城的第五年，在即将跨入新世纪的前一刻，我终于实现了县城买房的梦想。与所有平民一样，靠着勒紧裤带，省吃俭用，东拼西凑交上首付，然后风雨无阻，早出晚归去挣月供。

买房是一座大山，压得一家三口喘不过气来。贫贱夫妻百事哀，买房后短暂的兴奋很快过去，随之而来的是漫天焦虑和满腹忧愁。装修成了头等大事，找泥工、木工、油漆工、水电工，买水泥、沙子、瓷砖、板材、电线、灯具、厨具、卫浴、墙布、家具、电器、入户门、房门、窗帘，每一件都无法省心，从品牌质量，到性价比，必须货比三家，反复权衡才能确定下来。从开工到结束，大大小小的事没完没了，跑建材市场不下百次。可是再用心砍价，再软磨硬泡，还是跳不出装修的深坑。

没涉及装修行业前，就像一个远离漩涡的人，看不到涡流的阴险。装修行业竟然是一个庞大的江湖，湖中鱼龙混杂，浑水翻腾。首先发现，想找一个称心如意的手艺人，比登天还难。

他们在江湖中浸泡，变得比鬼还精明。我不知道所有的手艺人都隐藏心机，他们推荐的品牌和店家都遵循着所谓的行规，给工匠返回百分之五到百分之十不等的回扣。为此，有些商家你怎么去砍价也砍不下来。

有天晚上，泥工加班，告知少了几包沙子，我和妻子赶过去，从楼下工地上高价买了几包沙子，用蛇皮袋装着，从一楼扛到五楼。扛完几包沙子，已经筋疲力尽，衣衫湿透，气喘如牛。妻子为了减轻我的重负，她也扛了两个半包，结果引发腰肩疼痛，去医院治疗了很长时间也没能康复。

第二天又说少了半包水泥，这可不好办，正好在楼下过道上看到有大半包水泥，找了好一阵也没找到主人，上面又急着要用，于是将半包水泥先搬了回去。我搬走时特意在门框上贴了张字条，留了我的电话，说借用了半包水泥，事后再付钱。谁知这半包水泥是人家留着填补墙缝的，打扫卫生时放在门外，被我拿走后人家立刻发飙。他到物业调取了监控，径直找到了五〇二，进来就一通指责，骂我偷他的水泥。我赶忙赔礼道歉，说事先写了字条，还留了电话，的确是急用，深感抱歉！

他问我哪有字条？我下去四处寻找，确实不见字条，这下更是百口莫辩，无言以对，那字条究竟是谁弄丢了只有天知道。没办法，我一再解释，低三下四地说了一大堆软话，可人家还是气愤难平，不能原谅。认为偷拿别人东西，缺乏基本素质，与这样的人同居一楼，蒙羞掉价……

后来我花了两包水泥的价钱，请建材店加急送来一包水泥。

同是住户，同样急着赶工期，可人家并不理解。由于我有错在先，只能承受污言秽语的攻击。

过后这事就像一道难以愈合的暗伤，时不时让我痛一下，直至次年夏天，这伤口还被再次撕开。如果不是一位熟人透露，我真的连做梦也想不到：那个可恶的泥工，竟然背着我卖过好几包水泥和沙子给那位指责别人的邻居。

为节省开支，没有电梯的楼房，好多物件都得自己扛上楼去。比如一包水泥、一包沙子，请人扛上楼去，每上一层要收费一元，五楼就是五元。想省下这五元钱，必须咬紧牙关，一个台阶一个台阶往上挪，直至汗如雨下，双腿抽筋。

记得装修期间带女儿去超市，她看见打折的火腿肠不愿挪步，一手拿着一包，兴冲冲地往前冲。后来硬是被我夺下一包，这事回想起来至今愧疚，如此不近人情，不知孩子心里是否留下了阴影。

八个多月的装修工期，感觉长如百年，完工之后我和妻子如秋风扫荡，满脸憔悴，疲惫不堪，两个人都瘦了一圈。接着打扫卫生、购买日常用品，通风透气。国庆那天，正式入住新居。

这一年我三十三岁，对我来说这是而立之后的一桩大事。作为一路漂流的租房户，终于让一个动荡不安的家安顿下来。当亲朋好友登门恭贺时，我看到妻子眼中闪烁着晶莹的泪花。

离开小镇，搬进县城的那年，还记得父亲对我说过一句话，他说生肖属马的人，一生都在路上。我当时并不明白父亲的所指，直至漂泊多年，才逐渐明白，他言下之意是说我命如奔马，一生劳碌，难有安稳。

半生努力，终于有了属于自己的房子，满以为从此生活平静，再不用求租借宿，看人脸色了。

谁知身处巨变时代，计划赶不上变化。北京申奥成功的那年，有个偶然的机会，我与友人怀着雄心壮志，寻梦京城。五年"京漂"生活，让我再次饱尝搬家的痛苦。

我清楚地记得，抵京那天，遭遇沙尘，在漫天的风沙中，我沿直通青天的长安街一路西行。不知是一种什么力量在牵引，催促我来到了京城的西边。当看到古柏森森，杨树成行，我不由自主地放缓了脚步。

推开一扇窗，看到一个肃穆的世界，它静止在繁华喧嚣的背后，我突然喜欢上了这里，难道是前世的约定？灯红酒绿的都市被古树被绿荫被墓碑所遮蔽。

"三十不豪，四十不富，五十全靠子孙助。"古人对生命的紧迫感就像张爱玲所说的出名要趁早，这种焦虑时刻在催促我，应该立即行动，赶紧出去闯荡。京西僻地有一间晦暗的斗室，搁了一床、一桌、一椅、一凳，它们在等我到来。瘸腿的房东摸出一串生锈的钥匙，让我逐个试探。一把钥匙只能开一把锁，房东给我的一大串钥匙，注定只有一枚能开启沉寂的门锁。当尘封的门锁咔嚓弹开，刹那间，阳光潮水一样奔涌而来。门锁也在苦苦等待，等待聚少离多的钥匙捅进它的身体，旋转它的内心，在一声脆响中点亮一片光明。

地面和窗台落满了厚厚的尘埃，门窗蛛网密布，踏入房内，一股霉腐的浊气扑面而来，在京城我竟然闻到了乡间的气味。窗外笔直的杨树如卫兵，树上的叶片肥鱼一样在风中摇摆，枝叶间传来阵阵鸟鸣。草地上几丛月季开得正旺，八宝山，一窗之隔，这般的机缘让我颇感意外。

初来京城，老家亲友听说我租居八宝山，电话里带着惊恐和意外，他们的惊恐是以为我住进了坟地。早年老家不少南下寻梦的青年，由于找不到工作，身无分文，为了不让治安队逮住，当盲流关进遣送站，很多人都钻过桥洞，住过坟地。在人们心里，八宝山是一片坟场，一个埋死人的地方。

其实历史悠久、积淀深厚的八宝山，它的定义远非"墓地"二字所能概括。卷帙的历史，鲜活的细节，被一座山悉数收藏。八宝山作为墓地的功能只有短短几十年时间，在更漫长的时光里，隐藏了不为人知的前朝往事。

公墓前有四棵苍老的古树，有两棵濒临死亡。树干开裂，内心空瘪，粗糙的树皮像枯槁的老人，衰朽得不见一丝水分，收缩后如风化的岩石，对世界没有了太多的感知。不远处还有两棵银杏，一样地苍老，一样地沉寂。

每到清明节，清冷的骨灰堂和公墓区变得拥挤起来，每逢重要葬礼大小路段皆被管制，使这片墓地和草根阶层产生不可逾越的距离。傍晚我站在墓园的正门外，凝视着右侧门墙上用大理石镌刻的文字：

　　八宝山革命公墓，位于北京西郊八宝山南麓，距复兴门十公里，占地一百五十亩。八宝山因盛产八种非金属矿而得名。据文献记载，以廉洁名世的西汉循吏韩延寿世居于此，当时称韩家山。后来曾称罕黑山、洪炉山。元朝至元年间，僧人云集八宝山，南建灵福寺。明朝永乐初年，建太监刚炳祠和延寿寺，明朝中叶，经兵火战乱，灵福寺毁灭不存。其后，延寿寺改称护国寺。一九五〇年，北京市政府改建公墓。

这段文字让我对八宝山的历史渊源有了大致的了解，后来在阅读闲书时偶然间发现了一段更加详细的资料，辑录于此：

一九四九年底，刚任共和国政务院总理的周恩来提出在北京西郊筹建一座革命公墓，并拟组建公墓事务所的建议。根据周总理的提议，北京市政府从行政处和行政干部学校的毕业生中抽调了三位年轻人来做筹建工作。三位年轻人来到西郊八宝山下的一个村落察看，村里几个老爷子手捋胡须，与年轻人侃了起来：要说埋死人，这地方没的说，太合适了。这山原来叫韩家山，西汉时期韩延寿便在此山居住，后来改叫八宝山。为啥？因为这里埋着八种宝贝呢！三位年轻人听老人们一说，受到了启发，于是专门请教地质专家。果然名不虚传，据专家介绍，八宝山盛产的"八宝"包括红土子、青灰、干土子、白土子、黄土、红干土、黄干土和马牙石，这些无一不与土石有关。这些矿产可用作炉膛，可制成釉质，可加工成木器涂料，这些元素正好符合修建公墓的基本条件。

　　三位年轻人将考察情况向上汇报，经北京市政府批准，决定在八宝山南麓的护国寺废墟上筹建公墓。一九五〇年七月，公墓破土动工，至一九六五年四月，共建成四个墓区，依次为中央领导墓区、省军级干部墓区、地师级干部墓区和县团级干部墓区。

　　数十年前，为劳苦大众的利益有了一种共同理想。数十年后，这些来自四面八方的忠魂一同安息于此，成为真正的生死之交，这应该说是八宝山的造化。人的生命非常短暂，但死亡却无比长久，面对长久的死亡，只有土地才能承受这份重量。

　　租住京西，我独来独往，享受僻静之地的自由。可是在毫无征兆的情况下，我开始了第一次搬家。

　　房东告知，北京申奥成功后，环境整治已放在首位，对不合规划的破旧老房进行拆迁改造。说实话，我真想一直住在这儿，这突如其来的搬家，让我颇不情愿，我已爱上这儿。

　　八宝山周边少有摩天高楼，有一种身居都市，心在乡村的感觉。那一带没有灯红酒绿的娱乐场所和繁华的商业中心，它清冷、深沉、孤独、内敛，没有市井的喧闹。也许先辈们早就设计好了未来，他们把寂寞留给自己，把热闹送给他人。独居此地，对我来说是一种安慰，更是一种顿悟。

　　如果是深冬时节，很多树木掉光了叶子，密集的林木铅华洗尽，墓园一下子变得宽敞起来。朔风骤起，下过一场薄雪，许久不见行人的脚印。在公墓往西的路边，有一排面朝公路的低矮店铺，铺内摆放着花圈、寿衣、骨灰盒，经幡上浓黑的哀字或悼字渲染着死亡的冷寂。

公墓往东是北辰汽车租赁公司，接着是一家规模不大的中国石化加油站，然后是清华大学第二附属医院。那天晚上，我踯躅在八宝山沿线，突然一组画面赫然入目，那一刻感觉白光一闪，整个身体都为之震颤！没有风，说不上冷，但有一种凉意沁入骨髓。这样的布局是谁事先刻意安排的，还是无意中的巧合？一边是妇产医院，一边是墓地，人生这条直线连着生死两个端点，滚烫的生命通过周身的血管沿着我脚下这条路直奔主题。在这条直线距离不足三百米的地段上，像大师的手笔，浓缩了从生到死的全部内涵。

一个人由婴儿从母腹降生，到垂暮之年进入坟墓，这是一种无法抗拒的自然规律，每一个生命的必经之路。不同的是两个端点之间的距离有长有短，有明亮，亦有灰暗，距离与色彩皆因人而异。在这条路上可种上鲜花，可栽上绿草。究竟是五谷丰登，还是颗粒无收，取决于耕耘者的人生态度和个人运气。生死之中的要义，让这段路有了一种哲学意味。

这次搬家我没有远离，而是在八宝山外围寻找住处。我计划找好房子再将妻子和女儿接来，结伴"京漂"。对于世代务农的乡民来说，我的想法远如梦幻，出乎所料的是这场梦幻因一个新机遇的到来突然拉近。在奥运城市的奋进热潮中，我的梦幻很快变成了现实。

距八宝山一箭之遥的五芳园小区，不仅找到了栖身之地，而且还让我和家人享受到了阳光雨露般的福利。小学四年级的女儿竟然顺利插班进入了石景山永乐三小。这是一所公办小学，尽管规模不大，但教学管理非常正规，无论老师还是学生都没有明显的排外迹象。女儿作为外市借读生，只需每学期交纳七百元借读费即可享受北京学生同等待遇。

这是一段开心的日子，尽管房东有种居高临下的样子，而且每次过来收房租都要批评教育，首先查看热水器、油烟机、空调，甚至连抽水马桶都要试按一遍，检查有没有损坏，有没有裂缝污迹。尽管这种监控般的歧视让人难以接受，但比起一家人分居两地、天各一方的悬浮，这种苦中有乐的团圆显得更加踏实而幸福。

女儿很快就融入了学校，开学不久就参加了采摘活动。摘梨子、挖红薯、扯花生、掰玉米，比在老家上学还要开心快乐。现在的乡村小学反而远离稼穑，乡野孩子变得四体不勤、五谷不分。

我们一家三口都喜欢上了北京，想着如能在北京扎下根来，分享首都的福利，那该多好！接下来我调动了所有资源，全方位开展市场摸索，通过借鉴老家文友的成功经验，摸到了一条看似可行的路径。

那段时间内心非常纠结，想留在北京发展，首先得有启动资金，之前的积蓄全都压在那套房子上面。怎么办？我和妻子商量，只能忍痛割爱，把老家的房子变卖。

省吃俭用，好不容易买下的房子，还没有好好享受，转眼就要变卖，当时心里十分难受。可是除了这条路，没有别的办法可想。

为了避开卖房交钥匙的伤心场面，我找出各种理由，隐藏了真实目的。安排妻子回老家，正好让她探望一下八旬高龄的岳母，而我留在北京着手下一步计划。开始以为卖房的事要拖一段时间，谁知买家对我家房子一见钟情，后来看了好多套都不满意，就是认准了我家的房子。谈好房价十一万元，先付十万元，剩余一万元等我回去签字办理过户手续，然后再付清。

一周之后，妻子带着十万元售房款返回了北京。我去北京西客站接她，当我带着女儿在站台上接到妻子的那一刻，真的愣住了。妻子这次回乡，往返不过十天时间，但看上去整个人都脱了形。眼圈发黑，脸色憔悴，无精打采，足足瘦了一圈。

这是我唯一一次缺席的搬家，可以想象，当卖房和搬家这双重负担扑面而来时，一个柔弱的女人她该如何去抵挡和承受？我作为一个临阵脱逃的懦夫，过后回想起来无比愧疚。这事确实为难了妻子，她需要把家具、电器、衣被、锅碗瓢盆等杂物搬走，还得找到安放它们的地方。特别是我珍爱的十几箱书刊，必须找到一个理想的存放之地。这个过程，对于不会开车、不会骑车的妻子来说，不知求过多少人，跑过多少腿，流过多少汗……

背水一战的时刻到了，卖掉老家的房子，带着一点微薄的资金，进京寻梦，想当初那胆子真够大的。

　　为了注册公司，通过房产中介在石景山一个大型小区租了一套月租三千多的楼房，结果到工商局一问，小区民房不允许注册公司。找中介和房东商量，想退租，可是已交三押一，四个月的房租一万二千元钱揣在别人兜里，想退租门都没有。赶紧找老乡帮忙，老乡刚创办公司，他在海淀五棵松路北八号院租了四间办公室，到那一看很威严，门前还有卫兵站岗。原来老乡租的房子竟然是解放军总参兵种部干休所。借用这个场地注册公司倒是可以，但是干休所领导只同意出具一次证明，入驻一家公司。这样一来显然是注册不了新的公司，接下来还得赶紧找房，京城米贵，寒酸的家底在这儿可耗不起。

　　好几个晚上，我们三位老乡吃完饭，顺着西四环辅道，从五棵松北八号院往南边的三〇一解放军总医院散步。路上的左手边正在大规模拆迁，有时候尿急了，趁着夜色会钻入杂草丛生的断垣残壁中解决。当时并不知道偌大一片拆迁区域将建设奥运篮球馆，也就是现在的五棵松文化体育中心。马路对面的楼盘万地名苑正在开盘促销，鲜红的横幅上明码标价：每平方米五千五百元至七千五百元。这样房子对我来说无疑是天价，我不会去奢望，谁知这房价将来会直线上涨。

　　东城、西城、崇文、宣武、朝阳，这些城中区显然租不起房，只好向郊区撤退。看了大兴、房山，感觉不行，转头去了通州。当时从地铁一号线四惠站往通州延伸的八通线刚开工，通州地铁沿线的楼盘如雨后春笋，房子的价格十分诱人，首付五万元、十万元的广告满天飞。正当我在苦寻低廉房源时，不知道一个千载难逢的机会与我擦肩而过。人永远只有后悔，听说马倒是会有前悔。多年过去，我在心里反复质问自己，当初掏空家底，进京闯荡，为了什么？说含蓄一点是为了寻求发展；说直白一点就是为了赚钱。

山里人一根筋，看不到商机，更不会算计，永远坚守着心中的理想。既然为了赚钱，远走他乡，那就得眼观六路，耳听八方，想尽办法，抓住机遇。可惜终因目光短浅，不知道这个雾里看花的世界还存在"炒房"这种生财秘诀。只要踩中节点，进城买房成为咸鱼翻身的快捷通道，那种赚快钱的路子，要比经商办企业强得多。

假如当时真的想在北京买房，在郊区买一套百万元上下的房子还是可能实现的。比如父母帮衬，兄弟姐妹支持，找亲友东拼西凑，交个几十万元的首付并不难，难的是有超前的眼光，有敢于吃螃蟹的胆量。

事后的一切假设都毫无意义，因为现实永远不存在假设。对投资运作我感觉虚无缥缈，从泥土里滚大的人，还是更相信辛勤劳动，更相信尘世烟火。在通州区新城东里找到了一套月租六百五十元的两居室，房子虽然旧了点，家具家电也是老得掉牙的产品，可租金低廉。

入住时记得是一个细雨霏霏的下午，搬家公司的厢式货车将人和家当一起拉到了通州。货车进入院子时，首先被门房大爷来了个下马威。他看到车子朝大门口开来时，咣当一声把铁门锁上了，不让搬家公司的货车开进去。

对于这种举动，我非常吃惊，这真的是奇怪了，在我所有的搬家经历中，这还是第一次遇见。没办法，只好赶紧联系房东，房东很快赶来。她是位中年女士，和门房大爷交涉了一会，然后要求司机从驾驶室下来。

看上去满头白发、身体瘦弱的大爷没有多少威慑力，可他竟然比那些身穿制服、身强体壮的保安厉害得多。他端坐岗亭，警告货车司机要守规矩、等会进去不要在楼道里张贴广告、喷涂电话，一旦发现，不但要求清洗，还得罚款处理。司机立下保证，这才摸出钥匙开门。接着又把我叫了过去，告诉我入住之后必须遵守院内的管理规定，比如不吵闹喧哗、不乱扔垃圾，不带陌生人进入。晚上外出不许超过十点，十点之后大门上锁，不再开门。

人在屋檐下，不得不低头。在这个院子里，我成了处处被审查被怀疑的外来户，既没有提要求谈条件的权力，更没有提建议作评价的资格，只有百分之百地遵守和服从，否则分分钟让我滚出院子。

入住这样的小区如履薄冰，说话走路都得小心谨慎，可是再小心也还是会出意外。春节期间，我们回乡过年，谁知屋内的暖气片接头脱落，水流如注，不仅把自己住房弄成了池塘，堆在地上的书刊资料全部被泡坏。更要命的还殃及楼下，把楼下雪白的墙壁、吊顶、中央空调、家具、茶叶、衣物统统泡坏。幸亏房东与楼下的住户是亲戚，只让我赔偿了三千元损失，要不有可能弄得倾家荡产。

很快我就决定搬离，搬到了通州运河大街建设银行对面，在那里住了不到半年，再次搬家。这次搬家因妻子已怀二胎，从收拾打包，到下楼搬运，基本由我一人完成。由于各种压力袭来，这次搬家搬得更偏更远更孤独，已经搬到了远郊昌平。

在昌平小区的楼顶可以清晰地看到，一条笔直的公路像利剑插向八达岭方向，路上大大小小的旅游车辆穿梭往来，密集的车流连接着长城的繁忙，而我尽管居于长城脚下，却一直没登过长城，直到两年后父亲来京，这才陪他登了一次长城。记得父亲一脸威严地站在"不到长城非好汉"的牌子下面，拍了两张照片，然后又在詹天佑纪念馆前拍了两张。作为同姓人氏，父亲站在詹天佑塑像前，为詹氏能有这样的先贤而骄傲！

那天当我们高高兴兴地回到住处才发现，那个被称为傻瓜的相机，因为没把胶卷装好，一直在空拍，所有在长城的照片一张也没能拍成。在没有智能手机的年代，此事成了父亲心中永远的遗憾。

搬离昌平那天，距离二○○八年北京奥运会开幕一年不到，当初还与女儿畅想，等奥运会开幕，一定要去比赛现场看看热闹。一转眼却灰溜溜地逃离了北京，可以想象，与衣锦还乡的成功者相比，我那时的心情有多么糟糕！

自从来到京城，家成了一个动态的名词，有可能前脚搬进，后脚就得搬离。回想那些日子，如同逐草而居的游牧者，也像随水漂流的船上人家，下一站会去哪儿，只有天知道。

居无定所，朝不保夕的处境无法改变，搬家对我这种"京漂"者来说已经成了生活常态。所谓的家一直在风雨中飘摇，在飘摇中沉浮，在沉浮中麻木。不过这次搬家对我的身心产生了强烈触动，就连死水般的内心也泛起了波澜。与往常完全不同的原因是去留问题，以前从中心城区搬去近郊，从近郊再搬到远郊，不管怎么搬，一家人还在北京范围内兜圈子。而这次搬家却是一次彻底告别，告别者已是伤痕累累，两手空空，属于颜面扫地的溃败和逃离。

都说人生最风光的事情是金榜题名，衣锦还乡。我是惨败而归，这个时候最不该回家，可是不回去又能去哪？妻子已经临盆在即，需要一个没有人催逼的住处，一个平静安稳的家。

在京城频繁地搬家，有些物件扔了又买，买了又扔。跟随我一路漂流的大小物件，在几轮淘洗之后，剩下的东西几乎都是不忍割舍的爱物。在琉璃厂、天桥各处淘来的旧书旧物，积攒几年，已经越来越多。收拾归整了三天，还是没有弄完，有些东西丢了又捡起，捡起又丢掉。从北京到老家将近两千公里的路程，不管是走公路物流，还是铁路托运，都得中转几次。有些娇气的东西到家不说摔得稀烂，至少也已面目全非。再加上当年物流不畅，运费昂贵，有些东西价值不大，花钱邮寄回去很不划算，于是只能狠下心做出选择。

我离开北京时，全国从南到北的房价都在快速上涨，老家早已日新月异。我当初十一万出售的那套房子，已经升值到三十多万。从起点回到终点，还是一无所有，双手空空的我，被残酷的现实打回原形。

那天我低着头，行走在偏僻的小路上，突然看到了列队而行的蚂蚁。在这个世上，最喜欢搬家的动物莫过于蚂蚁，它们依靠不厌其烦地搬家来躲避危险，通过寻找适宜生存的环境来修筑窠巢，从而繁衍出庞大的蚁群。回想我这一辈子的奔波劳顿，动荡的经历多像一只搬家的蚂蚁，折腾半生却没有弄清原委，我这日复一日地搬家究竟是为了什么。

带着一家大小重新进入租房居住的日子。伤痕累累的内心再也无法平静，我已有预感，搬家之事还远没有结束，此生不知还有多少次难以预测的搬家，正在来时的路上。

游走的魅影

　　抵达小镇的夜晚，碰上停水停电，我在知青食堂用过烛光晚餐，提着铁皮桶，上井台打水冲澡。夜色朦胧，被水淋湿的地面一团乌黑，远远看去如一摊陈年血迹。

　　夜风扑面，不知名的虫子在草丛里歌唱，我沿着井台边缘，踩着星星点点的水光往前走。远处交错起伏的山脉如同襁褓，趁着夜色将田园村舍紧紧包围。处于盆地中心的小镇，像一幅剪纸，显得孤寒而单薄。天幕高远，夜空深邃，目及之处除了高山还是高山。

　　行走在苍茫的夜色中，猛然发现一个人是如此的卑微和渺小，似乎和一只蚂蚁没有差别。我从路的下方匆匆穿过，仰望高高在上的井台，有一种宗祠戏台的威仪。井台一面沿河，一面靠山，四周是砖石垒成的围墙。井田之间，流泉蜿蜒，水用它利万物而不争的柔情，维系着古老的乡土秩序。

　　我顺着宽敞的台阶，拾级而上，双脚刚踏上井台，脚底就发现了异常。赶忙低头察看，我的天啦！井台上竟然扭动着一条乌黑的大蛇。

那一刻我吓得魂飞魄散，绕过黑咕隆咚的水井，跌跌撞撞地往下奔跑，边跑边喊。慌乱中我下意识地把手一松，顷刻间铁皮桶也像受了惊吓，咣当咣当从台阶上一路翻滚，最后滚进了幽深的水沟。

厨师听见那么大动静，不知发生啥事，赶忙冲了上来。我在惊恐万状中已经双腿瘫软，眼珠发绿，只好用手压住狂跳的心脏。看到厨师过来，如见救星，拉紧他的衣袖，往食堂奔跑。一脸懵态的厨师像个提线木偶，被我硬生生拽进了食堂。

站在飘摇的烛光中，我舌头打结，大口喘息，结巴着说不出话来。

我双手不停比画，告诉厨师，井台上有一条这么长，这么粗的大蛇在扭动！

厨师见我吓成这副模样，让我先坐下休息，他抄起一根竹棍，拿着应急灯，咚咚咚朝井台上走去。

我叮嘱厨师千万小心，可趿着人字拖鞋的厨师，嘴叼香烟，微眯双眼，根本没把蛇当回事。对于一个擅长宰杀的厨师来说，就像久经沙场的勇士，见蛇和见鳝鱼、泥鳅一样普通平常，根本用不上大惊小怪。

厨师在井台上来回寻找，除了看到一根垂落地面的井绳，其他地方空空如也，连蛇的影子也没看到。厨师回来，一身松弛，面带微笑，如大人安慰小孩，轻轻拍着我的肩膀说，你肯定是错把井绳当大蛇了！

我否定了厨师的猜测，确认刚才看到的就是一条蛇，而且我已经踩到了蛇的身子。厨师给我分析，井台有围墙，蛇如果真的爬进去，一时半会也跑不了，里面没有别的通道，更没有可以躲藏的地方。我觉得厨师的话也有些道理，蛇没长翅膀，不可能眨眼之间就飞走了，莫非真的是我看花了眼？

俗语说，一朝被蛇咬，十年怕井绳。我虽然没被蛇咬过，但走村串户做兽医的父亲被咬过。我记得父亲被蛇咬伤后，好多天痛苦不堪，那条咬伤的小腿肿得比冬瓜还大。蛇医给父亲每天换药，清洗伤口，看到创面上不时流出桐油般的毒水。后来蛇医说，幸亏那蛇的毒性不算太大，要不然父亲这条腿有可能就废掉了。

几十年过去，我以为父亲那个伤口早就愈合如初，了无痕迹。直至父亲八十岁那年，他生病住院，我给他擦澡洗脚，脱下袜子，伸手一摸，这才知道，那个咬伤的地方表皮粗糙，皮肉之间落下一个凹陷的伤疤，酒盅一样清晰入目。

陈旧的伤口告诉我，毒蛇的凶险与恐怖。自从父亲被蛇咬伤，我们一家人都变得杯弓蛇影，神经兮兮。只要去到草木丛生的野外，就会下意识地想到有蛇，成了谈蛇色变。蛇不仅会对肉体造成伤害，还会对精神产生摧残，蛇在家人的心中留下了难以抹去的阴影，很长时间都挥之不去。

这一趟独自进山，我做好了充分准备，比如按照"晴带雨伞，饱带饥粮"的古训，备好雨衣、夹袄、手电、药品、面包、饼干等吃喝穿戴的应急用品。可是准备得再充分、再周全的预案，还是存在未知和意外。

对于一个天生怕蛇的人来说，我宁可在翻山越岭中碰到一群猛兽，也不愿遇见一条毒蛇。可是美好的想法总是事与愿违，你越是害怕遇见的事情，越是会让你遇见，想躲都躲不掉。

头天晚上那根似是而非的井绳，成了铺垫预演的道具，随之发生的事件对一场虚惊进行了真实的补偿。在那条贯穿山林的古道上，我遇见了一条挡道的大蛇。当时阳光朗照，四野明亮，我反复确认过多次，这一次再不是虚构，更不是幻觉，而是实实在在的物证，手机里拍下了毒蛇滑动的照片和视频。

那是一条五步蛇，俗称棋盘蛇，学名尖吻蝮蛇。这种蛇毒性强，尽管五步之内致人死亡的说法有些夸张，但被此蛇咬伤丧命或致残的例子屡见不鲜。

此前我从山民的交谈中获得过一些有益的经验：不管路遇毒蛇，还是相逢猛兽，万不可正面迎击。大多数时候只要人不先去冒犯它、招惹它，一般情况下动物不会主动向人发起攻击。

蛇是一种阴险动物，它躲躲闪闪，鬼鬼祟祟，其行为不像虎豹咆哮山林，更不像老鹰盘旋天空。它是一个隐藏的陷阱，一支引而未发的暗箭。蛇借助天然的保护色，埋伏在草丛中，隐身在树叶内，让匆匆而过、撞上枪口的行人防不胜防。

蛇流着冰冷的血液，所以有个词叫"蛇蝎心肠"。蛇没有亲情，产卵孵化之后，母蛇与小蛇就会分道扬镳，各奔东西。不管在哪种场合，这种软体爬行动物总有一种天生的威慑力，只要一旦出现，便让人惊慌胆怯，脊背发凉，唯恐避之不及。

我弄不清人为何对蛇会如此害怕，哪怕是牛高马大的壮汉，对蛇也会表现出深深的畏惧。美国"哈里斯调查"机构曾进行过一项恐惧的民意测试，蛇荣登"我们普遍最恐惧的东西"名单之首。美国达拉斯 - 沃斯堡恐惧症中心主任克拉克·文森说："这可能是一种与生俱来的恐惧，或者人们在早期被蛇惊吓过。但是人们对蛇的反应，看起来好像是一种机械反应。"

人们对蛇的恐惧是一种心理因素，一种条件反射。蛇向前蠕动，无声无息，它们永远都是一副居心叵测的凶相。

我第一眼看见那个三角形的蛇头时，打起了尿颤，赶紧停下了脚步。只见蛇头伸进右边的草丛，蛇尾却还隐藏在左边的草丛，它毫无顾忌地横亘着，像拦路剪径的强盗，把一条本就不宽的林间小道牢牢挡住。

为确保安全，我后退了好几米。当时阳光正好从山林的上方投射而来，映照着古道，阳光下能清晰地看到蛇身上每一块鳞片都闪着幽光。望着那些规则完整、排列有序的菱形斑纹，就像包裹着一件花格子上衣。

精巧的花纹图案，有种似曾相识的感觉，这图案好像在哪儿见过，可一时又想不起来。后来还是想起了，几年前我到李时珍故里蕲春县蕲州镇采访，在陈列馆见过这种蛇身图案，这图案就是《本草纲目》中记载过的蕲蛇。蕲蛇焙干之后是一味治疗中风偏瘫的中药，有祛风、通络、止痉的功效。

从蕲州中药馆陈列的标本说明中，我知道了柳宗元在《捕蛇者说》中描述的"永州之野产异蛇：黑质而白章，触草木尽死；以啮人，无御之者。"指的也是这种尖吻蝮蛇。

我不懂蛇的习性，不知道蛇除了冬眠之外，是不是每天都有午睡的习惯。这条蛇懒洋洋地横在路上享受着阳光。我希望它只是在路上伸个懒腰，摆个姿势，就会赶紧离开。可谁知这蛇像个耍赖的泼皮，静静地躺着，不再蠕动。

面对挡道的毒蛇，我束手无策，只能退守远处，焦急张望。当时我手中尽管有一根探路的棍子，可是始终没有挥动，站在那儿既不敢打草，更不敢惊蛇，唯一能做的只有停下来，耐心等待。

在过往的日子里，我经历过等车、等人、等风、等雨、等阳光，可从来就没想过，有朝一日会等一条蛇。等它滑向山野，钻进洞穴，游往目所不及的远方。

在等待时我想起了人生中的那些必然和偶然，有些事物苦等不来，有些事物却挥之不去。看来万事都有关联，前不久我去图书馆查找资料，无意中看到了许地山先生的散文集《空山灵雨》，而且当时随手一翻，刚好翻到集子中的那篇短文——《蛇》。

　　在高可触天的桄榔树下，我坐在一条石凳上，动也不动一下。穿彩衣的蛇也盘在树根上，动也不动一下。多会儿让我看见它，我就害怕得很，飞也似的离开那里，蛇也和飞箭一样，射入蔓草中了。

我回来，告诉妻子说："今儿险些不能再见你的面！"

"什么原故？"

"我在树林见了一条毒蛇：一看见它，我就速速跑回来；蛇也逃走了。……到底是我怕它，还是它怕我？"

妻子说："若你不走，谁也不怕谁。在你眼中，它是毒蛇；在它眼中，你比它更毒呢。"

但我心里想着，要两方互相惧怕，才有和平。若有一方大胆一点，不是他伤了我，便是我伤了他。

写出名篇《落花生》的许先生，眼光果然与众不同，他在树下休息，遇见一条毒蛇，双方对峙，最后各自回避，各自脱逃。此文写出了一种相处哲理：只有双方惧怕，才有和平。

我选择和平，我缺少挑战蛇的胆量，只想转身退缩，或者绕道回避。可进入此山就像进入华山，自古只有一条道，而我此行又肩负重要任务，扶贫工作年终走访慰问，可说无路可退，只能前行。

在山野，时间似乎带着不同的刻度，这里一切都显得凝滞而缓慢，除了林间吹拂的风，小溪流动的水，其余的物体都静止不动。面对断裂的山崖、苍老的树干、遍地的落叶，我无处言说。在这些擅长等待的物证跟前，一天连着一天，一年接着一年，层层叠叠，根本找不到时间的参照。

我明白，时间的缓慢，等待的煎熬，皆因手机没有信号。平时一闪即逝的时间，此刻成了一块坚固的岩石，找不到消耗的缝隙。我在路旁苦苦等待，这种跨越物种、没有约定的等待是一种煎熬，我双掌合十，祈求毒蛇快点离开。

百无聊赖中，我又一次拿出手机，心不在焉地点开手机相册。上翻下拉，再上翻，再下拉，那些或远或近的风景和人物瞬间浮现。突然一幅存储多年的图片劈面而来，我在惊奇中被拉回那个遥远的早晨。

那是很多年前的夏天，我与友人随船送货，从九江去往南京。船至芜湖时出现故障，船老大连夜上岸找人维修。我和友人只好下船等待，夜宿江边小旅馆，服务员安排我们住在一楼靠外侧的房间。房间潮湿，屋内飘散着一股浑浊的气味，服务员让我们推开窗户通风。江上的风带着一种湿热的腥味，开始感觉不适，可因旅途劳顿，时间也不早了，不想再去另寻旅馆，只好在此将就一晚。

我们进房后洗了把脸，倒头便睡。翌日清晨，江上船只往来，汽笛声声。我们在噪声里几乎同时醒来。起床洗漱完毕，提着背包准备退房启程。

平时离开旅店时我们都有一个习惯，那就是把被子和枕头逐一掀开，查看有没有遗漏啥物品。当友人掀开被子的那一刻，一个比卡夫卡《变形记》还要魔幻的画面突然闪现，靠墙的床角上有一条蛇在摇头摆尾。那是一条一尺来长的小青蛇，青草似的身体像一截翠竹。青蛇不时把头昂起，朝我们吐着信子。

友人大声呼喊，服务员！服务员！很快跑来一名脸蛋圆圆的女孩，她看到床上扭动的青蛇，顿时花容失色，夺门而逃。

听到她在走廊上边跑边喊："我的妈呀！我的妈呀！"

伴蛇而眠的友人，这个时候好像才回过神来，他不停地说着万幸啊，万幸！我们倒退着脚步往门外走，友人想留个记载，他一边后退，一边用手机拍照，只见那条青蛇在床上转圈游走，急着要寻找逃离的通道……

后来不知那条小青蛇被旅馆人员作了何种处置，我们急着返回了船上。修复之后的货船重新起航，望着江上弯弯曲曲的波浪，不禁想起了美女与蛇的故事。我一路上不停地笑话友人，他年近三十却迟迟没有解决婚姻问题，这回与美女蛇相拥而眠，算是交上了桃花运，此生值得！

一番调侃，友人被我弄得哭笑不得。想来事情蹊跷，他也弄不明白，那蛇在床上怎么就没咬他？难道这条来路不明的小青蛇，真的是爱情化身？钻进这个江边旅馆，目的是传递美好情缘！

让我疑惑不解的是，孤僻内向的友人，从那之后性情大变。他对爱和宽容有了更深的理解，不仅懂得爱己爱人，还努力呵护着苍生万物。

说来奇怪，友人发生与蛇同眠的经历不到一年，便有月老牵红线，他幸遇了一名属蛇的知心爱人。而外人哪会相信，友人佳偶天成、喜结良缘的美事，始于与蛇而眠的夜晚。

为了让他留下与青蛇相遇的美好记忆，我有意和他开了一个恶作剧式的玩笑，新婚期间特意给友人送了两张光碟：一张是赵雅芝版的《新白娘子传奇》，另一张是叶青版的《白蛇传》。后来我也没有问过友人，婚后他是否与爱人一起看过那两张光碟。

蛇一直与传说相连，蛇在属相里称为小龙。传说蛇五百年化为蛟，蛟千年化为龙，龙再过五百年长角，再过千年长出翅膀，成为神龙，故称蛇为"小龙"。《左传》《孟子》等诸多古籍都将龙蛇并列，可见古人对龙蛇的认识是一种历史文化现象，蛇与龙有着不可分割的联系。

在远古时代，人们把蛇作为圣物，埃及君主把蛇看成是最高权威的保护神；印度人褒扬蛇是智慧的象征；中国人最早以蛇作为崇拜图腾。神话中开天辟地的盘古，华夏始祖女娲、伏羲、轩辕帝，都是人首蛇身的形象。

不过传说毕竟是传说，我认为人与蛇在物种上没有任何关系，为此人对蛇保持了天然的警惕，但蛇往往在不经意间会闯入我们的生活。

有一位办汽车修理厂的朋友说，上一年的夏天，一名司机怒气冲天地跑来修理厂，差一点和修理工打起来。原因是司机前两天刚到厂里维修过空调，收了他八百元修理费，当时司机认为收费太高，骂骂咧咧，说了一大堆牢骚话。修理工没有搭理他，后来他可能感觉无趣，只好付了钱把车开走了。可是他把车开到山区拉了一趟货，回来空调竟然又坏了。坐在驾驶室闷热难耐，汗水山泉一样往下流，他用手试试，连出风口也没一丝凉意。司机越想越气愤，卸完货一脸愤怒地赶到了修理厂，他兴师问罪来了。

和气生财的修理工还是忍耐着，没与他争吵，告诉他维修绝对没有问题。司机一听，火气蹭地一下就上来了，推推搡搡想要动手。修理工一边回避，一边打开引擎盖检查。不查不知道，一查吓一跳。两位修理工把工具一扔，见了鬼似的呼哧一声蹿得老远。司机见修理工一惊一乍的，不知何因，赶紧凑过去察看，只见他脖子一缩，一声尖叫，蹦了回来。刚才还火冒三丈的样子，一转眼便成了泄气的皮球。

不是修理工大惊小怪，这事确实让人太过意外。朋友问我："你猜里面有啥？"

我摇摇头，猜不到。

他说："你肯定猜不到！好家伙，一条大蟒蛇。它安安乐乐地盘在里面，肥硕的身体刚好挡住了空调的出风口。"

听说车里有条大蟒蛇，我的身体也猛然一震，一种好奇心被勾引上来，于是迫不及待地追问朋友："那后来呢，那条大蟒蛇哪去了？"

朋友手上夹着香烟，不知为何他突然咳嗽起来，咳了好一会才停住。咳完了我以为他会说出结果，可他并不急着说话，而是把指尖上的烟卷塞进嘴里，猛吸几口，然后慢悠悠地吐出一团烟雾。

朋友吊足了胃口才告诉我，修理厂修车修出一条大蟒蛇！这乃奇闻，当天报纸、电视都播了这条新闻，等于给他的修理厂做了一次免费广告。

他告诉我，修理厂只擅长修车，哪敢捕蛇。一条足有二十斤重的大蟒蛇，藏在车里，大家除了逃避和害怕，再没有别的办法。即使是平时不畏刀斧的汉子，只要见到蛇身的花纹，立马就双腿发软，浑身都是鸡皮疙瘩。

那名脾气暴躁的司机不再吭声，躲在一旁束手无策。想想也没有别的办法，只好拨打一一〇，民警带着林业部门的专业人士，用特制的工具把大蟒蛇拽了出来，送去了野生动物园。

进山之后我一直忙于上户，山里人家居住分散，从这个山岭到那个山岭，看上去只是一箭之遥，可是真正走进对面人家，要爬很远的山，绕很远的道。好在上户的过程中一直没有再遇到过蛇，不过走路、吃饭、如厕、睡觉，我还是处处提防，总觉得如影随形的蛇会无孔不入。

忙碌了十几天，村里帮扶工作基本告一段落。周末我准备休息两天，顺便整理好手头的帮扶资料。村支书却热情地邀请我去大山之巅参观风力发电厂，我没有推辞，风力发电在山区还是个新生事物，我很想去看看。

出发前支书帮我找来了高帮鞋，加厚工作服，还有安全帽和手套。我对这一身铠甲般的装备很不理解，全副武装地上山，难道风电工地上有什么辐射物质，需要严密防护。到了山埂上才知道，原来我们攀爬的山路要经过一个特殊的地方——蛇窝。蛇窝因毒蛇密布而得名，对于蛇窝的现象我深信不疑。以前看过一个纪录片，介绍辽宁大连附近有一座海中孤岛，岛上没有淡水，没有青蛙、兔子和野鸡。海水曾多次将小岛淹没，其他种类的脊椎动物全部灭绝，唯独有一种蝮蛇却能生存下来，而且那种蝮蛇在小岛上还大量繁殖。弹丸小岛，成了毒蛇的王国，那些蛇依靠捕食小鸟而存活。如此说来，这个蛇窝应该也是一个类似于蛇岛那样的地方。

假如早知道有蛇窝这事，打死我也不会上来。眼看着到了半道上我还想转身回头，可支书连哄带劝，告诉我只要有他带路，让我放心大胆地往前走。我想既然都已入了虎穴，想跑恐怕也跑不掉了，干脆硬着头皮继续前行。

这一路走来，真的让我毫毛倒立，心惊肉跳。每走一步都像踩着雷区，无论在水沟旁、石缝间，还是草地上，随处都能见到或大或小的毒蛇。最让人感觉恐怖的是，你刚一抬头，就会发现头顶的树枝上也缠满了毒蛇，那些蛇颜色花纹与树枝几乎一模一样。高处的蛇像悬空的树挂，在枝杈间晃晃荡荡。

看到这千奇百怪的蛇，我四肢发软，浑身冰凉，已经根本迈不开脚步。我闭着眼，倚靠在支书身上，像个虚脱的病人，被他架着往前走。好在蛇窝的距离并不长，大约半个小时我们就穿过了那片险象环生的"雷区"，安全抵达了山顶。

站在风车转动的电厂，仰望巨大的金属叶片，我有一种逃离劫难的舒爽，一种重获新生的畅快！那个盘踞山下的蛇窝，如同一块天外飞地，长成了一束异界奇葩。在这个万物皆有秘密的世界中，对于匪夷所思的现象一定有千丝万缕的联系，但肉眼凡胎者找不到答案。我相信在这博大的天地间，造物主安排了千万种生命秩序，有的葳蕤蓬勃，有的枯萎凋零，有的瓜骶绵延，有的轮回永生。在这种奇异无解的事物背后，一定会有众神在穿越。

回来时我与支书商量，千万不要再走蛇窝，哪怕绕再远的道，爬再多的坡，我也愿意。可支书没有同意，他说走其他路线情况不熟，或许会有更多难以未知的危险。

支书告诉我，这些年来，从蛇窝过往的村民数以百计，很少发生毒蛇咬人的事件。他说，这叫明枪易躲，暗箭难防。大家都知道蛇窝一带毒蛇多，过往必须小心，行动一定谨慎，给蛇让道，见蛇绕行，如履薄冰地走过蛇窝，都能相安无事，而那些看似平静的安全地带，其实暗流涌动，行人总是毫无顾忌，粗心大意，缺少防范，往往一不小心就陷塌中招，惨遭袭击……

都说胆子是吓大的，当我经历了从蛇窝来回往返两度惊吓之后，感觉对蛇的恐惧已有明显变化。开始满以为从今往后我对蛇将不再畏惧害怕，可万万没想到，从过去的视觉害怕，变成了幻觉害怕。蛇如同一道心理阴影，已成为一种梦游般的臆想，只要路过山野，感觉身旁摇晃的枝叶也状如游蛇。还有地上的布条、绳子、悬挂的衣裙、空中的电线，甚至连戏台上一波三折的手臂、旋转扭动的腰肢，统统都幻化成蛇的影子，让我惊魂未定的肉身无处安放。

这些年，随着乡村生态的修复，蛇的数量不断增多，在我所处的村庄下游，有一个库区，由于大坝蓄水，低处的虫蛇鸟兽便往高处迁徙。有一户山上人家住在动物栖息的理想位置，那些往上迁移的虫蛇鸟兽把这户人家当成了首选的驿站。可这家人却毫不知情，他们依旧早出晚归，夜不闭户，没有防范。傍晚，下地干活的女主人归来，她去衣柜内找衣服洗澡，伸手拿衣服时，衣服没摸到，却摸到了蛇的脑袋。一条藏进衣柜的蝮蛇，一口咬住了女人的虎口。家里人来不及对付那条毒蛇，赶紧背起女人，从库区划船送往医院。由于路途太远，又被蛇咬到了虎口这个要害之处，可怜的女人，还没到达医院便气绝身亡……

　　恶毒的蛇，不讲情面，我总是疑心有一条蛇正尾随身后。当天气渐渐变凉，蛇在为冬眠做准备，这个时候走在路上，我依然会处处提防蛇的出现。深秋时节，我从河滩中走过，在一丛枯草上看到一条银光闪闪的蛇壳，蜿蜒地悬挂在草叶上。蛇的肉身从蛇壳内溜走了，只留下一个幻影，类似于新生的蛇早已冬眠于某个洞穴。蛇壳又叫蛇蜕，是一味治疗咽喉肿痛、惊痫、疥癣等症的中药。尽管这是一条并不存在的蛇，但它却无声地钻进了我的身体，朝着心脏的位置一路滑行，最后滑进了我的梦中。

　　那段时间我经常做梦，只要做梦必定会有蛇的出现。有一次在同事家住宿，半夜里我被吓醒，梦见一条粗壮的菜花蛇爬上了同事家的瓦屋。蛇在瓦屋上追逐老鼠，老鼠拼命往墙洞中逃命，蛇却穷追不舍，一直从墙洞中追到了楼板下。老鼠最终被蛇咬住，一口将肥硕的老鼠吞了下去。吃饱的蛇腹部鼓胀起来，它将身子缠绕在楼板下的横梁上。晚上同事的父亲起夜解手，听到楼板下有奇怪的声响，于是拉亮电灯，抬头一看，大吃一惊。原来房梁上缠绕着一条碗口粗的大蛇，他赶紧叫醒家人，拿来老铳，对着大蛇扣响了扳机，蛇应声落下……

天亮之后，我将这个梦讲给同事听，同事听了一脸惊奇，他说我这个梦就是他们家两年前发生的真实事件。这回轮到我一脸惊奇，印象中同事并没有给我讲过蛇的故事，可不知为何，我却在他家里做了这么个稀奇古怪的梦。难道那条早已死去的蛇，还想借助另一个人的梦再度复活！

柔软的白绫

我一直以为，丝织的绸缎是世间最柔软的物质，它如水一样亲吻着我们的肌肤。可殊不知这种令人迷醉的锦衣霓裳坚硬如刀，具有强大的隐藏功能。它用轻纱薄幔的身形，遮蔽了人们的视野，使我们一直处于懵懂无知的状态。

绫罗绸缎作为上等面料，曾被官宦贵族、境外商人视为软体黄金。在衣食住行的排列组合中，居于首位的衣饰，鹤立鸡群，雍容华贵，绸缎以一种超尘脱俗的气度，奠定了至尊的地位。

西子湖畔的丝绸博物馆，映照着美人的身影。丝绸之路、中国蚕桑、印染刺绣、出土文物、纺织考古、修复保护的不同板块，通过声光电的全方位渲染，让人领略到华夏灿烂辉煌的历史光芒。

当我参观完沿途出土的精品文物、汉唐织物时，突然想到了"鲜衣怒马"这个词语。体面的生活首先就是丰衣足食，衣冠楚楚、华服飘逸的背后，一定有一个繁荣的经济和强盛的国力，就如灾荒战乱的背后永远是衣衫褴褛，蓬头垢面，破烂不堪。

抚摸木制的织布机，还原的场景异常逼真，每一根丝线都散发着蚕丝的光泽，飘荡着棉花的气息。时光收纳了汗水，掌心摩挲的扶手，覆盖了锃亮的包浆。这些连接古今的器物，对应着缓慢的时光，中国作为丝绸发源地，无论是官方还是民间，丝绸就像我们的肤色，伴随着悠长的历史，让古老的中国故事在人世间千回百转，在丝绸中源远流长。

我们的祖先发明了植桑养蚕、缫丝织绸等技术，让"丝国"的美誉在万里商路上熠熠生辉，中国因丝绸而扬名于世。

踏上丝绸一样飘逸的楼梯，仰望浑圆的屋顶，上至二楼。墙壁像时光隧道，有序地展示了史前的"源起东方"、战国秦汉的"周律汉韵"、魏晋南北朝的"丝路大转折"、隋唐五代的"兼容并蓄"、宋元辽金的"南北异风"。从这些简史般的图文中，可领略到与中华文明相生相伴的丝绸之路，在各个时期的经济贸易和文化交流。

继续上行，到达三楼。此处展示的为明清时期的丝绸样貌。漳绒、妆花缎等高档织物；反映封建礼制的清代龙袍、蟒袍、袍料、补子和明清官服、明清男女织绣服饰及晚清外销绸。

特别是明清两朝用飞禽走兽来区分文武百官的等级，让我大开眼界。原以为"衣冠禽兽"局限于骂人的脏话，殊不知在明清两朝却另有所指。胸前方补上绣有"飞禽"的为文官，衣服胸前方补上绣有"走兽"的为武官，然后再以不同等级的禽兽将文武百官划分为九品十八级。

凝视色彩鲜艳、图案精美的官服，仿佛进入了动物乐园。胸前对应着每一级官衔的仙鹤、锦鸡、孔雀、大雁、白鹇、鹭鸶、鹌鹑，百鸟云集；狮子、老虎、豹子、熊罴成群结队，一路欢歌……

回望展馆，一片光柱，居高而下，亮如珠玉。白色的光柱，如临水照花，固定在中央。跳荡的影子，像无风亦起浪的丝绸，长袖伸展，徐徐张开。

斑斓绚丽的色彩，像开屏的孔雀，呈现精巧的图案。在众多旋转的图案中，突然有一团刺目的白光赫然闪现。面对白光，我赶紧闭上眼睛，好一会才敢睁开。再次睁开眼睛，那团白光竟迎面扑来，我下意识地偏移脑袋，缩紧身子，风快地往后一躲，感觉一股阴凉的冷风从脖颈处飘然而过……

后来我终于看清，那两个刀刃般的大字，虽是两个不易辨识的篆刻，飞越的字团如丛林响箭，在我瞳孔中瞬间定格。那一刻，我忍不住喊魂般地叫了一声：白绫！

喊声坠入悬崖，在深渊中久久回荡。

从白绫中脱胎而来的罗衣丝织，是如此的油光水滑，它日见市井烟火，引诱狭隘的目光，从单一的审美情趣中，只看见丝绸光鲜柔软的一面，以致屡遭算计，毫无防范。

遥想漫长的丝绸之路，曾走过多少矫健的骆驼，变换过多少面目各异的商队。形形色色的旅人、游牧者、传教士、士兵和外交家，在路上留下了深深浅浅的脚印。他们除了交换异国的特色商品，传递古代文明、科学技术、医药和宗教之外，最重要的是物资贸易，而在众多的物资中，有八类商品成为典型代表。居于首位的无疑是丝绸，因为它重量轻、价值高，用途广，一路西行，备受青睐。然后依次是马匹、纸张、香料、玉器、玻璃器皿、皮草和奴隶。

对于畅行的八大商品，我深感疑惑，首先因为瓷器缺席。作为中国的典型代表，它竟然没有进入八大商品行列。还有另一个更让人意外和惊奇的是奴隶。一些活生生的人，竟像商品器物，可以随意买卖。

丝路长旅，无奇不有。有些侵略军队在突袭一个部落后，会将俘虏卖给商人，这些商人再从欧洲城堡和中国宫廷里找到买家。奴隶转卖给宫廷贵族后，将成为仆人、艺人或太监。为此，奴隶是丝绸之路上最悲惨的"贸易商品"。

面对硬邦邦的世界，人们总是偏爱软绵绵的事物，认为凡能伤害身体的东西，一定是无坚不摧的硬物。殊不知硬物如明枪，软体似暗箭。

白绫，这种轻飘飘软塌塌的丝织物，看上去毫无凶险，不带杀机，可只要它傍上权力的巨手，魔性在瞬间就会现形。三尺白绫，远胜百般兵器，它的獠牙利齿，隐藏在刀枪剑戟、斧钺钩叉的背面。白绫可以轻而易举地控制人的行为，束缚意志，兵不血刃，夺取性命。

无论是神话中创造育蚕纺丝的嫘祖，还是传说中发明纺织技术的黄道婆，她们连做梦都想象不到，被汗水浸染的白绫，将来会沦为权力的帮凶，变成杀人的利器。多少灿烂如花的生命，终结于三尺白绫之下。

绫是祖先的古老发明，它纹理细腻、质地轻薄、舒适柔软，令人亲近。作为高档面料，绫罗装饰着奢华的生活。除了缝制高档衣服、装裱字画，绫还有一项重要功能，那就是书写圣旨，传递皇帝命令。

由专供皇宫颁发圣旨的机构"江宁织造"定制的提花织锦，必定选用上等蚕丝织成。圣旨作为皇帝所专有的特发宫廷文牍，其范围包括重大事件的公布，重要思想传输、官员奖谕、擢升、任免和处罚，爵位册位、皇位传禅、军队征召、赋税征蠲等。举凡帝王意欲表达而周知臣民的一切意愿，都可化为圣旨的内容。

绫出现于战国时期，《六韬》载：桀纣之时，妇女坐以文绮之席，衣以绫纨之衣。由此推论，绫织物的起源与生产在当时便已出现，至汉魏时期，绫织物于文献中多有详述，《汉官典职仪》曰：尚书郎直供青缣白绫被。《魏略》曰：大秦国有金缕绣杂色绫，其色利，得中国丝素，解以为胡绫。《西京杂记》载：霍光妻遗淳于衍蒲桃锦二十四匹，散花绫二十五匹。绫出巨鹿陈宝光家，陈宝光妻传其法。霍显召入其第，使作之。机用一百二十镊，六十日成一匹，匹值万钱。可见绫织物在当时多用于官宦贵族服饰和赏赐物，且价值不菲。

而唐宋时期，绫织物和丝织机械技术已有突破，商人和手工艺者开始大量贩卖和纺制绫织物，白居易《杭州春望》："红袖织绫夸柿蒂，青旗沽酒趁梨花。"前半句则应了"绫盛于唐"的由来。而不同于唐代以及之前历代的服饰运用，宋代因书画艺术的兴起，得以让绫织物多了一种艺术含量，有了装裱书画丹青的功能。

柔软光鲜的白绫，终于带着魔性，飘进了历史的暗夜。绫的变异从刑罚开始，它与"赐死"一同萌生。

在古代，皇帝作为至高无上的统治者，以赐死的名义命令罪臣自杀。赐死制度是中国古代君主专制社会对身份特殊阶层（贵族、大臣、妃嫔、奴婢）等采用的刑罚方式，与凌迟、斩首相比，赐死被视为最轻的刑罚，被视为一种恩赐，它至少可以让人死得体面。例如赐毒酒、赐剑、赐白绫等物，让其自毙。

对于仅有一次的生命，无不珍爱，哪个人都不想死。但是一旦皇上赐死，不管是谁，不得不死。汉哀帝时期的王嘉，毒药送到嘴边就是不吃，最后汉哀帝恼羞成怒："系狱二十余日，不食呕血而死。"

《资治通鉴.卷十四》："将军薄昭杀汉使者。帝不忍加诛，使公卿从之饮酒。欲令自引分，昭不肯；使群臣丧服往哭之，乃自杀。"

汉文帝他舅，被赐死不想死，然后，文帝就派大臣们去他家门口哭丧，宣告他社会性死亡。天天看着人家奉旨而来，在家门口给你哭丧，如此恶毒的手段，谁还逃得了死亡？

风越大，绫越飘。在风的惯性作用下，悬空的白绫越飘越凶，直至飘到了疯狂的境地。

公元前八十八年，已经六十八岁的汉武帝，躺在云阳宫钩弋夫人床上，看着正在服侍自己的钩弋夫人，内心暗自盘算。风烛之时，知道自己时日不多，而眼前的钩弋夫人才二十出头，然后又想到才七岁多的小儿子刘弗陵，实在不想让钩弋夫人去干涉朝政，于是做出了一个残忍的决定，赐死钩弋夫人，以绝后患。

汉武帝爱怜地抚摸着钩弋夫人漂亮的脸蛋，这是一张青春亮丽的脸，突然间他怒上心头。前一秒还在欣赏夫人的漂亮，后一秒却脸色大变，目露凶光。杀机突起的汉武帝，一把将钩弋夫人推倒在地，向外面大喝一声：拉出去，赐白绫……

在白绫面前，最悲凄的要数辽国皇后萧观音，仅仅是因为写了几句诗，就被辽道宗耶律洪基揍个半死，然后以白绫缢杀处死，时年三十五岁，死后连尸骨还任人践踏。

公元七五六年，白绫飘荡着骇人的死讯：马嵬坡之变，三尺白绫赐一死，马嵬坡上殒香魂。

当时唐玄宗本想保住贵妃，无奈禁军士兵皆认为贵妃是祸国红颜，安史之乱乃贵妃而起，不诛难慰军心、难振士气，继续包围皇帝。唐玄宗接受高力士的劝言，为求自保，不得已赐死了杨贵妃。最终杨贵妃被赐三尺白绫，缢死在佛堂梨树下，时年三十八岁。这就是白居易在《长恨歌》中"六军不发无奈何，宛转蛾眉马前死。花钿委地无人收，翠翘金雀玉搔头"之场景。

变异的白绫有时也懂得隐藏，它在暗处窥伺时机。一六二六年，努尔哈赤刚刚过世，一条白绫就套住了大妃阿巴亥的脖子。她双手扯着白绫，拼命挣扎，皇太极见状，在她耳边低语："如果你还想多尔衮活着，你就知道该怎么做。"

沉默不语的白绫，在极端时刻会发出悲烈的惨叫。公元一六四四年三月十九日，一个名叫朱由检的帝王，面对李自成几十万农民军兵临城下的险境，他长叹一声，流下了眼泪。刹那间，金国虐待宋朝宗室女眷的场景，直逼他眼前，于是朱由检不由加快了脚步，他刻不容缓地回到了后宫。为了不让耻辱再次重演，他召集所有女眷，下令让她们赶在反贼破城入京之前，为国殉葬。

危亡关头，生死只在瞬间。一时间，刀剑飞舞，哭声一片。当自缢的指令传达时，飘逸的白绫如挥动的利刃，在脖子上扫过，人们听到了房梁之上白绫在惨叫。

做完这一切，朱由检百般无奈地走上了煤山。他摘下皇冠，长发遮面，在一棵歪脖子的老槐树下，自缢而亡。作为皇帝，他使用了七尺白绫，这个优于三尺的长度，在死亡面前，让一个末路皇帝享用了最后一次特权。

朝代更迭，皇帝走马灯似的替换，而诡异莫测的白绫却阴魂不散，在无法防范的身后一路追踪。

　　白绫如浮云飘忽，飘到了一位明朝老臣的额前。他是明熹宗朱由校的老师，一个忠君爱国文武双全的军事家。曾同时兼任大学士与兵部尚书，组织训练了十一万人的军队，培养了一批像袁崇焕一样英勇善战的将士。

　　公元一六三八年，清军大举进攻高阳，已告老还乡七年的明朝老臣，面对清军的步步紧逼，时年七十六岁的他，带领一家老少以及全城百姓，全力抗击清军。他的五个儿子、六个孙子、两个侄子、八个侄孙全部战死。由于兵力和武器的匮乏，仅靠一点可怜的力量，无异于以卵击石，清军很快突破防线，整座城池被攻陷，老臣也被俘获。

　　多尔衮听说抓到了明朝老臣，十分激动，他亲自跑来劝降，要老臣归顺清军。硬骨铮铮的老臣哪会屈服！可是如果就此赦免，又怕他东山再起，无奈之下，只能处死。出于对老臣的尊重，清军准许他自缢而亡。

　　老臣坚决赴死，谁知他三次上吊，三次都被好心的清兵给救下。明朝不存，想要殉国都不能如愿。几经抗争，最后他用白绫绕住了自己的脖子，要求两个清兵一人拉一头，将他活活勒死。

　　这个人就是孙承宗，他以一种决绝的方式结束了自己的生命，用悲壮的死法保全了一个明朝老臣最后的尊严。

　　柔软的白绫，消解了强权和暴力。桑蚕吐丝，千丝万缕，世界在丝线面前织成一张大网，注定谁都在这张网中挣扎。

白雪般耀眼的绫，不管是皇权易主，还是朝代更迭，它一直在风中不停飘荡。时光奔涌，转眼到了嘉庆年间。

嘉庆四年（1799）正月，太上皇乾隆驾崩，嘉庆帝令和珅总理丧事；正月十三日，嘉庆帝宣布和珅的二十大罪状，下旨抄家。

和珅的贪腐虽然尽人皆知，但却不知道他的胃口如此之大，真是不抄不知道，一抄吓一跳。在和珅府上一共抄出白银八亿两，而乾隆年间朝廷每年税收不过七千万两。和珅所藏匿的财产相等于当时清政府十五年的收入。

嘉庆四年正月十八日，嘉庆帝派大臣前往和珅囚禁处所，赐白绫一条，令其自尽。和珅看到白绫，两眼发直，他知道死期已到，绝望中提笔写了一首绝命诗。他写完诗，把笔一扔，拿起白绫，套住自己的脖子，悬梁自尽，终年五十岁。

如果说，白绫也有正反之分，那和珅被白绫缢死是罪有应得，它让贪婪的灵魂走向了终结。而清朝另一条白绫却成为冤屈的阴魂，戊戌变法失败后，以"招引奸邪"之罪名，湖南巡抚陈宝箴受到"革职，永不叙用"的处罚。不久被罢免的陈宝箴、陈三立父子携家眷离开了湖南巡抚任所，踏上了回迁江西的归途。

当时陈宝箴夫人已经去世，他们全家老幼，扶柩而行，一同回迁。陈寅恪只有九岁，由于突发的变故，家里经济极度拮据，经过反复考虑，陈宝箴一家并没有回到江西义宁竹塅老家，而是在南昌磨子巷赁屋暂居。第二年开始筑庐南昌西山，陈宝箴将西山之庐命名为"崝庐"，并书"天恩与松菊，人境托蓬瀛"对联挂于大门，显示他对朝廷的心灰意冷和彻底绝望。

失望至极的陈宝箴，他不允许子孙学习儒家经典等入仕经世之学，不再允许子孙博取功名。他希望后人远离政治，一心治学，自己在崝庐默默终老。然而从天而降的白绫，像一道无法驱散的阴影，始终笼罩在陈宝箴头顶。他在湖南巡抚任上革职之后，慈禧依然放心不下，担心陈宝箴东山再起，举旗反扑。

光绪二十六年（1900）春夏之间，慈禧派人专程送达密旨，赐陈宝箴白绫三尺，逼其自尽。陈宝箴北面匍匐，受诏而自缢。看着他死了，为向主子复命，江西巡抚令人取下喉骨，奏报太后。

白绫之恶，痛入骨髓；可怜清末历史上的一代英才，最终未能逃脱那拉氏的魔掌。

推翻封建王朝之后，白绫这道幽灵一度消失，谁知若干年后阴魂再度出现。一九六六年九月三日凌晨，时年五十余岁的翻译家傅雷和夫人朱梅馥，于上海江苏路的家中双双自缢。

为防踢倒凳子的声音吵醒邻居，他们事先在地上铺了棉被。为了顺利赴死，傅雷夫妇想得如此细致，他们用棉被覆于地上，有两种考虑：一是怕有人发现异常进来施救；二是不想弄出声音影响邻居的睡眠……

敦厚善良的傅雷夫妇，在经受完百般凌辱之后，心中依然一尘不染，始终没有泯灭纯真大爱，直至生命最后一刻，还保留着知识分子的体面和纯洁。

作为生活的必需品，亮丽的绫罗，柔软的绸缎，也许包含了太多的历史信息，以致让后来的研究者肃然默立，为之动容。

一九八二年二月四日上午，对于中国考古界来说，那是一个激动人心的时刻。"湖北江陵马山一号墓"内的棺木为了避免受外界环境对文物的影响，已经运到了荆州博物馆的大会议室，在这里，大家将一起见证揭开这幅楚墓神秘面纱的历史时刻。

九时许，正式开始"揭棺"，当棺盖被完全揭开的那一刻，大家不约而同地发出了惊呼！满满一棺都是闪光夺目的古代丝绸制品，让人眼花缭乱，十分壮观。

经统计，马山一号墓出土的丝制品衣物共有三十五件之多，品种丰富，为研究中国古代服饰史提供了极其珍贵的实物。

已年过八旬的沈从文先生，风尘仆仆地赶到了湖北荆州博物馆，当看到眼前那一堆金光闪闪的先秦丝绸时，他竟然扑通一声，跪倒在地，让在场工作人员大吃一惊。沈先生眼含泪花，嘴里喃喃地说道："太精美了，实在是太精美了！"

中国作为最早用桑蚕纺织的国家，早在新石器时代，就发明了丝织技术。但因丝织品在墓葬中很难保存，极易腐烂，在考古过程中，人们极少见到古代的丝绸工艺品。当时，长沙马王堆一号汉墓中，出土的素纱蝉衣，薄如蝉翼，惊艳世界。湖北江陵马山一号墓的情况让考古人员看到了不一样的形态。

马山一号墓发掘之后，我以为发明丝绸的历史已经静止下来，谁知它飘逸的身影远没有结束。二〇一九年十二月，考古研究人员在河南荥阳市汪沟遗址出土瓮棺里的头盖骨附着物和瓮底土样中，检测到桑蚕丝残留物，表明当时包裹瓮棺中亡童的织物是丝绸。

这个考古结论正好吻合了中国最早的丝绸不是缝制衣服，而是作为一种通达天地的神圣物品，体现一种原始崇拜。古人认为，蚕的破茧而出，象征再生，因此，用丝绸包裹死去的孩子，让灵魂得以升天。

无论从宗教信仰还是日常生活，无疑丝绸文明是中华文明的重要符号。就丝绸的发展走向来看，研究者从专业的角度给出了定义：亚麻源自古埃及，羊毛源自古巴比伦，棉花源自印度，丝绸源自中国。

目光从深远的空间收回，再次投射到柔软的白绫之上，此时感觉白绫又有了新的面目。白绫作为人类日常的发明创造，当它被人类塑造的同时，它也在塑造着人类。每当人与白绫产生双向作用的时候，两者之间似乎就会出现一个异己，这个强大的异己，看上去无影无踪，可又无处不在。人与白绫在异己者面前，却显得可怜弱小，根本无法与它对抗。

白绫，如风飘过，它用无声的方式，书写深沉的历史；以柔韧的手段，勒住了命运的咽喉。

白鹭飞过田野

　　白鹭在山边落下，雾霭从河湾升起。我沿着河堤，大步流星地往前赶，想抢在西天最后一抹余晖消逝之前，给那群悠闲的白鹭拍几张特写。

　　没料想山里的夜来得如此迅疾，就像一支饱蘸浓墨的大笔，从天空劈头盖脸地抹来。笔墨过处，山峰合拢，天幕下沉，万物急遽隐退。

　　面对飞奔的夜色，我惊呆了！这种悄然而至的暗夜，如同恩断义绝的分手，一刀两断，了无牵挂。我原以为，分道扬镳的昼夜，会有一个渐进的过程。黄昏，这个被后工业时代改造得边界模糊的名词，这种在灯火通明的城市无法真切体验的自然现象，到了山村会演绎得逼真而清晰。可是这种似曾相识的想象，仅停留于想象，是从某首诗歌中移植而来的意象。

　　我不知道平原的经验并不适合大山，自以为是的想象很不靠谱。山野的黄昏落幕迅疾，黑白分明，它不存在自然缓慢的抒情过程。奔跑的夜色，以反讽的方式纠正了我的偏差。山里的夜，像一首隔世的绝句，呈现简洁的叙述。

由于地理位置的差异，处在不同的地平线上，会遇见不同的景象。晚上十一点，我早已进入梦乡，而远行喀什的朋友，发来视频，他正在目睹壮观的落日。天地辽阔，遥望彼此，无论黎明，还是黄昏，都不能简单归类。大海和高原，平地与山区，有着迥异的过程。就像沟壑对面，鸡犬相闻的人家，真想过去坐坐，绕道而行的距离至少需要花上大半天工夫。怪不得西部那些撩妹的情歌汉子，总是拖着怅然若失的长音，站在山峁上，一遍接一遍地唱道："羊勒肚子手巾哟三道道蓝，咱们见了面面容易哎呀拉个话话难。"

看见、听见、望见，这是山里日常修饰的古老词汇。身处古木参天的山野，不适的夜色，让我原有的坚定变得迟疑起来。只有进入这种状态才会明白，自己其实并没有想象的那般强大。一旦失去现代生活的支撑，在野兽出没，蛇鼠放肆的山林，微弱的个体原来如此渺小，在某种程度上还不如一只春生秋死的虫蚁从容淡定。

汹涌的夜色正在往下沉陷，我赶紧按亮了手机的灯光。借着手机的光亮，弯腰从路边捡起一截竹棍，用于探路。刚往前走两步，就有一只受惊的野兔，连蹦带跳地窜过河堤，风一样隐入茂密的草丛。

当我高一脚，低一脚，行至一处坡地时，层层包裹的晦暗终于松开了一道缝隙。天边隐约有了一丝微光，借助那丝微光，我极力往白鹭栖落的方向眺望。可是昏花的老眼无法穿透层叠的暗影，视线被厚重的夜色弹了回来。

林中晦暗，无法分辨，微弱的视力，让我变成一个睁眼的盲人。不远处忙碌了一天的白鹭，轻轻收拢了翅膀，它们以歇夜的方式进入到静止的时段。刚才还依稀可见的点点鹭影，一转眼消散不见，成为林中隐士。

我走上了被山体抬升的坡道，感觉黑夜越发沉重。这里山高林密，夜空被围成一方井盖，头顶根本眺望不到高远的星月，只能听到身旁哗哗的流水和叽叽的虫鸣。

我摸索着走上了晃荡的吊桥，滑动的桥板像船行波涛，左右摇摆，无所适从。一个已经习惯灯火通明的人，根本适应不了突如其来的暗夜。这种没有铺垫的过程，如巨浪来袭，难以抵御。当吊桥在黑暗中剧烈摆动的时候，我差点被晕眩的夜色击倒。

深陷满眼的晦暗，我似乎明白了什么，但又好像什么也没有明白。对于生死枯荣，四时变化，人终究没有草木那般洒脱。感受着如风而至的夜色，骤然降临，多像生命终结时戛然而止的状态，没有预演、没有铺垫，一切如同天意。

为了弥补夜晚的遗憾，补拍照片，翌日我赶了个大早，再次来到夜晚白鹭隐没的地方。细看此处地貌，让我颇为吃惊。

夜晚的分辨完全是一种误判，原来这里并非人迹罕至的荒野，而是世居已久的人家。在这片坡地上，不仅有古旧的民居，还有成片的梯田、密集的菜地。我借助时断时续的手机信号，点开了高德地图。从大数据的缝隙里，找到了确切的方位。大地原本互为整体，山连着山，水接着水，山野平川有着千丝万缕的联系。

透过东经北纬的交会处，看到了那个圆点，只要往圆点的方向再翻几道山梁，就到了我们曾经寻访过的古道。原来山外有山，人外有人，就是这么个来历。所有的山，所有的路，都有来处，也有归途，万物从来不会孤立存在。

可惜那条古道是一条断头路，因村庄扩张和公路修建，古道在一个山嘴上被拦腰一刀，突然切断。一截青石铺设的路面，非常短促，像一块凝固的标本，定格在山腰的位置。再前行几公里就是陈寅恪祖居，闻名遐迩的桃里竹墩陈氏。而往回绕一段路，过一座溪流轰鸣的石桥，走几道田塍，翻一座山包，便能看到福主殿的遗址。尽管古殿的梁柱早已腐烂，但倔强的门头依然完好。草木丛生的空地上，倾圮的砖石半藏半露，像散落的历史遗骨，抛弃在时光深处。

殿的正面还残存着一堵两米多高的砖墙，扒开疯长的竹丛和密集的茅草，能看到麻石构建的门框与青砖垒成的墙面，依旧严丝合缝。在经年累月的风雨侵袭中，没有明显的错位和断裂。风雨遗留的青苔和爬山虎，以一厢情愿的姿态，疯狂拥抱，与古殿缔结生死同盟。

灰褐的砖石，面目依旧；门头顶端还完好地保留着一个凹形的石碑，碑上留有三个苍劲的颜体大字——福主殿。

古道像一个抛向大地的问号，对它的前世今生秘而不宣。这条通往前方的道路如同谜语，有多种可能。它究竟是连接县城，还是通往省府？在地方文献中找不到只言片语的记录，就连民间史料、姓氏宗谱也没有任何印记。同行的文友推测，道光皇帝的老师万承风、陈寅恪祖父陈宝箴，当年出山赶考，赴南昌、进京城，除了乘船顺修河而下，走陆路极有可能依靠这条古道。从古道中断的方向望去，前面正好是靖安、奉新两县的地界，那里是通往南昌的必经之路……

我顺着人为切断的古道，在历史的迷雾中眺望，可惜没有找到任何答案。再次回看身边这片山野，似乎有了一种不同的感觉。那些最早开垦山林的原住民，随时光的长河呼啸而去，最后以祖坟的方式终结于山岭。注视他们曾经的家园，随处可见耕作的痕迹。过去长满庄稼的土地，如今再度陷入荒芜，唯有门前一处月牙形的田块种满了水稻，旁边盛开的花朵绽放着山野的生机。

百年前的秋收起义，在这道山岭的背面，经历过一场惨烈的激战；有些年龄未满十八岁的战士，他们为了革命理想，永远长眠在那片山林中。

我时常与友人到那片山林去行走，林木葱郁，流泉飞瀑，尽管看不到任何过往的踪迹，但心头总会萦绕一种怀想。每次过去，踩着厚厚的落叶，脚下便有一种温软的感觉，那种感觉从脚底弥漫，传递心间，特别熨帖温暖。头顶的小鸟，听到行人窸窸窣窣的脚步，它们拍翅跳跃，结伴加盟，在枝丫上欢唱不止，一路应和。

这是一处静谧之地，成群的白鹭在此云集，它们落脚在那半亩稻田之间。不时梳理羽毛的白鹭，像一群气定神闲的绅士，散漫地行走在这块不大的稻田中。水流、花朵、白鹭，它们遵循着万物相处、和谐共生的自然法则……

在我眼里，白鹭带着古典的气质，它与寿星、仕女、松枝、黄昏匹配。修长的脖子，宽大的翅膀，不时轻轻扇动，似乎很想证明它的飞翔本领。洁白的身影，衬托着红花绿叶，它们涉水漫步，彬彬有礼，样子看上去像一群淡妆出行的白衣秀士。

白鹭安详而机警，每到一处，它都会骨碌碌地转动眼睛，一刻不停地搜寻水中活物。它一旦瞄准目标，尖细的长喙，如一支飞箭，以猝不及防的速度射出。无论是小鱼小虾，还是泥鳅田螺，猛然一啄，衔入嘴中，转眼便成腹中美食。

作为生态晴雨表，白鹭嗅觉灵敏，自带导航，只要有理想的去处，再偏再远，都能准确抵达。鸟类与人类相通，快乐和自由并不一定需要盛大和辽阔，有时方寸天地，半亩田园，足可容纳所有的梦想。

为了拍到白鹭的近景，我猫腰下蹲，从田埂下悄悄往前摸索。当距离慢慢拉近后，我听到了自己的心跳。在这个信息泛滥，无所不知的年代，很久没有心跳的感觉了。弯曲的水田，清亮如镜，蓝天白云在镜面上浮游，透过硕大的镜子，观赏着田中的白鹭，它们如 T 台走秀的模特，风移水动，仪态万千。

看到风姿绰约的画面，我忍不住叫了一声"仙禽"。清水映白鹭，那是一群出浴的仙子，它们迈着伶仃的细腿，悠然自得走着猫步。在镜面似的舞台上，不时扭头振翅，不时转身回眸，风情顾盼，美不胜收。

透过高挑的身影，我看到了一个经典的画面。那昂头挺胸的白鹭，像提臀收腹的健美者。它收起一只脚，将另一只脚独立水中。

望着飞扬的身姿，我忍不住激动起来。对于爱好摄影的人来说，谁愿错过这个"金鸡独立"的镜头？于是我赶紧前行几步，谁知脚板一闪，踩住了地上的枯木，啪哒啪哒的断裂声，惊起一田白鹭。

谨小慎微的白鹭，争先恐后，跃然而起，它们振翅鸣叫，在高空盘旋，像侦察"敌情"巡逻兵。当它们飞完一圈时，正好到达我头顶，我像举枪瞄准的战士，赶紧端起相机，拉近镜头，咔嚓一声按下了快门。

当白鹭进入相机的时候，一泡腥热的鸟屎，像空投的霰弹，不偏不倚，朝我头顶扑来。我的头上肩上多处命中，而白鹭却像一群胜利的伞兵，鸣叫着，自上而下，飞向了后山的丛林……

那一刻，我尴尬至极，垂头丧气地放下相机，一边摸出纸巾，一边痛骂白鹭，没想到它们会用这样的方式进行报复。正当我愣神之际，老屋的侧门吱呀一声被推开。很快一位老妇人从屋内走了出来，她扬起手中的拐棍，指着我，嘴里絮絮叨叨地说着什么。

　　我还没弄清原委，一条黑白相间的花狗便冲到了我跟前。这看家护院的勇士，冲锋陷阵，热血奔腾。我下意识地抄起手上的棍子，侧过身去，做好防卫的准备。就在即将交锋的那一刻，花狗如获指令，在离我不到一米远的地方紧急刹住，然后龇着白森森的牙齿，狂吠不止。

　　老妇人用一双洞明世事的眼睛盯着我，似乎要看穿我的内心。面对一脸威严的老妇人，我不敢轻易造次。也许是老妇人见我一脸无辜的样子，知道来者并非有意冲撞，而是不小心惊动了田中白鹭，认可了情有可原。

　　老人的面色出现了缓和，只见她将拐棍朝花狗的身上轻轻一戳，花狗身子一震，像被点中了哑穴，立马噤声安静，不再狂吠。

　　当花狗隐退之后，我才开始打量眼前的老妇人。刚看一眼，我心里便生出几分惊奇。从老人的神态举止，穿着打扮，一点不像山野老人。那一头闪着光泽的银发，纹丝不乱地盘成一个髻，高高地束于脑后。发髻中间有一把银光闪闪的簪子，横穿而过，看似随意，实则衬托出老人不俗的气质。

　　再看她的衣着，上穿圆领碎花棉绸衫，下穿灰布长裤，脚穿绣花鞋，大方得体，朴实自然。望着眼前这个不染凡尘的老人，我神思恍惚，好像进入了一种幻境。从她转身而去的背影里，已看到那种冲淡的高贵。我感觉此时此刻此地不像在山里，更像在梦中……

　　真的无法理解，也不敢相信，这样的老人怎么会生活在大山中？本来在花狗冲撞之后，我准备就此离开，可是到了此时，突然改变主意，我还是想留下来，一探究竟。

　　见我又往屋场前靠近，那条好不容易安静下来的花狗，立刻警觉起来，它再次嚎叫。狗叫了好一阵，可老妇人却一直没有出来，我知道这是她的态度，只好知趣地转身离开。谁知那狗并不放弃，它趁机反扑，我只好掉转身去，握着棍子，试图迎击。可是花狗没有强攻，它始终与我保持一米左右的距离，人和狗僵持了好一会，最后还是我失去了耐心。为了防止偷袭，我只能倒退着步子，往后走，样子像遭遇伏击的鬼子，既滑稽又狼狈……

　　再次进山，已是几个月之后。此时，屋场前后那些荒芜的稻田，全部进行了复耕。除了那半亩花田依旧花朵盛开，其余田块已经一片橙黄。我抵达的时候，老妇人竟然走出了屋门，站到了斜坡的路口，她在焦急地眺望。

　　这次完全不同，没想到我这个不速之客竟然选准了时日，几乎没有一点波折，畅通无阻就进入了老妇人家中。

　　可能是山里来客稀少，见面后老妇人很快就认出了我，而且还面带微笑，主动与我攀谈。她问我："又来啦？"那口气像是老熟人。

　　"嗯，又来啦！"我点头回应。

　　"先生，能否帮个忙？"老妇人开门见山，让我颇感意外。

更让我意外的是，她竟然用了先生这样的称呼，更不像山野妇人，乡村百姓对男人喜欢称"老板"，称"师傅"。

我没有任何犹豫，点头说："大娘，完全可以，我乐意为您效劳。"

话虽这么说，不过心里还没有底，不知老妇人要我帮她干点啥。

接下来老妇人的请求果然出乎所料，听完大吃一惊。就算有神机妙算，恐怕也猜不到，她居然要我帮忙收割稻子。

说实在的，作为农村娃，割稻收麦这些农活，早年我肯定干过，而且干的时间还不短。可是离开乡村已经三十多年，被城市喂养的身体，像一台锈蚀的机器，完全僵硬。最让人难堪的是中年之后，体态变形，油腻的身体不断臃肿，膀粗腰圆，大腹便便。如此虚胖的肉身，想要弯下腰去，躬身劳作，十分困难。可是既然答应过的事情，万万不可轻易变卦，真汉子，一言既出，驷马难追。

由于此地山高路远，农业机械无法进来。从翻耕、平田、播种、插秧，最后到收割，所有的耕作环节都以最原始的方式，依靠人力来完成。老妇人见我揎拳捋袖，真的准备下田，她脸上竟然露出了诧异和惊奇。我不知道她之前其实是跟我开个玩笑，而我却当成了真话。

看我这体型和肤色，不像干农活的人，可是稻子黄熟的时候，她等不到人了，变得一天比一天着急。这些年来，从耕种到收割，全都是由山里那个哑巴负责。今年哑巴突然病倒，弟弟把哑巴送到了县医院治疗。开始老妇人以为哑巴很快就会康复，她从禾苗刚返青就开始等他，眼看着分蘖、孕穗、抽穗、灌浆，一直等到稻子黄熟了，哑巴还是没有回来……

正在老妇人一筹莫展的时候，我这个替身不请自来。想来还是很幸运的事，随便选个日子就撞上了老妇人的枪口，看来万事还得有缘。

我不明白荒芜了几年的稻田，怎么又突然复耕了。老妇人说，国家有政策，还给了补偿，为了端牢手中的饭碗，所有耕地都不能抛荒……

水稻在生长期间，就是老妇人守望的日子，她像一道剪影，立于窗前。远远看去，稻田围绕着花田，那景色真是太美啦！

割稻之前，老妇人带我来到侧屋，她像等待节日一样，在等待收割。她一切都早有准备，打谷桶、谷筛、扁担、撮箕、箩筐、镰刀……这些收割工具，像整装待发的列兵，就等号角吹响。望着这些传统的收割工具，每一件都有了陈年包浆。能看出，那层发干的包浆，久盼汗水的滋润。

时隔多年，这些熟悉的工具已变得陌生起来。它们在我面前不再是使用的工具，而成了表演的道具。只可惜我是一名蹩脚的演员，没有半点临场经验。

当我挽起裤腿、走下稻田的时候，我的双脚突然害羞起来。荡漾的稀泥像叮人的虫子，在我的腿肚子上咬噬冲撞。这些曾经无比熟悉的事物，在天长日久的疏离中，已经隔膜起来。

我站在稻田中，非常别扭，浑身奇痒，只能强忍身体的不适。现实与想象永远存在距离，唯有亲身体验方能明白：原来赤脚踩进田野，与穿鞋站在岸上，那是两种截然不同的感受。

太阳如火炙烤，汗水直流而下。我弯下腰身，挥起镰刀，拼着力气，一篼一篼的稻子在眼前倒伏。看到倒伏的稻子越来越多，心里出现了些许松弛。满以为很快就能将这块稻子割完，可是直起腰身，往前察看，我的天啦！原来被割下的仅仅是很小的一个角落。密密匝匝的稻穗像一群难以攻克的敌人，它们在风里嬉皮笑脸，不怀好意地将我团团包围。我无比沮丧地望着这片稻子，梦幻一样从眼前铺向远方……

都怪自己在岸上轻视了它们，感觉这些稻田，非常狭小，可一旦进入稻田，就出现了魔幻色彩。田块被突然放大，而且是越来越大，大到无边无际。尽管我拼力挥舞镰刀，一刻不停地收割，可仍在原地徘徊。忙活了大半天，已经腰酸腿疼，汗如雨下，速度依旧像蜗牛那样缓慢，缓慢得看不到一丝进展。无论我怎样竭尽全力，还是难以穿越前方橙黄的边界，无法抵达稻田的尽头……

原以为一天就能干完的收割，足足忙活了三天，才勉强完成。当最后一株稻子收割完毕，我的四肢已经完全散架，瘫软着趴在地上，任由烈日炙烤。脸上被禾叶划伤的皮肤，脚上让泥水沤烂的伤口，在汗水的刺激下，如刀割一般疼痛。

最让我难堪的是左手无名指的遭遇，它被镰刀深深地割伤。这次割伤不是一般的割伤，而是新伤与老伤的重叠。

四十多年前，我刚上初中，学校放农忙假，回乡支援收割。当时还没有实行联产承包责任制，学生参加收割，生产队记工分。我以一种争强好胜的心理，想与别的学生一比高低。谁知盲目追求速度的我，下田不到五分钟，左手的无名指就被镰刀割开。当时我哎哟一声惨叫，在田中像蚂蚱一样蹦跳起来。那割开的一团肉，在指尖上耷拉着，只剩一点表皮粘连。

听到尖叫，细姐跑了过来，她一边喋喋不休地责骂，一边赶紧到田埂上扯来禾镰草，皱着眉头，用嘴嚼烂。嚼成糊状的草叶，混合着唾液，敷向我流血不止的伤口，然后拿出手绢，将伤口紧紧包扎……

几十年过去，那种奇怪的感觉至今犹在眼前。不知为何，刚割伤的那会儿，手指并没有想象的那样疼痛。寡白的刀口，似乎进入了短暂的休眠。直至鲜血一涌而出，那种锥心的疼痛才同步到来。

十指连心，那样的痛，牵肠扯肺，难以承受。后来让我更加难受的不是手指的疼痛，而是心灵的创伤。我手指割伤后，始终没有获得一丝半缕的同情，最冷漠残忍的要数记工员，他认为我收割稻子的时间太短促，最后一个工分也没有给我记。我的疼痛和时间一起被他的笔尖忽略，而别的孩子拿着镰刀，在田野里装模作样地比画了几下，竟然挣来了一整天的工分。

细姐说起此事显得愤愤不平，对我颇有哀其不幸，怒其不争的意思。她认为我的伤指之痛是自讨苦吃，一文不值。哪怕我在田头拿起镰刀玩耍，只要坚持到收工回家，工分会一个不少。

世事总是难以预料，我这个在时光中修复了四十余年的手指，在这个毫无预感的夏天，竟然新伤旧伤再度重逢，把我的记忆和身体一同激活。

都说昔日不可重来，可是那些逝水般的时光和远去的疼痛，在这个下午汹涌而至，我被割伤的指头彻底唤醒。尽管已经人到中年，但我与少年时期相比，对于疼痛的承受能力毫无增强。依然是牵肠扯肺，依然是十指连心……

进入天命之年才明白，有些感觉是从生至死都不会改变的，比如疼痛、欢笑、哭泣、甜蜜、苦楚等。

体验收割不仅仅是身体的劳累，还有对往事的追忆，对生命的缅怀。完成收割的夜晚，月朗星稀，老妇人为了表达丰收的喜悦，精心准备了丰盛的晚餐：清蒸土鸡、红烧猪头，石磨豆腐、吊浆米果，新米饭。一边摆着供人享用的美食，一边堆放着收割的稻谷。成堆的稻谷散发着清新的气息，夜里这些谷子挤挤挨挨，像一群相拥而卧的女子，诉说着各自的前世今生。

天亮之后，它们像出嫁的新娘，在晒蕈上，玉体横陈，接受阳光的洗礼。鸡鸭已经回笼，瞪眼的猫咪在暗处发着蓝光，奔跑了一天的花狗，在饭桌下钻进钻出，摇头摆尾，一脸媚态，眼巴巴地等着主人给它犒赏……

如此丰盛的晚餐，肯定少不了美酒。老妇人一早就钻进地窖，挖出一坛陈年老酒。这天晚上，我们相向对坐，各执酒碗。

老妇人说:"先生,辛苦啦!山野人家,没有好招待,请包涵!"

我说:"感谢盛情款待,大娘您客气啦!"

老妇人说:"来,先干一碗,这是十年的自酿谷酒,今晚一醉方休!"

满满一碗酒,闪着幽光。不知这陈年老酒是否自带光亮,原本纯清的液体,竟然染上了琥珀的颜色。我低头闻酒,淡雅幽香。这酒入口绵软,没有新酒浓烈的冲劲。酒香菜好,不知不觉,酒碗便底朝天。老妇人赶紧帮我满上,她自己也豪爽地端起酒碗,把剩下的半碗一饮而尽。

陈酒的威力虽不猛烈,但酒性沉实,后劲悠长。当第二碗喝完,两人就有了些许醉意。精明的老妇人对我的内心早已洞悉,她知道一个玩摄影的城里人,连续进山,自有目的。在酒的怂恿和蛊惑下,她准备敞开胸怀,把往事当成故事,向我娓娓道来……

老妇人突然问我:你知道"五七大军"吗?

我开始愣了一下,随即点头:"知道,知道!"

她瞄了我一眼,然后望着酒碗,发起呆来。

其实她并非发呆,而是沉陷往事。过了好一会,她端起了酒碗,猛喝一口,然后进入了她的往昔。

果然不出所料,老妇人不是山里人。她是"五七大军"中的一员,在山里锻炼的几年,由于山民对她的呵护照顾,她没有真正吃苦受累。后来一半出于感恩,一半出于相爱,她嫁给了当兵退伍的民兵营长。

　　大军们返城的那些年，老妇人城里的父母已经亡故，家里也没有了亲人，于是就安心留了下来。可不知什么原因，老妇人婚后一直没有生育，到了四十挂零才收了个养女，养女初中没毕业就不愿再去上学，跟着村里的后生去了南方，后来在干活的工厂认识了男友，远嫁广西。逢年过节，钱倒是会寄一些，可人却几年也不回一趟。

　　老妇人说到这里，又一次端起了酒碗。这回她的表情更加凝重起来，她仰起脖子，很凶猛地喝了一口。那股子狠劲，仿佛所有的人生悲喜、爱恨情仇，全都藏在这碗酒里。听到咕嘟一声，她好像要把过往的所有苦累一口吞下。

　　接着老妇人的眼角有了泪水，她的眼睛慢慢离开了酒碗，抬起头，望向餐桌对面的墙上。我跟着她的目光，一路追随。看到对面灰暗的土墙上，有一个不苟言笑的男人，一动不动地盯着这边……

　　老妇人像受了刺激，她把喝空的酒碗往桌上重重一墩，咣当一声，盘中的汤水溅了起来。

　　"死鬼，你这个造恶的死鬼！你倒是自在了。"老妇人瞪着墙上的男人，一顿痛骂，直骂得悲伤痛彻，骂得老泪纵横。

　　那一刻，我似乎看清了酒的真实面目。特定时期，酒不仅是一种安慰剂，也是一种兴奋剂，更是一种显影剂。再矜持内敛的人，在酒的蛊惑下，也会宣泄内心的秘密，暴露守口如瓶的隐私。

养女远嫁他乡的前一年，在稻田里劳作的男人，突发心梗，倒地不起。看他在泥水中挣扎，老妇人试探着想把男人扶起，可男人的身子太沉太沉，老妇人根本无法搬动。她只好急匆匆地跑下山去呼人施救，由于病情太过危急，还没等老妇人赶回来，男人就撒手而去。

就这样没有留下半句遗言，也没有表现一丝牵挂，不管老妇人如何撕心裂肺地哭喊，从此如入大梦，再无回应。

安葬完男人，养女便匆匆回城，她连养父的头七都没有等到，就急着奔向自己的生活。回想起来，老妇人又悲伤，又气愤，但她还是能够理解，她知道恋爱中的男女，那是一种怎样的滋味！

想着既然逝者已矣，老妇人只能学会接受。从这一天起，她只要干完该干的事情，就会站在侧门那个窗口。无论阴晴雨雪，她都会注视着门前那片田野。

由于无人耕种，男人种过的稻田开始荒芜。为了守住半亩稻田，为了不让花田旁边稻田变了模样，她托人请来了擅长耕种的哑巴。每年开春，哑巴就会牵着耕牛、扛着犁耙，过来翻耕。

耕种的第二年，在男人倒下的稻田里，开始出现一两只白鹭，接着增加到四五只、七八只，最后竟然出现了成群结队的白鹭。老妇人认为这些白鹭是男人的化身，男人突然离去，实在不忍，他担心老伴太孤独，于是化作一群白鹭来到她身边。

在这偏僻的大山里，老妇人一个人确实孤单寂寞。老妇人不管心里有啥事，她都会倚窗而立，面朝稻田，对空诉说。引颈观望的白鹭，它们似乎真的能听懂人话，有时会走出田野，来到路口或进入庭院，与鸡鸭奔跑嬉戏……

话已至此，我终于理解了，那天老妇人为何会那般愤怒。一个从天而降的陌生人，贸然闯入她的领地，惊扰田中白鹭，这分明是一种冒犯。

一坛老酒已经见底，老妇人不知啥时趴在餐桌上睡了过去。见她面色红润，呼吸均匀，睡得特别地舒坦踏实，估计一时半会不会醒来。

我趁着头脑还有一些清醒，摸索着走出了屋门。此时，山里的夜一片静谧，深蓝色的天幕上，悬挂着一轮明月，我踩着如水的月色，往山顶走去。夜风从高处吹来，掀起阵阵松涛，牛蛙的叫声如黄牛呼喊，借助山体的感应，在耳畔回荡。那此起彼伏的声波，散发着自然主义的复调，让人对牛蛙的命名心生叹服。

其实在这偏远的山里，栖息的远不止一群白鹭。丛林翠竹间，随时可以听到不同的鸟鸣。转头就有画眉、竹鸡、杜鹃、夜莺、百灵、歌鸲、山雀、伯劳、榛鸡、戴胜、噪鹛、乌鸫、翠鸟、燕雀……

不过山里这么多鸟，情感专一的老妇人，唯独喜爱白鹭。

上山的路虽然很陡，可是我感觉酒后的脚步特别轻飘，好像腾云驾雾的仙人，似乎没有多久就从山顶绕了一圈，然后朝另一条小路走下山来。

曲径通幽的小道确实神奇，看似完全相反的两条路，然而七拐八弯之后，竟然毫厘不差地回到了原地，抵达了同一个方向。

站在屋场中，眼望山川、老屋、田野，古树，渐次铺展，如水的月光洒满一地清辉。望着这样的景色，我突然有些留恋起来。想着天明之后，将要离开这里，再来不知又是何时。

我不想就这样匆匆离去，趁着月色正好，决定再去转悠一圈。我情不自禁地走下了屋场，顺着田埂，来到了稻田边缘。放眼望去，稻田不知啥时灌满了清水，波光粼粼，月华似水。突然发现稻田中有白色的影子在移动闪烁，开始我以为是酒后眼花，再定睛一看，差点喊叫起来！没想到夜色里，竟然有一对白鹭在稻田中央翩翩起舞。望着时而展翅奔跑，时而交颈厮磨的白鹭，我敛声屏气，赶紧收住了脚步。

我轻轻地，一步一步，退了回来，生怕我的脚步，惊扰了它们的欢愉。在场院中，我单手抚胸，站了好一会。不知是否该赶紧回屋，把刚才看到的一幕告诉老妇人。可此时的老妇人仍在昏睡，我不知如何是好，那一刻变得纠结起来。既害怕老妇人立即醒来，又担心老妇人迟迟不会醒来。

我在屋内徘徊，绕开蹲坐堂前的花狗，不知不觉来到了侧门的窗口。站在老妇人天天凝望的地方，我感受到了夜色的清凉。摸着窗台厚实的木框，有一种触摸命运的感觉。一块原本粗糙的木料，在手掌经年累月的摩挲下，变得油光水滑，圆润柔和。那一层时光的包浆，掩藏了老人无数的喜怒哀乐。

这是一个构建人生的窗口，也是一个眺望万物的平台。在这里，时间不是钟摆的摇晃，也不是时针的转动，而是隐藏在具体细小的景象中，它是冰层融化的脆响，是花开花落的季节，是稻麦一青一黄的轮回。

我以一个体验者的心情，在窗前拱手而立，遥望那片收割之后的稻田，我下意识地护住了受伤的手指。如水的月光里，我的思绪出现了变幻，我看到那个纱布包裹的手指，在夜色中闪烁着刀刃一样的白光。望着那团白光，我不由身体震颤，满眼惊奇，那一刻，感觉发白的手指有了镰刀的锋利……

事后回想，当时那种感觉并非奇思妙想，更不是魔幻荒诞，而是神祇降临。这种瞬间的豁然开朗，让我局促不安的内心平静起来，在心灵的原野上，多出了半亩稻田，那里稻花涌动，白鹭飞翔。

图书在版编目（CIP）数据

大地上的思念 / 詹文格著 .-- 北京：中国文史出
版社，2025.1. -- ISBN 978-7-5205-5130-4

Ⅰ. I267

中国国家版本馆 CIP 数据核字第 20259H8U03 号

责任编辑：全秋生

出版发行：中国文史出版社
地　　址：北京市海淀区西八里庄路 69 号　　邮编：100142
电　　话：010-81136602　　81136603　　81136606（发行部）
传　　真：010-81136655
印　　装：廊坊市海涛印刷有限公司
经　　销：全国新华书店
开　　本：787 毫米 × 960 毫米　　1/32
印　　张：9.125
字　　数：260 千字
版　　次：2025 年 3 月北京第 1 版
印　　次：2025 年 3 月第 1 次印刷
定　　价：68.00 元